科伦·麦凯恩作品系列

# 随巴黎起舞

〔爱尔兰〕科伦·麦凯恩——著 张芸——译

# DANCER
## Colum McCann

人民文学出版社
PEOPLE'S LITERATURE PUBLISHING HOUSE

著作权合同登记号　图字 01-2022-4384

Colum McCann
Dancer
Copyright © 2003 by Colum McCann
All rights reserved.

**图书在版编目（ＣＩＰ）数据**

随巴黎起舞 /（爱尔兰）科伦·麦凯恩著；张芸译. -- 北京：人民文学出版社，2023
（科伦·麦凯恩作品系列）
ISBN 978-7-02-017817-9

Ⅰ．①随… Ⅱ．①科… ②张… Ⅲ．①长篇小说－爱尔兰－现代 Ⅳ．① I562.45

中国国家版本馆 CIP 数据核字 (2023) 第 034454 号

责任编辑　朱卫净　潘爱娟　邰莉莉
封面设计　李苗苗

出版发行　人民文学出版社
社　　址　北京市朝内大街 166 号
邮　　编　100705

印　　刷　山东临沂新华印刷物流集团有限责任公司
经　　销　全国新华书店等

字　　数　300 千字
开　　本　889 毫米 ×1194 毫米　1/32
印　　张　11
版　　次　2023 年 3 月北京第 1 版
印　　次　2023 年 3 月第 1 次印刷

书　　号　978-7-02-017817-9
定　　价　59.00 元

如有印装质量问题，请与本社图书销售中心调换。电话：010-65233595

献给

艾莉森

瑞娃·郝赫曼

本·基利

向你们给予的鼓励与信任

致以我最深挚的感谢

本书系虚构作品。除若干知名人物使用的是其真实姓名外，书中名字、人物和描绘的事件都源自作者的想象。

当我们，或至少我，自信地提到一段回忆时——指一个瞬间、一幕情景、一项经过定影液处理而免遭遗忘的事实——其实是在讲故事，它不断在脑海中重现，每每随着诉说而变样。人生包含了太多相互冲突的情感利益，令人无法全盘接受，说书人的工作也许就是将事情重新排列组合，使它们符合最后的结局。无论如何，只要一开口谈起过去，我们便是在说谎。

——威廉·麦克斯韦尔《再见，明天见》

## 巴黎，一九六一年

在他巴黎的第一季演出中，掷到台上的东西有：

用一根橡皮筋捆住的十张一百法郎的钞票；

一包俄罗斯茶叶；

一张来自阿尔及利亚民族主义运动组织民族解放阵线的传单，抗议巴黎在一系列汽车炸弹事件后，对穆斯林人实行宵禁；

从卢浮宫花园偷来的水仙花，害得花匠们只好从傍晚五点加班到七点，确保花坛不会进一步遭劫；

白色的百合，花柄尾端绑了生丁①，保证它们够分量，可以扔上舞台；

许许多多别的花，一名演出结束后清扫花瓣的舞台工作人员亨利·朗想出一个主意，将其制成干花，于接下来的晚上，在后台入口处出售给舞迷；

第十二夜，一件貂皮大衣掠过空中，令前排的观众一度以为是某种动物在他们头顶飞行；

十八套女士内衣，一幕以前剧院里从未见过的景象，多数用丝带精心包扎好，但至少有两套是在一时疯狂中剥下来的，最后一次谢幕完毕，他捡起其中一套，做出夸张的嗅闻动作，逗乐了舞台工作人员；

一张宇航员尤里·加加林的大头照,底下的寄语是"翱翔吧,鲁迪,翱翔吧!";

一连串灌了胡椒粉的纸弹;

一枚珍贵的十月革命前的硬币,是一名流亡者扔上来的,外面包了一张纸条,写着"如果他沉得住气,就算不能超越,也将和尼金斯基一样优秀";

成打的性感艳照,背后潦草地留了女人的名字和电话;

写有"你是革命的叛徒"的字条;

抗议的共产党人投来的碎玻璃,导致演出中断二十分钟,清理碎片,激起的众怒令巴黎共产党支部为此造成的负面影响召开紧急会议;

死亡恐吓;

旅馆的钥匙;

情书;

第十五夜,一株镀金的长梗玫瑰。

---

① 一种法国货币硬币。

# 第一部

# 一

## 苏联，一九四一年至一九五六年

四个冬天。他们拉着马从积雪中开筑道路，不断把马儿赶到雪地里，直至它们死去，然后，他们怀着巨大的悲伤吃下马肉。医务人员进驻雪原，把小瓶装的吗啡绑在腋下，这样，吗啡不会结冻。随着战争的继续，医务人员发现士兵的血管越发难找——他们萎蔫衰弱，苟延残喘很久才真正死去。他们在战壕里系紧乌山卡帽的耳罩，偷来别的大衣，互相挨着睡觉，把伤员挤在中间，让他们得到最多的温暖。他们穿着棉裤和层层叠叠的内衣，有时，他们开玩笑，说把妓女绕在脖子上当围巾。过一阵子，他们连靴子也不怎么脱了，他们见过其他士兵冻坏的脚趾蓦地从脚上掉下来。他们开始发觉，自己可以从一个人走路的姿势看出他的未来。

为了伪装，他们把两件白色的农民衫扎起来，正好盖住厚大衣，用鞋带做成拉绳，把风帽拉紧，那样，他们就可以连续数个小时躺在雪地里而不被人发现。火炮里的反冲液冻住了。机枪的击针簧像玻璃那样碎了。当他们摸到露在外面的金属时，手上的肉被撕扯下来。他们用木炭生起火，把石头扔进灰里，之后捡出小圆石用来烘手。他们发现，如果要拉屎——虽然并不经常——只能拉在裤子里。他们任其留在那儿，直到冻硬了，等找到有遮掩的地方，再把它拿出来丢掉，未化冻前，连他们的手套在内，都没有一点气味。小便时，他们把油布袋拉到裤子下，这样就不用让生殖器露到外面，他们还学会把暖暖的尿液袋夹在腿间，有时，这份暖意促使他们想起女人，直至袋子结冰，他们再度身处虚空，只有那片单调、闪着炼油厂火光的雪原。

他们眺望大草原，看见战友的尸体，冻死的，一只举在空中的手，一截凸出的膝盖，被冰霜染白的胡子，他们学会在尸体没永久僵硬前偷取死人的衣服，然后俯下身低喃，对不起，同志，谢谢你的烟。

他们听说敌军用死人铺路，把尸体一具具排在地上，因为树都被砍光了，他们竭力不去聆听冰上传来的响声，轮胎碾过骨头，继续前行。从来没有寂静的时分，空气里携带着各种声音：踩着雪橇的侦察队员，嘶嘶作响的电塔，呼啸的迫击炮，大声嘶喊的同伴，喊着他的腿、他的手指、他的步枪、他的母亲。早晨，他们装上少许几发子弹，给枪暖身，这样，当这天第一次的齐射打响时，枪管不会在他们脸上炸开。他们用牛皮包住防空炮的手柄，用旧汗衫封住机枪上的裂缝，防止雪落进去。穿雪橇的士兵学会蹲下身迈步行走，向侧面投出手榴弹，这样，他们可以保持一边前进一边开火。他们发现T-34的残骸、救护车，甚至是敌人的装甲坦克，他们隔着防毒面具的活性炭过滤网，吸干防冻液，喝得醉醺醺。有时，他们喝得太多，几天后双目失明。他们用葵花油当火炮的润滑剂，撞针上不用太多，只要给弹簧上足油，他们把多余的油抹在自己的靴子上，那样皮就不会开裂，寒气不会钻进去。他们仔细观察弹药箱，看基辅、乌法或海参崴的军工厂女工有没有随手画颗爱心给他们，即便没有也当作有，然后，他们把弹药装进喀秋莎火箭炮、装进他们的马克西姆机枪和捷格加廖夫冲锋枪。

在撤退或挺进时，他们用含一百克火药的炮弹炸开一道沟渠，目的是为了保命,如果生命是某样他们想保住的东西的话。他们分享香烟,待烟草抽尽后,他们把锯屑、茶叶、生菜当作烟来抽,如果别的什么都没有,他们就抽马粪,可马儿太饿,几乎也一样不再拉屎。他们在沙坑里听广播,有朱可夫、耶热门科、瓦西列夫斯基、赫鲁晓夫,还有斯大林,他口口声声说着黑面包与甜茶。战壕四处挂了一排排喇叭,扬声器摆在前线,对着西面,用探戈舞曲、广播片段和社会主义理论让德国人无法入眠。他们闻悉谁是叛徒、逃兵、懦夫,奉命把他们击毙。他们摘下这些死人胸前的红勋章,把它们别在自己的外衣下面。夜晚为了隐蔽,他们给汽车、救护车和坦克的前灯贴上掩饰用的胶带。他们偷得多余的胶带,贴到手上脚上、缠脚布上,有的甚至用来裹住耳朵,但胶带撕扯到皮肉,当长了冻疮时,他们哇哇直叫,继而进一步用嚎叫抵御痛楚,有些人干脆用枪指着头,说了再见。

他们写信回家,给伽利娜、雅雷娜、娜迪亚、薇拉、塔尼娅、娜塔利娅、达莎、帕芙雷娜、奥尔嘉、丝梵塔、瓦尔娅,写得很用心,信被折成整齐的三角形。他们对回信不抱太多希望,也许那只是一页在审查员手指上留下香味的纸片。寄来的邮件都有编号,如果中间连续缺了几个号码,人们便知道,有个邮递员被炸飞了。士兵坐在战壕里,直直望着前方,幻想自己给自己写信,接着,他们走出壕沟,再次投入战争。弹片击中他们的眼睛下方。子弹径直穿过他们的腿肚。炮弹的碎片嵌入他们脖子里。迫击炮炸断他们的脊椎。磷弹点燃他们全身。尸体堆放在马车上,倒进用炸药炸出的万人坑。当地妇女包着头巾来到坑旁,唱诵挽歌,并暗中祷告。挖墓人——从古拉格运送来的——站在一旁,听凭妇女举行她们的仪式。然而,更多的死人叠到死人身上,听见冰冻的骨头发出爆裂声，一具具尸体以丑陋扭曲的姿势被埋在那儿。掘墓人铲起最后一拨土，盖在坑上，有时，他们在万念俱灰中向前一扑，人还活着，更多的泥土就落在他们身上，事后，据说那儿的地面在颤抖。夜晚，经常有狼从森林里跑出来，奔行在齐膝高的雪地中。

伤员被抬上救护车，或驮在马上，或放到雪橇上。在战地医院，一整套全新的术语呈现于他们面前：痢疾、斑疹、伤寒、冻疮、战壕足、局部贫血、肺炎、发绀、血栓心痛，一旦这其中任何一项得到康复，他们便会被再度送上战场。

士兵在郊外寻找新近被烧毁的村庄，那儿的土质松软，易于翻挖。雪昭示出过去发生的事，这儿一摊血，那儿一块马骨，PO-2俯冲轰炸机的残骸，一名他们曾经认识的来自斯帕斯街的扫雷兵的尸首。他们躲在哈尔科夫的废墟和碎石中，藏身于斯摩棱斯克的砖块堆里。他们看见伏尔加河上大块的浮冰，他们在冰上点燃油布，河宛如着了火。在亚速海边的小渔村，他们打捞的不是鱼，而是坠机后随冰层漂流了三百米的飞行员。市镇郊外，成排的楼房被洗劫一空，楼内，四溢的鲜血中还有更多死尸。他们发现自己的同伴吊在街灯柱上，像奇形怪状的饰品，舌头冻得发黑。把他们放下来时，路灯发出嘎吱声，弯折中改变了光线照射的范围。他们企图生擒一个名叫弗里茨的人，把他送往苏联内务人民委员部，那儿的人会在他牙齿上钻孔，或把他绑在雪中的木桩上，或直接让他饿死在拘留营中，正如现在他想让他们的人饿死一样。有时，他们会为自己扣下一名战俘，给他一把挖沟的工具，看他在冻结的土地上自掘坟墓，如果他不干，他们就朝他的后脑勺开枪，然后把他扔在那儿。他们发现受伤的敌军躺在被焚毁的建筑里，他们把敌军抛出窗外，让雪没过他们的脖子，他们用德语对他们说，再见，弗里茨——可有时，他们也会对敌人生出怜悯——那是一种只有士兵才会有的怜悯之心——在他的皮夹里发现，死的这个人有父亲、妻子、母亲，可能还有小孩。

他们为自己不在身边的孩子唱歌，但转眼，他们把枪托塞进敌人男孩的嘴里，再后来，他们又唱起别的歌，渡鸦哦黑色的渡鸦你为什么围着我盘旋？

他们认得出飞机的飞行姿势，半旋转、加速后急上升拐弯、突然螺旋式疾转、平降，一晃而过的𐤀字，闪亮的红星，当他们的女飞行员上天追捕德国空军时，他们欢声雷动，凝望着她们升空，继而陷落火海。他们训练让狗携带地雷，用尖锐的哨声，引导狗走到敌人的坦克底下。死尸喂肥了收拾残局的乌鸦，接着，这些乌鸦被打下来成了食物。昼夜颠倒——炮灰中的早晨昏暗不明，夜晚，炸药的火光照亮了几英里外。不再计算日子，尽管每到周日，他们偶尔能隔着冰听见弗里茨们拜神的声音。数十年来第一次，他们获准可以有自己的神灵——他们拿出十字架、念珠、祈祷布，摆在沙场上。从上帝、帕夫利克到列宁，各式各样的神都需要。士兵们吃惊地看到东正教的牧师在为坦克祈福，甚至还有拉比。可就算祈福也无法让他们保住阵地。

撤退时，为阻挡敌人，士兵们炸毁自己同胞所建的桥梁，捣毁他们父辈的鞣皮厂，用乙炔喷枪割断路标塔，把牛群赶过峡谷，将收奶站夷为平地，在谷仓的屋顶淋满汽油，推倒电话线杆，往井水里投毒，砸碎篱桩，为了木头而拆除己方的牲口棚。

当他们进军时——在第三个冬天，战况出现了转折——士兵们列队前行，心中好奇，怎么有人对他们的土地干出这种事。

活着的往西，受伤的往东，伤员挤满运牛的拖车，在蒸汽机车的牵引下，徐徐穿过冰冻的大草原。他们挨在一起，凑向任何从木板缝隙里透进的亮光。每节牛车中央有一个生着火的铁桶。男人们把手伸到腋下或裤裆里，抓出一把把虱子，投入火中。他们把面包按在伤口上止血。有几名士兵被带走，放到马车上，送往医院、校舍、诊所。村民抱着礼物来迎接他们。留在火车上的人听见自己的同伴离开，尽是伏特加与胜利的欢呼。然而，他们的行程路线毫无逻辑可言——有时，火车明明经过他们的家乡却不停站，有脚的人企图踹开木板，结果因不服从命令而被守卫击毙，随后夜里，有一户人家手持蜡烛，深一脚浅一脚地走过雪地，他们听说儿子不光彩地死在离家仅几公里的地方，尸体被弃于铁轨旁，已经结冰。

他们裹着泡过血而发硬的大衣，醒着躺在那儿，车厢来回摇晃。他们互相传着最后一支烟，等待有女人或小孩从车厢的木板缝里新塞一包进来，也许甚至悄悄捎句甜言蜜语。他们分到食物和水，但吃下去肚痛欲裂，让他们更难受。传闻西面和南面正在建造新的劳改营，他们告诉自己，他们的神爱他们爱了这么久，但有可能不会再爱他们太久，因此，他们偷偷把护身符和圣像塞过地板缝隙，让它们落在铁轨上，等待日后被别人捡去。他们把毯子拉到胡子下，往火里扔进更多虱子。火车仍冒着股股蒸汽，载着他们穿越森林、过桥翻山。他们对自己最后会落到哪里一无所知，如果火车坏了，他们就等另一辆来从后面推着他们，让他们隆隆向前，朝着彼尔姆、布尔加科夫、车里雅宾斯克的方向——远处，乌拉尔山脉在召唤。

后来，到一九四四年冬末，每天有一辆火车行经巴什基尔地区，驶出幽深的树林，沿别拉亚河横穿一大片冰层，进入乌法市。火车慢悠悠地通过四分之一公里长的桁架桥，钢筋在车轮的重压下发出砰然巨响，仿佛在提前哀悼。火车一路向冰河的另一端驶去，途经木屋、塔楼、工厂、清真寺、没有铺砌过的道路、仓库、混凝土掩体，直至抵达车站，站长在那儿吹响哨音，市军乐队吹奏起破旧的小号。穆斯林母亲抓着照片在月台上层等候。年事已高的鞑靼人踮起脚趾，找寻自己的儿子。俄罗斯老妪围聚在一桶桶葵花籽旁。表情严肃的小贩重新整理空荡荡的售货亭。身穿棕色制服的护士板着脸，准备接送伤员。当地的警卫站着，身体无精打采地倚在柱子上，头顶，农村地区电气化的红色金属告示牌在微风中摆动——我们的伟大领袖为你送电来了！空气里飘进一股味道，预告士兵们的到来，那是汗水与腐烂的味道。每个冬日下午，有个六岁的男孩，又饿又瘦，迫切地坐在河边的悬崖上俯望火车，想知道自己的父亲何时回家，他会不会像他们从蒸汽和号角声下抬出来的人一样虚弱颓丧。

*

我们首先将巨大的暖房清理一空。努丽娅把番茄秧苗给了在医院周围徘徊的那名村童。卡缇娅、玛尔芙嘉、奥尔嘉与我将绝大部分泥土铲到外面的地上。我年纪最大，所以铲土的任务对我来说比较轻松。不久，暖房清空了，有两间屋子那么大。我们拖了八只木炉进去，立在玻璃窗旁，生起火。过了一会儿，暖房里再也闻不到浓重的番茄味了。

接下来是大块的金属片。努丽娅的表姐米罗莎在炼油厂当焊接工。她获准支取了十五张金属片。她借来一辆拖拉机，把金属片拴在后面，拖着它们驶入医院，沿狭窄的小路直抵暖房。金属片太大，进不了门，因此我们只得拆除后面的窗户，从那儿递进去。村童帮我们一起搬。他始终低着头——也许见我们全是女的，干得这么卖力，让他感到难为情，不过我们无所谓，这是我们的职责所在。

米罗莎是名杰出的焊接工。她在战前才学会这门技术。她戴着特殊的眼镜，蓝色的火焰照亮了她的镜片。两天后完工了：一个巨型金属浴盆。

可是，我们没有考虑到怎么将水全面加热的问题。

我们试着在架好的木炉上把水烧开，尽管暖房在太阳的照射下很暖和，但根本无法保持水温。浴盆实在太大了。我们围站在旁边，一声不吭，气急懊恼，直至努丽娅想出另一个主意。她问表姐米罗莎，看能不能得到许可，再多要大概一打金属片。就在翌日早晨，她从炼油厂又拉来五张金属片。努丽娅把她的办法讲给我们听。很简单。米罗莎立刻动手，把金属片焊进巨大的澡盆里，一条条交叉成十字，最后，整个盆子宛如一张金属棋盘。她在每格澡盆底部钻出排水孔，努丽娅向丈夫的哥哥借来一台旧汽车的发动机。她将水泵接在发动机上，用来抽水。这方法十分奏效。分割成十六个独立的澡盆后，因为小，我们知道水不会变冷。我们铺下木板当过道，让我们可以在澡盆间走动，然后在屋内挂了一幅我们伟大领袖的画像。

我们生起炉子，把水烧热，注满澡盆。见水没有变冷，每个人喜笑颜开。接着，我们脱下衣服，坐进澡盆里，品着茶。四周的玻璃上蒸汽弥漫，我们热得像泡在热汤里一样。

真舒服，努丽娅说。

那晚，我们上医院通知护士，明天我们将准备就绪。她们一脸倦容，眼睛下挂着黑眼袋。我们能听见医院内传出的士兵的呻吟声。那儿准有好几百人。

努丽娅把我拉到一旁，说："我们现在就开工。"

第一晚，我们只洗了八个，但第二天，我们洗了六十个，到第一个星期末，他们干脆从火车站直接过来，穿着褴褛的血衣，打着绷带。人太多，他们只能在暖房外长长的防水油布上排队等候。有时，油布因沾上血而发黏，必须用水冲洗，不过他们很有毅力，那些男人。

当他们在屋外时，卡缇娅给他们裹上毯子。他们有的高兴，有的却大哭，当然，许多人则只是坐在那儿，眼睛直直地盯着前方。他们身上长出寄生虫，皮肉开始溃烂。你能从他们眼中看出悲观与无望。

屋内，努丽娅负责给他们剃头。她拿着剪刀，手脚麻利，几秒钟，大部分头发就不见了。没了头发，他们看起来大不一样，有的像男孩，有的像犯人。她用一把直叶片剃刀，剃光剩下的头发，并赶紧把它们扫掉，因为一团团头发里还爬着虱子。头发被铲进桶里，放在暖房门旁，村童把桶取走。

战士们非常害羞，不肯在我们面前脱下制服。与我们一起工作的没有年轻女孩——我们大多已三十或三十以上。我四十七。努丽娅对他们说，别担心，我们都有丈夫——的确，除了我以外，我从未结过婚，没有特别原因。

他们仍不愿脱衣，直至努丽娅大吼道：得了吧，你们有什么东西是我们没见过的！

最后，他们终于脱下制服，除了担架上的人以外。我们用努丽娅的剪刀帮他们。他们不喜欢我们用这种迫不得已的方式脱去他们的汗衫与内衣，也许认为我们会不小心割破他们的喉咙。

士兵们站在我们面前，双手掩住私处。他们全都瘦得皮包骨头，可怜的家伙，相形之下，连卡缇娅都自觉是个胖子。

我们把破烂的制服当燃料，但确保先取下勋章，将它们包成一小包，保存到洗完澡后。每个人的口袋里都有书信和照片，这是显然的，但也有些稀奇古怪的东西——茶壶的壶嘴，几绺头发，几小块金牙，其中一人还有一小根手指，弯曲并已经萎缩。时而会有我们不想看到的露骨照片，不过诚如努丽娅说的，他们为我们伟大的祖国经受了许多苦难，我们无权指责他们。

士兵们等候时，奥尔嘉在他们身上喷洒一种化学药品，那是成箱成箱远从基辅运来的。我们用肥料罐把药品与水调和起来——闻起来像臭鸡蛋的味道。我们必须蒙住士兵的嘴和眼。但不是每次都有足够的敷料涂在他们的伤口上，因此，当我们给他们喷药时，偶尔会碰到他们的疮口。他们的哀号让我觉得很对不起他们。事后，他们靠在我们身上，痛哭，痛哭，痛哭。我们尽可能小心地擦洗伤口。他们把手指嵌入我们的肩膀，攥紧拳头。他们的手又黑又瘦。

伤口洗干净后便可以洗澡了。如果有人没了腿，我们需要四个人把他慢慢放入水中，必须留意水位，以免他溺亡。如果没有手臂，我们则让他靠在金属片边缘，抓着他。

我们不想吓到他们，所以先让水保持微温，等他们浸入水中后，再把一壶壶沸水浇在他们周围，小心不让水溅起来。他们啊呀啊呀地叫起来，笑声感染了其他人，不管我们一天内笑了多少次，新来一个人，又会让我们重新再笑一遍。

因为是暖房，它让声音变得格外响亮。并非真正的回音，只是笑声像在窗玻璃之间来回撞击，反弹到弯腰俯在澡盆旁的我们身上。

奥尔嘉与我负责为他们清洗身体。我开始不用肥皂。那是留到最后的优待。我把他们的脸好好擦洗一番——他们有如此美丽的眼睛！——我洗得非常仔细，下巴、眉毛、前额与耳后。接着，我使劲给他们擦背，那儿总是结满泥垢。你能看见他们的肋骨与脊椎的曲线。我往下擦到他们的臀部，将那周围稍稍洗一下，但不多作停留，以免让他们不自在。有时，他们会喊我妈妈或姐姐，我凑上前说："乖，好啦，好啦。"

但大多数时候，他们只是直直地瞪着前方，一言不发。我的手重新回到他们的脖子，但这次动作轻柔了许多，我能感觉到他们在放松下来。

更困难的是清洁他们身体的前面。因为屡被弹片击中，他们胸口的皮肤往往严重溃烂。有时，当我的手放到他们肚子上时，他们赶紧蜷起身子，以为我会去碰他们的下面，但大部分时候，我让他们自己来。我不是傻子。

如果有士兵病得很重，或体力不支，那么只得由我来帮他们清洗那下面。通常，他会因害臊而闭上眼，可有一两次，还是有人勃起了，我只好让他单独冷静五分钟。

可奥尔嘉并不给人冷静的时间。她在围裙里放了一只调羹，如果士兵兴奋起来，她就狠狠打他那儿，没有二话。我们全都哈哈大笑。

由于某种原因，我不知道是为什么，他们腿的情况最糟——可能是穿那种靴子长时间站立的缘故。他们脚上布满脓疮与结痂。大多数时候他们几乎走不成直线。他们一直大谈和他们的腿有关的事，说起以前玩足球冰球，说他们曾经多么擅长长跑。倘若士兵是个年纪很轻的男孩,我会让他把头埋在我怀里,免得他为自己的眼泪感到羞愧。但倘若是年龄较大又凶神恶煞的,我给他洗澡的速度就快得多。有时,他对我出言不逊,说我的手臂,说它们怎么晃来晃去,作为惩罚,我就不给他用肥皂。

我们最后给他们洗头,有时,如果他们态度友好,我们会在最后给他们按摩一下肩膀。

整个洗澡过程不超过五分钟。每次我们必须把水排尽,对金属进行消毒。有了接在旧车发动机上的水管,我们能够很快将水抽干。夏天,有水喷到的地方,草都死了,冬天,血把雪染成棕褐色。

最后,我们用毯子裹好士兵,给他们包上新的缠脚布,穿上医院的汗衫和睡衣,甚至戴上帽子。周围没有镜子,但间或,我见到有人擦去暖房窗户上的蒸汽,企图看一眼玻璃上的自己。

待我们完成一切,将他们全身上下穿戴好后,马车把他们接走,送往医院。

等在暖房外的人望着干干净净的同伴离去。他们脸上的表情啊!他们发光的眼神让你以为他们是在电影院看电影!时而有小孩跑来,躲在杨树后观看,有时就像一场嘉年华会。

夜晚,每当我回到亚克萨科夫街上的家时,总是累得精疲力竭。我吃点面包,熄灭床边的油灯就直接睡觉。我房间隔壁住的是一对从列宁格勒来的老夫妇。女的曾是舞蹈演员,男的出生于一个富有的家庭——他们现在是流放犯,因此我与他们划清界限。可是有天下午,那女的来敲我的门,她说,这个国家多亏有志愿者,无怪乎我们正一步步取得战争的胜利。接着,她问她可不可以来帮忙。我感谢她,但告诉她不用,我们的志愿者已经绰绰有余。事实并非如此，她一脸尴尬，但我能怎么办？毕竟她是个不受欢迎的人。她转身走了。翌晨，我在门口发现四条面包：请将这些交给战士。然而，我把它们喂给了列宁公园的鸟。我不希望与他们有瓜葛，玷污了自己。

十一月初，庆祝革命胜利的日子即将来临，每天洗澡的士兵只有几十个，是从前线来的掉队者。

每到下午，我开始走访医院。病房里挤满了人。病床有五层之高，像架子似的钉在墙上。墙壁本身亦被溅满了血迹与污垢。唯一令人欣慰的事，是偶尔有小朋友进来表演，喇叭里也会传出音乐——护士中有一人安装了一套设备，他们在前台放留声机，整间医院都能听见音乐——大量雄壮的胜利歌曲。即便如此，人们依旧呻吟不断，喊着自己的心上人。有的人见到我很高兴，但多数一开始认不出我的相貌。等我提醒他们后，他们展露笑靥，有一两个下流无耻的，还朝我抛飞吻。

所有士兵中，有一个男孩我记得格外清楚——努尔玛哈默德，来自车里雅宾斯克，因一枚地雷失去了他的一只脚。他是个极平常的鞑靼男孩，黑头发，高颧骨，大眼睛。他拄着树枝做的拐杖，一跛一跛走进来。我们给他喷药，我解开他断肢一端绑的绷带。他的寄生虫问题很严重，因此，我让努丽娅好好照料他。她用药棉签仔细地擦拭伤口，我则准备洗澡水。我用手腕测试了一下水温，然后由我们中的三个人架着他，扶他走向澡盆。他自始至终都沉默不语。我将他全身上下都洗了一遍，最后他说："谢谢。"

洗干净，穿上医院的睡衣后，他用奇怪的目光看了我一眼，开始向我讲起种种有关他母亲菜地的事，讲她如何撒下鸡粪种出胡萝卜，讲那是人一生中能吃到的最美味的胡萝卜，讲他多么想念那些胡萝卜，超过其他任何一切。

我的午餐盒里有些剩的玛索夫卡汤。努尔玛哈默德把脸凑向食物，举首朝我一笑，一边吃一边保持笑容，后又从盘子上抬起头，仿佛是为了确认我仍在旁边。

我决定带努尔玛哈默德一块儿上医院。我们坐在马车后面，马蹄声橐橐向前。

那天正在举行各式各样的庆祝活动——一辆特别的餐车停在医院厨房旁，窗户里飘出红旗，来了两位人民委员，为战士颁授勋章，一名男子坐在台阶上弹奏俄罗斯三角琴，孩子们穿着巴什基尔民族舞的服装，在周围走来走去。

喇叭里传来《祖国进行曲》，当我们齐声合唱时，每个人都肃立不动。

我紧紧捏着努尔玛哈默德的手说："瞧，一切都会好的。"

"嗯。"他说。

通常推着人们在医院周围散步所用的是独轮车，但令我们惊喜的是，那天分给努尔玛哈默德的是一辆轮椅。我帮他办好手续，推着他经过走廊来到病房。里面十分嘈杂，大家在乌烟瘴气中高声喧哗。有士兵找来一大桶甲基化酒精，他们用杯子伸进去舀，一杯杯顺着床铺往下传。

每个人都绑着绷带——有的从头裹到脚，床边的墙上写着东西，女友的名字，最喜欢的足球队，甚至还有诗歌。

我推着努尔玛哈默德从中间挤过，向 D368 走去，那在病房中段。他的床位于五层床铺的第二层。他用一条腿站在第一层床铺的边沿。我从下面托住他，但他仍上不去。有人过来用肩膀扛起努尔玛哈默德，他扑通落到床上，连被单也没掀起，他躺了一会儿，低头朝我微笑。

就在这时,一大群孩子走进病房。约莫有二十个人,都穿着表演服,红绿相间,戴着帽子。年纪最小的大概四五岁。他们看上去干净整洁,可爱极了。

负责的一位女士要求大家安静。恍然间我以为那是我的邻居,但幸好不是——这名女子个头更高,表情更严厉,没有一丝灰白的头发。她再度要求大家安静,可士兵们依旧笑语喧哗。那女的拍了两下手,孩子们开始跳舞。几分钟后,一种静默的氛围在屋内蔓延开,如一道徐缓的水波,像有一个喜讯正在人群中悄声传递。

孩子们在病床间的空地上表演。他们旋转、绕圈,钻过手臂搭的桥洞,跳的是一支鞑靼人的民族舞。他们跪下,然后站起,一边欢呼,一边拍手,又再度跪下。一个小不点儿女孩交叉双臂,来回踢腿。另一个红发小孩因鞋带散了而感到难为情。他们脸上洋溢着灿烂的笑容,眼睛散发光芒。那天有可能是他们的生日,他们如此美丽动人。

正当我们都以为他们跳完了时,一个矮小的金发男孩走出队伍。他约莫五六岁。他分开腿,两手牢牢插在腰间,大拇指在背后并拢。他微微向前弯下脖子,双肘向外打开,准备开始。床上的士兵支起身,从窗口经过的那些人把手遮在眼睛上往里张望。男孩蹲下身,要做蹲跳换腿,我们全都站着默默观看。男孩咧嘴笑着。有些士兵打起拍子,可是,就在快跳完时,男孩差点摔倒。他用手撑了下地,破坏了效果。有一瞬他像要哭出来似的,不过没有,他重新起身,金色的头发垂在眼前。

待他跳完,病房里掌声四起。有人递给男孩一块糖。他红着脸,把糖塞进袜子上沿,然后将手插在口袋里,立于一旁,左右转动肩膀。那凶女人打了个榧子,孩子们向下一个病房拥去。士兵们开始吹口哨,大声叫嚷,等表演的人几乎走光后,他们点起香烟,再度把杯子伸进酒桶。金发男孩回头又瞥了一眼病房。

就在这时,我听见一张床的嘎吱声。我把努尔玛哈默德忘了。他正低头盯着自己的一条腿。他嘴唇翕动,像在吃什么东西似的,接着,他做了几下深呼吸,向自己断腿的地方摸去,他用手上下抚弄那本是胫骨的地方。他看到我,努力挤出一丝笑。我也朝他笑了笑。什么都没说。我能说什么呢?我转过身。一对士兵在我离开时朝我点头致意。

从病房尽头我能听见可怜的努尔玛哈默德在鸣咽。

我回到澡房。太阳西沉,天气转冷,但已有几颗星星早早升了上来。风吹打着树。从医院传来缕缕三角琴的乐声。

我关上暖房的门,没有点灯。地上有一堆制服与一些引火的柴。我把它们全部塞进炉子,点起火,然后打了一桶水,等着。过了很久水才烧开,那一刻,在暖房里,我暗想,世上所有美好的事物中,最幸福的是独自在黑暗里泡一个热水澡。

\*

早晨,他在母亲身旁醒来,头埋在她的臂弯中。姐姐已经起床去井里打水,准备早餐。

母亲最近用两个相框换了一块肥皂。起先他觉得肥皂的味道怪怪的,但现在,每天早晨一起床,鲁迪克就从母亲的浴袍口袋里拿出肥皂,使劲吸着它的香气。他注意到,他跳舞的医院里没有肥皂。士兵身上有股腐烂的臭味,他好奇,当自己的父亲从战场上归来时，会不会带着类似的气味。

母亲为他梳好头发，从炉子上取下放在那儿一直温热着的衣服，给他穿戴完毕。他有几件衣服是姐姐穿过再给他穿的。母亲将宽松的上衣改成衬衫——加长了袖口，用旧纸板撑起硬领——但他穿着似乎仍不合身，母亲扣扣子时，他扭来扭去。

早餐时，他获准坐在椅子上，而姐姐则在一旁擦桌子。他俯身对着他的牛奶与前一晚剩下的一颗土豆。当牛奶流到他嗓子深处时，他能感觉到自己的胃一阵紧缩，他三口吃完半颗土豆，把余下的塞进口袋。学校里，许多其他小孩有午餐盒。随着战争的结束，几乎所有人的父亲都回来了，可他的父亲没有，他听说，父亲大部分的薪水都贡献给了战争。牺牲是必需的，母亲说。但有时候，鲁迪克希望，如果自己能坐在课桌旁，打开午餐盒，里面有黑面包、肉和蔬菜，那该有多好。母亲对他说，饥饿可以令他强大，可饥饿，对他而言，是种强烈的空虚感，就像火车驶出森林、声音响彻别拉亚河冰面时的感觉。

上课时，他想象自己在河上滑冰。回家途中，他寻觅城里最高的雪堆，让自己可以站上去，靠近新建的电报线，听它们在头顶正上方噼啪作响。

晚间，听完广播，母亲念故事给他听，讲木匠、狼、森林、钢锯和用钉子钉在天上的星星。有个故事里，一位巨人般的木匠，伸手摘下一颗又一颗星星，把它们分给工人的孩子，这是他最爱的一则故事。

"那个木匠有多高，妈妈？"

"一百万千米高。"

"每人口袋里有多少颗星星？"

"每人一颗。"她说。

"可以给我两颗吗？"

"每人一颗。"她重复了一遍。

法丽达望着鲁迪克在小屋的泥地中央转圈，用靴跟着地，旋转身体。他一转就带起尘土。由他去，让他转吧，这是他的乐趣。总有一天，她会攒够钱，到本地市集上向某位年老的土耳其人买一块地毯。那些地毯挂在麻绳上，在风中摇曳。她常常思忖，如果有足够的钱，在墙上也挂上织毯，用于保暖、装饰，给小屋增添生气，那会是什么样。可是在买地毯前，她要先给女儿买新裙子，给儿子买合脚的鞋，离这种生活还远着呢。

鲁迪克的母亲经常把德国边境寄来的信给他看，他的父亲仍驻扎在那儿，当政委与教师。信的内容很简短：一切安好，法丽达，别担心。斯大林威武。这些话陪伴鲁迪克在雨幕中与母亲一同走向医院，在入口处，母亲松开他的手，拍拍他的屁股，对他说："别迟到了，小太阳。"

由于正是入秋时分，母亲在他胸口抹了鹅脂，抵挡寒气。

病员从窗口把他抱入屋内，里面已经在鼓掌。他的出现成为每周的固定节目。他咧开嘴笑着，身体从一双手被传到另一双手。随后，他被领着去一个一个病房，表演在学校新学的民族舞。有时，护士们也围拢来看。鲁迪克的舞蹈服没有口袋，到结束时，他的袜子里塞满了许多糖，鼓鼓囊囊的，病人笑话他的腿像害了病。士兵们把省下的蔬菜与面包给他，他把它们装进一个小纸袋带回家。

在这栋楼的最远端有一间病房，住的是那些已经精神错乱的士兵。那是医院里他唯一不去表演的地方。他听说，他们用带电的仪器治疗疯病。

那间病房里住满了人——脸贴在窗上，伸着舌头，一排排发直的眼睛——他躲得远远的，虽然间或，他看见有个女的从暖房吃力地朝那儿走去。她站在病房的窗口，与一个肩上胡乱披着睡衣的士兵说话。有一天下午，鲁迪克发现就是那个士兵，他拄着拐杖，一跛一跛穿过庭院，睡裤裤脚绾了一个结，正好挂在膝盖下几英寸处，他意志坚决地从一棵树走到下一棵树。士兵大声喊他——有关一支舞蹈什么的——但鲁迪克已经走了，他在惊慌中回头张望，出了大门，来到泥泞、印有车辙的街道上。他一边跑，一边幻想自己从天上摘下像钉子似的星星。他用单脚一跳一跳地穿过夜色，回到家。

"你上哪儿去了？"睡在姐姐旁边的母亲醒来问道。

他掌中捏了一大把糖。

"糖会化的。"母亲说。

"不，它们不会。"

"把它们放好，上床睡觉。"

鲁迪克把一块糖塞在牙龈与脸颊之间，将剩下的放进厨房的碟子里。他望着小屋另一端的母亲，她拉起毯子，把脸转向墙壁。他留在原地一动不动，直至确信母亲睡着后，才探身打开收音机，不停地调节黄色面板上的指针：华沙、卢森堡、莫斯科、布拉格、基辅、维尔纽斯、德雷斯顿、明斯克、基什讷夫、诺沃西比尔斯克、布鲁塞尔、列宁格勒、罗马、斯德哥尔摩、塔林、第比利斯、贝尔格莱德、塔什干、索菲亚、里加、赫尔辛基、布达佩斯。

他已经知道，如果他打起精神，坚持的时间够长，就能把白色的旋钮调到莫斯科，当午夜钟声敲响时，他将在那儿听到柴可夫斯基。

*

喔喔喔！他的父亲站在门口，抖落肩上的雪。一簇黑胡子。坚挺的下巴。因抽烟而沙哑的嗓音。他戴着一顶军帽，前后帽檐都翻折下来，看上去既像刚到又像马上要走。两枚红色的勋章别在他胸前。外衣领口上有个马克思像章。母亲冲向门口，鲁迪克则蜷缩在火炉旁的角落里。看着父亲，就像第一眼看到一幅画——他看见有这幅画的存在，看见色彩和纹理，看见外面的画框，然而不知道画的是什么。参战四年，加上在驻地的十八个月。姐姐塔玛拉早就准备了蕾丝印花布与多罐浆果汁，作为迎接父亲回家的礼物。她把这些东西塞入父亲怀里，抱紧他，吻他。鲁迪克什么也拿不出。但父亲走过来，欢喜地推开高背椅，抱起鲁迪克，把他举到空中转了两圈，但见宽阔的脸颊，发黄的牙齿。"都这么大啦！瞧瞧你！瞧！今年几岁了？七岁？七岁！快八岁了！我的天！瞧瞧你啊！"

鲁迪克看见门旁父亲靴子留下的大摊泥水，他走到门槛旁，站在湿漉漉的印渍里。我的小家伙！他觉得父亲身上有许多种味道，不难闻，像一种奇怪的混合物，有火车、电车和用手肘擦去黑板上的粉笔灰时所沾的味道。

他们走上街，经过成排的小屋与木房子，一直走到向晚时分。路灯的灯柱上挂下冰条。雪封住了一排排大门。结冰的泥浆在他们脚下嘎吱作响。鲁迪克穿着姐姐的旧大衣。父亲盯着这件外套说，男孩子不应该穿姐姐的旧衣，他让鲁迪克的母亲把扣子从一边挪到另一边。母亲脸色发白，点头应允说，她一定会弄好。他们望见风刮破钉在木房子窗框上的硬纸板与粗麻布。男人在废弃的车里喝伏特加。父亲看着这些男人，嫌恶地摇摇头，伸手挽住母亲。他们窃窃私语，仿佛有一肚子的秘密要互相倾诉。有只猫歪着肩膀，在一道弯曲的篱笆旁游荡。鲁迪克朝它丢了几粒石子。在第二次要扔时，父亲抓住他的手臂，但接着笑了起来，把自己的军帽戴在鲁迪克头上，他们在街上互相追逐，口里呼出热腾腾的白气。吃过晚饭——白菜、土豆和一块特别的鲁迪克以前从未见过的肉——父亲把他搂在胸前，搂得太紧，以致他的头压坏了上衣口袋里的卷烟。

他们把烟摊在桌上，一根根拉直，把散落的烟草重新塞回薄薄的纸管里。父亲告诉他，把弄坏的东西修好，这是男人的梦想。

"对不对啊？"

"对，父亲。"

"叫我爸爸。"

"是，爸爸。"

他听着父亲声音里古怪的高低起伏，有时断断续续，如同他在调频道时的无线电波一样。收音机，他们唯一没有变卖换取食物的东西，摆在壁炉上方，深色，桃花心木质地。父亲在收听一段来自柏林的报道，他说："听那个！听！音乐，现在放的是音乐！"

母亲用修长细瘦的手指在椅子上打拍子。鲁迪克不想上床睡觉，因而坐在她腿上。他望着父亲，一件陌生的物品。他两颊凹陷，眼睛比照片中更大。他咳嗽，一阵剧烈的咳嗽，一种属于男人的咳嗽，然后往壁炉里吐痰。火星子迸到外面的泥地上，父亲俯下身，直接用手指把它们揿灭。

鲁迪克试了一下，可他的大拇指立刻肿起水泡，父亲说："这才是我的好儿子。"

鲁迪克颤抖地靠在母亲肩上，强忍住眼泪。

"这才是我的好儿子。"父亲又说了一遍,接着消失在门外,两分钟后,他回到屋里,嘴里念着:"如果有谁认为这世界美好无邪的话,他们就应该在这种天气去上上外面那该死的厕所!"

母亲抬起头,说:"哈米特。"

"什么?"父亲说,"他以前听过这话?"

母亲忍住,笑了一下,什么也没说。

"我的小勇士听过这话,是不是啊?"

鲁迪克点点头。

那晚,他们四个人全都睡在一张床上,鲁迪克的头靠在父亲腋下。后来,他悄悄摆脱,换到母亲一边,她身上散发出山羊乳酪与甜薯的味道。深夜出现了动静,床缓慢而有节奏地震动,父亲轻声细语。鲁迪克突然翻身,把脚紧贴着温暖的母亲。震动停止,他感觉到母亲的手指抚过他的眉头。天快亮时,他再度醒来,但他没有动,等父母睡着、父亲发出鼾声时,鲁迪克看见阳光开始从窗帘的缝隙里照进来。他不声不响地起床。

他吃了些铁锅里的白菜,喝了放在窗台上保鲜的最后一点牛奶。他的高领灰色校服挂在墙上。穿好衣服,他踮着脚走过房间。

他的冰鞋挂在前门的内把手上。那是他自己做的——把从精炼厂弄来的铁片锉平,嵌在两条薄木板里,用在铁路旁的货栈后面找到的废料制成皮的绑带。

他悄悄取下冰鞋,关上门,朝城里的湖奔去,两根绑带连在一起,挂在他脖子上,他的手套覆在锋利的铁片上,不让刀刃割到脸。湖上已是黑压压的人流。阳光照亮寒冷的阴霾。男人穿着厚大衣溜冰去上班,弓着身子,一边抽烟一边前行,坚实的身影与光秃秃的树木相互映衬。女人提着购物袋,溜冰的姿势不同,比男人高出一截,腰杆笔挺。鲁迪克踩到冰上,切入人流中,朝相反的方向滑去,人们大笑、减速、咒骂他。喂,小子。你!三文鱼洄游啊!

他屈膝,收拢手臂,加快步伐。木板里的金属冰刀已开始略有松动,但他掌握了来回保持平衡的技巧,脚踝微微一转,便将木头里的冰刀重新复位。他能望见远处浴室的屋顶,他与母亲和姐姐每周四去那儿洗澡。到了那儿,母亲用桦树条给他擦背。他喜欢躺在木条凳上,接受树枝的拍打。他发现自己全身布满一小片一小片形如桦树叶的印子。母亲告诉过他,洗澡可以让他免于生病,他学会了比其他同龄孩子更长时间地忍受滚烫的蒸汽。

他起跳、转身、落地,感觉冰鞋再次咬住冰面。

他脚下的冰面被划出许多印痕,他已能根据这些痕迹判断出谁滑得好,谁滑得不好。如果他长时间停在一处打转,便能把其他人驱走,抹除他们的印迹,成为唯一在那儿溜过冰的人。冰刀底下粘了一块垃圾,他微微提起脚,转了转把它碾碎。冰碴在他的靴子旁飞溅开。他听见远处有人喊他的名字,声音被夹带在风中,从湖边传来。"鲁迪克!鲁迪克!"他没有回头,而是倚着右脚,将整个身体朝喊声的反方向转去。他知道不能偏转得太厉害,斜到刚好不让自己摔倒的角度。接着,他停住,迎着风,几粒垃圾碎末仍粘在冰刀上。"鲁迪克!鲁迪克!"他继续倾斜,身体的重量集中在肩膀上。他看见在出了湖的马路上有卡车、摩托车,甚至有骑着自行车的人——他们的轮胎很粗,用来对付冰面。他喜欢抓住汽车后面的保险杠,让它一路拉着自己,像那些比他年长的男孩一样,一边小心自己的围巾,以免被卷入车轮中,一边密切注意刹车灯,做好松手准备,如此一来,他们比路上其他任何人都行得快。

"鲁——迪克!鲁——迪克!"

他朝马路的方向飞奔而去,但被一记哨声喝止住,一名警卫挥手赶他走。他用穿冰鞋的一只脚着地,另一只脚高高抬起,滑出一道大弧线,被迫朝父亲眼前转去,父亲此时涨红着脸,气喘吁吁,他待在岸边,没有冰鞋。一阵风刮过湖面,令父亲的香烟头上闪出红光。他看上去如此渺小,嘴里飘出烟雾。

"鲁迪克,你速度真快。"

"我没有听见你。"

"你没有听见我什么?"

"我没有听见你喊鲁迪克。"

父亲张嘴想说什么,又打消了念头,而是说:"我想送你去上学。你应该等等我才是。"

"嗯。"

"下次等我。"

"是。"

鲁迪克把冰鞋挂在脖子上,他们走在一起,手窝在手套里。这条路绕过一排旧屋,通往校舍。学校的围墙上方有一块拱形的铁制标记,那儿停着四只乌鸦。父亲与儿子打赌,赌哪只乌鸦先飞走,可一只都没走。他们默默站着,直至铃响,鲁迪克挣脱了他的手。

"教育,"父亲突然说道,"是一切的根基。你明白我的话吗?"

鲁迪克点点头。

铃声又响了一遍,院子里的小孩朝教学楼跑去。

"好吧。"父亲说。

"再见。"

"再见。"

鲁迪克迈步离去,但接着又回来,踮起脚尖,在父亲脸颊上亲了一下。哈米特微微侧过头，鲁迪克感觉到他胡须的末梢，被冰水打湿了。

鲁迪克在左右夹攻下跑向教室。金发碧眼的女人。法国佬。女孩的面孔。他比大多数人矮小，经常挨打。男孩们把他按在墙上，抓住他的生殖器，用力挤捏——他们把这叫作剪枝。唯有当老师经过转角时，他们才放开他。教室内的墙上挂着国旗、三角锦旗、画像。木制的课桌有块可以掀起来的桌板。戈亚诺夫老师站在讲台上，面色苍白，没有表情。一大早的晨会。仁慈的祖国母亲。强大的祖国母亲。祖国母亲会保护我。男孩女孩窸窸窣窣坐定，粉笔在黑板上沙沙作响，数学课，点到他的名字，五乘以十四，你，对，是你，五乘以十四，对，是你，瞌睡虫！他回答错误，戈亚诺夫用戒尺狠狠敲击课桌。又答错三次，左手心挨了打。接着，在右手遭打前，地上出现一摊水。当其他小孩发现是他尿了裤子时，哄堂大笑，手捂着嘴咯咯咯笑个不止，并在他走过过道时绊了他一下。从厕所走十七级台阶到楼梯顶，窗户上映着清真寺与湛蓝的天空。他一动不动伫在那儿，摸摸尿湿的裤子前面。清真寺后耸着乌法高高低低的烟囱、桥梁，在天空里勾勒出简洁清晰的剪影。戈亚诺夫走到他身后，拉着他的手肘，领他回教室。进去那一刻，他第二次尿了裤子，此时，全班小孩一片安静，趴在墨水瓶前，让一滴滴黑墨水落在习字簿上。他坐在自己的位置上等待，甚至等过午餐时间，我们威武的领袖，我们伟大的领袖，他的胃抽紧、纠成一团，他一直等到身上全干，而后再度闪入厕所，镜子裂了，他的脸碎成千片，恶臭难闻的尿味包围着他，但这里阒静无声，他凑向镜中的自己，歪斜的裂缝扭曲了他的脸。

放学后，父亲又来等他，靠着墙，竖起大衣的领子。一只麦斯林纱袋贴在他大腿一侧。他的另一只手里是个鼓鼓的大背包,里面塞了一个手提灯。哈米特召唤他过去,一手环住鲁迪克的肩膀,他们默默朝电车走去。

等他们抵达城市的山脚下时,天色已暗。桦树整齐地排列在结冰的道路旁。枝杈间透出最后一缕霞光。他们横穿过一条宽阔、布满野兽脚印的碎石路,树上落下一块块积雪。一阵寒风让他们紧紧相拥。父亲从包里拿出一件夹克,披在鲁迪克肩上。他们走下一道狭隘的山谷,来到尽头结了冰的小山溪边,鲁迪克看见冰上有一排火焰,人们在那儿的窟窿里钓鱼。

"鲑鱼,"父亲说。他拍拍鲁迪克的后背,"去,找点柴火来。"

鲁迪克看见父亲挑了一个无人的冰窟,重新把冰砸开,用两块细长的木头充当板凳,在每块上盖上毯子。哈米特将手提灯架在板凳中间,从麦斯林纱袋里抽出一根鱼竿。他把它一节节扳开,将一条鱼线穿过竿子的洞眼,在钩子上附上些鱼饵,然后把渔具固定,站在冰窟旁,拍了拍手。

鲁迪克静立在树林旁,一只手里抱了两根大树杈,另一只手里攥着一把小细枝。

父亲抬起头:"那点木头不够!"

鲁迪克钻入树丛中,不见了踪影。他拂去一块岩石上的积雪,坐下来枯等。他以前从未钓过鱼,他不明白,结冰的河里怎么会有鲑鱼?它们怎么能从冰中间游过?他对着手套口呼出嘴里的热气。只有孤零零的一颗星星爬上天空。没有月亮。他想起家里暖和的床,想起母亲如何把灰色的毯子拉到他下巴处掖好,弯起手臂将他搂入怀中。他相信河对岸的树林里有野兽在等着他,獾子、熊,甚至狼。他听过狼叼走小孩的故事。天空中升起其他星星,像坐着一组滑轮似的。他听见一架飞机的声音,但看不见天上有移动的发光体。他抽噎着,把木头丢在脚边,跑回到结冰的河面上。

"我要回家。"

"你什么?"

"我不喜欢这儿。"

父亲用衣领蒙住的嘴里发出呵呵的笑声,他拉起鲁迪克戴着手套的手,他们一同走入树林,捡拾了足够通宵用的柴火。父亲把引火的枝条放在冰上,他说,光生一堆大火不对,那是笨蛋的做法。相反,他们搭了两个小的锥形柴堆,他教鲁迪克,冷的时候就蹲在火上,热气会从下往上传遍他全身,这是哈米特在战争中学来的一个诀窍。

沿河全是其他钓鱼的人,他们小声聊着天。

"我要回家。"鲁迪克又说了一遍。

父亲沉默不语,拿出前一晚的三个土豆,放在火堆的余烬里加热,不停地翻转,以免外皮烧焦。他们等了一个小时,有了第一条鱼。父亲把它从冰里拉上来,脱下手套,短短几秒钟,活生生的鲑鱼就被开膛剖肚了。他用刀切开鱼腹,食指同时跟上,于是一下就把内脏取了出来。肚肠在空气中冒着热气,父亲用一根小树枝插起鱼身,把它放在火上烧烤。他们在冰天雪地中吃着鱼和土豆,父亲问他觉得好不好吃,他点点头,接着父亲说:"你喜欢鹅吗?"

"当然喜欢。"

"改天我们去打鹅,你和我。你喜欢打猎吗?"

"我想喜欢吧。"

"鹅油,鹅肉,鹅脂,鹅的用处可多了。"父亲说。

"妈妈把鹅脂涂在我胸口。"

"那办法是我教她的。很久以前了。"

"喔。"鲁迪克说。

"很管用,是不是?"

"嗯。"

"不在家这些时日,"父亲说,他停顿了片刻,"我很想你。"

"嗯。爸爸。"

"我们有很多话要说。"

"我冷。"

"来,把这件夹克穿上。"

父亲的夹克披在他肩上,显得格外大,鲁迪克想到,现在他穿了三件夹克衫,而父亲只穿了一件,可他依旧把手臂缩在外套袖子里,坐在那儿发抖。

"你母亲告诉我,你很乖。"

"嗯。"

"她说你做了很多事。"

"我在医院跳舞。"

"我听说了。"

"跳给士兵们看。"

"还有呢?"

"上学。"

"嗯?"

"妈妈带我去那个很大的地方,那个歌剧院。"

"她带你去了,真的吗?"

"嗯。"

"原来如此。"

"妈妈只有一张票，但我们都进去了，门口挤满了人，门被挤破了，我们差点摔倒，但没有！我们走到观众席旁，他们没有来找我们！我们以为他们会来！"

"慢点讲。"父亲说。

"我们坐在台阶上，里面的灯很大，后来灯暗了，演出开始了！他们关掉大灯，幕布升起来，音乐很响，每个人都安静下来。"

"你喜欢吗？"

"那是讲一个牧羊人与一个坏人和一个女孩的故事。"

"你喜欢那故事吗？"

"我喜欢男孩在坏人抢走女孩后把她救出来那段。"

"还有呢？"

"还有红色的大幕布。"

"啊，很好。"父亲说。他拉紧上衣，检查冰窟里的渔线，看是否又有鱼上钩，他满脸通红，嘴也是红的，仿佛刚才上钩的是他自己。

等所有人都走后，鲁迪克说："妈妈允许我坐到椅子上。她告诉我那是天鹅绒做的。"

"很好。"父亲回道。

等下一条鱼钓上来时，父亲取出刀，用裤腿内侧把刀刃擦干净，留下一道血渍。他把小鲑鱼递给鲁迪克，说："你来，儿子。"

鲁迪克在外套袖管里攥紧手指。

"试试。"

"不，谢谢，爸爸。"

"试一试！"

"不，谢谢。"

"快点,听我的!试一试!"

*

　　一间位于斯维尔德洛夫街的库房里——在巴什基尔文化部的资助下——六名妇女在缝制歌剧院的新幕布,她们是乌法手艺最好的裁缝。数卷特制的红色天鹅绒共有四十五米长,五十八米宽,每卷拢一次,又提又抬,便让她们感到手臂酸痛。这些妇女戴着发网,不准在布料附近抽烟、吃东西或喝茶。她们一天在幕布旁坐十个小时,围着这一摊红布料调换座位。每条接缝都有人把关,幕布合拢的地方,内层反复缝了十七次后,监督员才认为两边合得天衣无缝,可以完美地悬挂起来。定做的一块活动布景也是天鹅绒的。门帘盒被精心地制成钟口状,镶有白色花边。国徽绣在幕布正中,于是,分开的两半会在每次演出的开场与结束时合在一起。

　　幕布完成后,三位文化部的代表前来验收。他们检查了一个小时,用手指抚摸接缝处,拿直尺测量门帘盒的高度,确认颜色是否一致。他们讨论国徽的问题,拿放大镜检视所绣的镰刀刀柄。最后,他们打开一瓶伏特加,每个人喝了一小口。裁缝们透过办公室的百叶窗张望,手肘挨着手肘,如释重负地吁了一口气。她们被唤出办公室,部里来的人让她们排成一排,用粗哑的声音讲起同心协力的集体精神。

　　仔细叠好的幕布由一辆卡车运往歌剧院。现场有两名木匠,他们设计了一套支杆与滑轮来承载重量。一根钢索穿过上了油的滑轮。为挂幕布搭建起脚手架,这样,那块布一次也不会碰到地面。

　　第一晚,演出开始前,一位舞台工作人员,阿尔伯特·吉洪诺夫——出生于一个知名的高跷艺人之家——穿上他的高跷,朝同事使了个眼色,像一只巨型昆虫似的从舞台一端走到另一端,跷头咔嗒咔嗒踩在木地板上,他在检查幕布上的瑕疵。一个瑕疵也没找到。

　　仁慈的祖国母亲。强大的祖国母亲。祖国母亲会保护我。仁慈的祖国母亲。强大的祖国母亲。祖国母亲会保护我。仁慈的祖国母亲。强大的祖国母亲。祖国母亲会保护我。仁慈的祖国母亲。强大的祖国母亲。祖国母亲会保护我。仁慈的祖国母亲。强大的祖国母亲。祖国母亲会保护我。仁慈的祖国母亲。强大的祖国母亲。祖国母亲会保护我。仁慈的祖国母亲。强大的祖国母亲。祖国母亲会保护我。仁慈的祖国母亲。强大的祖国母亲。祖国母亲会保护我。仁慈的祖国母亲。强大的祖国母亲。祖国母亲会保护我。仁慈的祖国母亲。强大的祖国母亲。祖国母亲会保护我。仁慈的祖国母亲。强大的祖国母亲。祖国母亲会保护我。仁慈的祖国母亲。强大的祖国母亲。祖国母亲会保护我。仁慈的祖国母亲。强大的祖国母亲。祖国母亲会保护我。仁慈的祖国母亲。强大的祖国母亲。祖国母亲会保护我。

\*

　　鲁迪克遮住罚抄的课文,不让父亲看见,但他逐渐喜欢起用钢笔在纸上游龙走凤的感觉。他把字母连在一起,仿佛每个单词都是一串字符,从来不把一行行课文抄得整整齐齐,更喜欢让它们挤作一团、互相碰撞。这完全违背了老师的要求,有时第二天的罚抄量会加倍或变成三倍。

写完作业后，他跑去湖边检查岸上的旗帜。如果是下半旗，就意味着有显要人物过世，这令他欣喜，因为晚些时候广播里又会不间断地放起柴可夫斯基，连母亲也爱听。

他们已搬到任索夫街一栋新的集体宿舍———一个房间，面积十四平方米，有橡木地板。一面墙上挂着一块从市集买来的织毯。母亲把收音机放在紧贴另一面墙的地方，隔壁新婚的邻居如果想听也能听见。鲁迪克啪地打开收音机，转动指针，在墙上轻叩四声，那对夫妇便知道可以听了。收音机需要一点时间预热，那期间，鲁迪克想象着飘荡出来的音符，仿佛空气本身也在做最后的排演。他站在房间各处，找到音乐效果最佳的位置。乐声先是尖利刺耳、格格不入，然后稳定下来。节目中间，母亲穿着拖鞋，无声地走过地板，坐到他身旁，带着严肃而欣赏的表情。她竭力阻止他跳舞，怕万一父亲回来，但多数时候，她心软了，让他别发出太多响声，自己背过身假装看不见。

他闻到母亲身上有罐装厂酸乳酪的味道，她在那儿找到一份新工作。就在他刚过完十岁生日时，报上登出一张她的照片，她因帮助实现生产翻倍而获得嘉奖，标题写着：把劳动当作目的：山羊乳酪罐装厂的米斯金娜·叶尼基夫、法丽达·纽瑞耶娃和雷娜·伏尔科娃。这张剪报摆在窗台上，与父亲的勋章并排。过了两个月，纸开始发黄，母亲把牛奶瓶盖上的铝箔拼起来，裱在剪报后，在照片上做了一个小罩子，防止直射的阳光把它照坏。

姐姐塔玛拉用同样的方法保护她从书上复印下来的男舞蹈演员的照片：查布基亚尼、叶尔莫拉耶夫、季霍米罗夫、塞格耶夫。鲁迪克从照片上研究舞者怎么固定住头、怎么踮脚。塔玛拉站在院中,怂恿他模仿那种姿势。当他努力想用一只脚站住、岿然不动时,她哈哈大笑。他没有借书卡,但塔玛拉是共青团的老团员,因此,她可以从图书馆把书借出来,带回家给他——《舞蹈与现实主义》《走出布尔乔亚:苏联的舞蹈形式》《新社会的舞蹈设计》——每本书都逼得鲁迪克非查字典不可。

他在笔记本上写下一列列单词,把本子收在书包里:其中许多是法语词,所以有时他觉得自己像个异国男孩。他在上课时画地图,上面有驶过陆地的火车。他的笔记本里尽是芭蕾女伶腿的素描,当老师逮到他在看那种书时,他只是耸耸肩说:"那有什么不对吗?"

他开始成为众人瞩目的对象,有时,他冲出教室,大声把身后的门关上。

后来,老师发现他在空无一人的走廊里,尝试做皮鲁埃特旋转①,但他没受过正式训练,只跳过民族舞,他的动作笨拙勉强。校长写了条子,送他回家。

父亲看过那些短笺,把它们揉作一团扔了。

哈米特的新工作有部分是为了消除麻木。他一大早出门到皎姆河边,与别的十二位同事——都是退伍军人——登上驳船。乌法工厂的烟雾从船上飘过,浓烈的金属味令他想起血。哈米特与其他人用巨大的钩头篙,把从北面工业城——斯捷尔利塔马克、亚利基诺、希氏米——沿河顺流而下的圆木拖进来。船钩打着圈划过空中,宛如小型的镰刀,钩住并戳进四散漂浮的圆木里。他们徒手把木头拉向船尾,然后疾步上前,用链条将它们捆住,他们戴着帽

---

① 单脚或单脚尖着地旋转。

子，敞着衬衫，从一根木头跳到另一根，圆木在他们脚下打转，靴子周围溅起水花。

鲁迪克问过，他能不能下水走到滚动的圆木上去，但哈米特说那太危险，事实上，在过去两年中，作为工头，哈米特失去了五名手下。

哈米特遵循市里的一条指令，指令要求他必须把这些死的人划归为溺水身亡；有时，他在夜里梦见他们，忆起尸体被当作树用来筑路的士兵。冬天，湖面结冰，圆木不再顺水漂流，他到工厂巡讲，给工人们上政治课，正如他多年在部队里做的工作一样，他从不问那有什么意义，无论是让这些木头还是让人上钩。

有一天晚上，哈米特抓着鲁迪克的耳朵说："跳舞没什么不对，儿子。"

"我知道。"

"连我们的伟大领袖也喜欢跳舞。"

"嗯，我知道。"

"但决定你身份的是你的职业。你明白吗？"

"我想明白吧。"

"你的社会存在决定意识，儿子，记住了吗？"

"嗯。"

"很简单。你生来要做的不止是跳舞。"

"嗯。"

"你会成为一名了不起的医生，或工程师。"

"嗯。"

鲁迪克看了一眼母亲，她坐在房间另一端破旧的扶手椅里。她很瘦，脖子上有一处看似发青的凹陷。她的眼珠定在那儿一动不动。

"对吗,法丽达?"父亲说。

"对。"母亲回答。

翌日,从工厂回家的路上,法丽达走过一条印有车辙的土路,在一间屋前停留了片刻。这间小屋被刷成明亮的黄色,涂料已大片大片剥落,屋顶因日晒雨淋而倾斜,木制的门框垮了下来。雕花的木百叶窗在微风中来回拍打。一只孤零零的风铃发出乐音。

她看见门廊的台阶上有双鞋子。破旧、黑色、暗无光泽,很眼熟。

她在嘴里转动舌头,把它挪向里面一颗已松动了好几个星期的牙齿,使劲推那颗牙,为站稳身体,她把手放在大门上。她听说有对老夫妇,与其他三四户人家合住在这儿。她感到头晕无力。牙齿在她嘴里前后摇动。她思忖,自己一生在从未间断的风暴压力下度过,她埋头前行,咬紧牙关,总是预先想到下一步,以前她难得被迫停下来审视周围的事。

她的舌头抵住那颗松动的臼齿。她把手放在屋子的大门上,想推开门,但最后她旋身离开,牙床感到一阵刺痛。

后来,等鲁迪克回家后——跳舞跳得两颊绯红——她坐到床上靠近他身旁,说:"我知道你在做什么。"

"什么?"他问。

"别蒙我。"

"什么?"

"我这把年纪了,你蒙不了我。"

"什么?"

"我在那间屋外看到你的鞋。"

"什么鞋?"

"我知道那些人是谁,鲁迪克。"

他抬起头:"不要告诉父亲。"

她犹豫了一下,咬住嘴唇,然后摊开手说:"瞧。"

一颗牙齿在她手掌中滚动。她把它塞进便服口袋里,然后将手放到鲁迪克颈后,揽紧他。

"小心,鲁迪克。"她说。

他点点头,走到离她几步远的地方,在地板上转起圈,向她展示自己学会的动作,可她没有看,而是目不转睛地盯着墙壁,鲁迪克感到困惑不解。

\*

男孩走后,安娜穿上手肘处已磨坏的睡衣,端坐在床沿。我在书桌旁看书。她轻声道了句晚安,但接着咳嗽了起来,她说她觉得很幸福,这一生只要偶尔能感觉到幸福就已经足够了。

她说,尽管只上了一堂课,但她看得出那男孩说不定会有非凡的成就。

她起身,曳步走到房间另一端,将手臂搭在我肩上。她用一只手摘掉我看书用的眼镜,把它放在书脊的中间处,扳过我的脸,让我面朝她。她喊我的名字,这一声喊,极不寻常地令疲惫的我为之一振。她凑过来,头发贴到我脸上,味道与她以前在玛利亚剧院时一样。她让我在椅子上侧过身,烛火在她脸上跳动。

她说:"念书给我听,郎君。"

我拿起书,她说:"不,别在这儿,我们去床上。"

那是本帕斯捷尔纳克的书,一直跟随我们保留至今,翻到的是一首写星星冻结在天上的诗。我始终深爱帕斯捷尔纳克,不仅是出于显而易见的原因,而且因为我觉得,坚持留在后方而不冲锋陷阵的做法,让他学会珍爱留下的,同时不为失去的而哀痛。

这本书由于翻阅次数过多而厚了不少。而我那令安娜讨厌的、在自己喜欢的书页边缘折角的习惯,更增加了它的厚度。

我拿起蜡烛、书和眼镜,走到床边,拉开被褥,钻了进去。安娜把她的木假牙放到一个盘子上,微微叹了口气,她梳完头发,爬上床到我旁边。她的脚一如既往的冰冷。这是上了年纪的芭蕾舞演员常有的情况——脚受了多年摧折,血液怎么也流不到那儿。

我为她念了一组自然诗,直到她睡着,当她熟睡时,我任手臂环住她的腰,获取一点她的幸福感,这似乎并不过分——人老了,从彼此身上索取的与年轻时一样多,而也许对我们来说,这种暗中的索取更是必不可少。在过去的岁月里,安娜与我渴切地占有彼此,然后活在这些偷得的片刻时光中,直至我们开始把它们拿出来分享。有一次她告诉我,在我被关期间,她经常把我这边的床褥掀开,甚至滚过来,在枕头上压出一道凹痕,仿佛我的人仍在那儿。

她睡着后,我又读了点帕斯捷尔纳克,等蜡烛完全烧完时,我凭记忆将它背出来。她的呼吸中渐渐有了口气,我靠着她躺下,拉起被褥。她的头发披散着,盖过脸庞,微风从打开的窗户吹进来,撩动她眼前的发丝。

感伤显然是可笑的,我不知道那晚自己是否睡着了,但我确实记得,心中冒出一个非常简单的念头——那就是,尽管过了这么多年,我依旧爱着她,那一刻,这一点都不让人觉得可笑,爱过她,或仍继续爱她,即使我们已风烛残年。

早晨六点，工厂鸣响刺耳的警铃。安娜翻过枕头，找到凉快的一侧，撇下我对着她的背。阳光从窗帘的缝隙中照进来，我匆匆弄了点茶与昨天留下的荞麦粥，味道依旧尚可，真有点让人意外。

我们坐在床边的餐桌旁，安娜在留声机里轻声放起莫扎特，以免打扰隔壁房间那位年事已高的洗衣女工。安娜与我聊起那个男孩，后来，吃完早餐后，她穿好衣服，包起自己的芭蕾舞裙和舞鞋。当她从购物篮上抬起头时，那模样，在我看来，犹如重新走入以前的时光。很久以前，在圣彼得堡的芭蕾舞团，她得到一个专门装舞鞋的袋子——那些袋子是戴基列夫亲自分发的——可在我们颠沛流离的途中，她把它遗落在了某个地方。

走廊里，我们的邻居都已经起床。安娜朝我挥挥手，关上门，那动作仿佛属于一支偷偷摸摸的舞蹈的一部分。

那晚，她第二次带男孩回家。起先，男孩小心翼翼地吃着自己的土豆，像在解开一件陌生的外套。他不知道黄油怎么用，望着安娜向她求助。

这间房与我们，我们习惯了彼此的存在，但有了这个男孩，它似乎变得陌生起来，不再是我们住了十七年的地方。

安娜大胆地用留声机轻声放了点斯特拉文斯基，男孩稍稍放松了些，仿佛在把音乐连同土豆一块儿吃下去。他开口多要了一杯牛奶，接着不声不响地吃饭，没有再说话。我望向安娜，脑中唤起的是一只乌鸦在召唤另一只乌鸦的情景，中间隔着一只麻雀的头。

他肤色苍白，肩膀狭窄，有一张同时流露出放肆与纯真的脸蛋。他蓝绿色的眼睛在房间里东张西望，目光似乎从未好好停下来，真正看个仔细。他吃东西时狼吞虎咽，但身体仍笔直地坐在椅子上。安娜已向他反复强调了仪态的重要性。她对我说，他几乎当下就掌握了五种姿势,他的腿天生外开,但仍有点笨拙和不自然。"是不是啊?"她说。

他把叉子含在嘴里,笑了笑。

安娜让他每天到学校的体育馆来,除周日以外,并要他告诉父母,他需要两双舞鞋和两套紧身衣。

他脸色发白,又要了一杯牛奶。

我们听见隔壁的洗衣女工在摸索着开房门。安娜把留声机调得更小声了点,我们跨了三小步,走到沙发旁。男孩没有坐到我们中间,而是在书架前晃来晃去,摸摸书脊,惊讶地发现里面满满塞了四层书。

七点整,他用手擦擦流涕的鼻子,道了再见。待我们打开窗向外望时,他已一溜烟跑过街道,一蹦一蹦,跳过路面上的裂缝。

"十一岁,"安娜说,"真不可思议。"

我们再次让帕斯捷尔纳克陪我们度过灰暗的夜晚。安娜在被褥上沉沉睡去,鼻孔里呼出一种悲哀的气息。我刮完脸——在劳改营里养成的一个旧习惯,可以让我在寒冷的早晨多睡片刻——因失眠走到窗边,星星远比天花板有意思得多。天已下起雨,屋顶上积起的水从檐槽倾泻而下,谱出城市的乐章。她的呼吸变得十分粗重,响得在我耳中回荡,她的身体不时蜷拢,像是梦见痛苦的事,但醒来时,她心情愉快,换上居家穿的便服。

星期天是我们的大扫除日。

几周前,我们在相册里发现蠹虫,爬过我们战战兢兢、游移不定的笑脸。我所有参军的照片早已悉数尽毁,但我们仍有一两张别的照片,供我们咀嚼回味——我们的婚礼,安娜站在玛利亚剧院外,我们俩站在格鲁吉亚各地的联合收割机旁。

安娜把灰色的蠹虫交由我处理，我用手指把它们捏死。多年来，这些蠹虫被我们喂得肥肥的，由于某种奇怪的原因，大部分是拍于圣彼得堡和阳光下的照片。照片背面，我们潦草地写了几句说明，但谨防万一，我们写的是列宁格勒。

还有一些新近在乌法的照片，但令人心酸而讽刺的是，蠹虫放了它们一马。

下午，有幸小睡了一会儿，醒来后，我看见安娜站在床脚换衣服的屏风后，踮起脚趾，穿着她最后一次跳舞时穿的服装，那是三十三年前。那条飘逸洁白的长款芭蕾舞裙，比起过去，现在的她略显失色。她感到难堪，哭了起来，然后换下舞蹈服。她的乳房，微微地，向肋骨两侧晃去。

曾经，我们用欲望充实彼此，而不是回忆。

她穿好衣服，从架上拿下我的帽子，这是她示意我们出发的信号。我拄着拐杖跛出房间，经过走廊，来到日光下。太阳高悬，日头很烈，但街上仍湿漉漉的。白杨树在轻柔的微风中摇曳，尽管空气里依旧弥漫着炼油厂浓密的烟尘，但活着的感觉真好。我们在山脚下的面包店旁驻足，可不知什么原因，白天断了电，数星期来我们头一遭没有闻到扑鼻的香气。我们站在排风口旁，试图捕捉一点余味，但什么也没有，于是，我们继续朝前走。

连任索夫街尽头的疯子老兵也不在，这是死气沉沉的一天。

家家户户坐在湖边野餐。醉汉对着他们的酒瓶说话。一名卖淡啤酒的小贩在摊前忙得不亦乐乎。音乐台上，一个民乐团演奏起难听不和谐的乐曲。这个世上永远没有任何东西接近完美——也许除了一支上等雪茄，我已经许多年没有抽过了。想到这儿，我的脸因剧烈的渴望而抽搐了一下。

安娜担心我气喘，执意要在公园的长椅上坐下，可想必，没有一幕比老流亡犯坐在公园长椅上更加可怜或可笑的了，因此我们坚持往前，顺着列宁公园旁的街道，穿过拱门，走向歌剧院。

他当然在那儿，像一幕喜剧似的，立在歌剧院的台阶上。他穿着一件明显是别人穿旧不要的衬衫，裤子后面，与其他男孩一样，有一道道泥浆的痕迹。他的鞋后跟绽了线，而他双脚的站姿——第三位——让绽口裂得更开。他保持那个姿势不动，我们也站定，互相对峙了良久，最后，我们上前与他打招呼，他表现得仿佛这场邂逅完全在情理之中。

他向安娜鞠了一躬，并朝我点头致意。

"很荣幸又见到你们。"他说。

他左眼上方有几块淤青，但我没有问，对这种挨打的惨状太习以为常，也太习惯隐忍保持缄默。

安娜抓着他的手肘，领他走上台阶。她从包里掏出自己的证件，警卫板着脸摇摇头。直到那时，安娜才想起我，她跃下台阶，寻求援助。

"假如我现在十一岁，我肯定会嫉妒。"我说。

"噢，瞧你。"

歌剧院内，木匠们正在搭建《红罂粟花》的布景，该剧被改名为《红花》，我心中暗想，何不给每样东西都改个名字，让一切都正好名不符实呢？

舞台已经搭好，我的老朋友阿尔伯特·吉洪诺夫——确切地说是暗中结交的一个——像往常一样踩着高跷，在粉刷背景幕。他浑身上下沾满各种颜料。他从高处向我打招呼，我挥手回应。他身子底下有个穿蓝制服的年轻女子，正在把一条桌腿焊接到一张摔烂的金属椅上。舞台在焊枪的火花下似乎亮堂了起来。我坐在倒数第四排观看这场戏，我肯定，它比任何红花，不论玫瑰、罂粟还是米迦勒节紫菀，都更有趣得多。

安娜带男孩到后台，一个小时后再见到他们时，男孩拿着两双舞鞋、一条芭蕾舞带①和四套紧身衣。他欣喜若狂，恳求安娜给他机会，只是到舞台上站一站，但大家都在那儿干活，因此她让他在过道里练习摆位。他穿上对他而言还过大的新舞鞋。安娜摘下头上的一根皮筋，又从包里掏出一根，把它们套在鞋子上，将之固定住。她陪他在过道里练了半个小时。他做动作的时候，嘴角一直在笑，仿佛幻想自己是在舞台上。说实话，我看不出他身上有任何不凡之处——他给人的印象是粗野，不修边幅，兴奋过度，散发出一种危险的魅力与活力，典型的鞑靼人。

就我所见，他缺乏身体的控制力，可安娜还是夸奖他，有一刻连阿尔伯特·吉洪诺夫也停下工作，倚在墙上，让高跷立稳，然后赞许地拍了几下手。为了弥补我的怠慢，我也加入鼓掌的行列。

我能从安娜脸上看出，她已经把在圣彼得堡跳舞的事告诉了他，那段回忆一直积压在她心头。那是多么不堪回首的事，我们的过去，特别是那些甜美的时光。她道出了一个秘密，现在，她心怀忧伤，不知道自己要挖掘多深，才能将这个秘密填满。

不过，我能察觉到，那个男孩对她而言不无裨益——她两颊泛红，说话声中带着一种高昂的音调，是我多年没有听过的。她在他身上看到了某些东西，一道光闯入阴影中，让我们以前所有灰暗的日子都变成值得的。

---

① 芭蕾舞男演员穿的一种专门的三角裤衩，有点类似丁字裤。

他们又多练了几种舞步，直至最后安娜发话："够了！"我们离开歌剧院，男孩回家，舞鞋挂在肩膀上，他的双腿故意从髋处向外打开。

天色已暗，但安娜与我疲惫不堪，在湖边公园的长椅旁停下脚步。她把头靠在我肩上，对我说，她不至于这么傻，相信鲁迪克会成为真正的舞蹈演员，他只是跳给她一个人看而已。安娜一直想要有个儿子，即便在我们上了年纪后。我们的女儿尤丽娅住在千里之外的圣彼得堡。大部分时候，我们不情愿地过着与她保持距离的生活，安娜从无机会教她跳舞。过去的时光就这么白白荒废，我们心里清楚，但无能为力。

那晚，我没有念书给安娜听。她走过房间，吻了我一下，这已足够。我惊奇地发现自己的腹股沟处依旧有一丝骚动，接着，更令人吃惊的是，我想到，几乎快五年没有产生过这种骚动了。我们的身体是供灵魂栖居的肮脏的躯壳。我确信，神灵在草草把我们配成一对时，拼凑得太糟，所以到了深夜，我们可能需要他们，或至少要祈求他们的保佑。

几个星期后，命运发了小小的善心，一个来自圣彼得堡的包裹，终于辗转到我们手中——尤丽娅聪明地通过大学把它寄出来。里面有一磅土耳其咖啡和一个水果蛋糕。蛋糕外面包了纸，纸后面粘了一封信，谨慎起见，多半是无关痛痒的话。她历数城中的变化，提及自己生活中种种新的进展。她的丈夫在物理系升了职，她暗示，在将来几个月里，她也许能够给我们寄点钱。我们靠坐在扶手椅里，把那封信读了十二遍，破解里面的密码与微意。

鲁迪克来了，狼吞虎咽地吃下一块蛋糕，然后他问，能不能带一块回家给他姐姐。后来，我看见他在半途中打开盒子，把那块蛋糕塞进嘴里。

我们将尤丽娅寄来的咖啡粉反复冲泡,直至无味到安娜打趣说,它们可能都变白了——革命前我们通常一周就用完一磅咖啡,但显然,当别无选择时,人的适应力非同寻常。

当我一个人下午出门散步时——因为脚的缘故,步子很慢很小心——我开始往第二小学的体育馆走去。我隔着小小的玻璃窗往里看。安娜共有四十个学生,但课后,她只留下其中两个,鲁迪克与另一个男孩。那个男孩一头黑发,身体柔软,在我看来,更有造诣得多,没有一点暴烈的气质。假如他们能相互融合,一定会超群出众。可安娜偏心的是鲁迪克——她对我说,在某种程度上,他是为舞蹈而生的,他没有受过正式训练,却深谙其中的技巧,对他而言,那就像一套语法规则,根深蒂固,是与生俱来的。当她训斥他的下蹲动作,而他一转身就把它做到完美时,我看见她眼中的光芒,他咧开嘴笑着站在那儿,等待她的再度训斥,这当然是意料中的。

安娜给自己找了一件新舞衣,虽然她套了保暖的腿套,穿着一件长毛衣,但看上去仍苗条优雅。他在做扶把练习,安娜站在他一侧,纠正他的伸展动作。她让他不停地重复舞步,直到头晕为止,她大声对他说,他不是猴子,背应该挺直。她甚至在钢琴上敲出几个音符,给他打拍子,尽管她的指法尚有很多不足之处。有一个冬日的下午,我惊讶地看到她眉毛上渗出一串串细小的汗珠。她的双眼真的在发光,仿佛是借了男孩的眼睛似的。

她开始教他跳跃——她告诉他,首要的一点是,你所做的动作必须跟随脚,不在乎比别人跳得高,但要在空中停留得更久。

"在空中停得更久!"他咯咯笑起来。

"对,"她说,"牢牢抓住上帝的胡子。"

"上帝的胡子?"

"不要像奶牛一样落地。"

"奶牛会跳?"他问。

"别调皮。合拢你的嘴。没让你表演吞苍蝇。"

"我进马戏团了!"他大喊道,张着嘴开始在房间里又蹦又跳。

安娜与他达成一项协议。鲁迪克的父母是穆斯林后裔。身为家中的独子,他不用干很多家务。买面包是他唯一要做的事,但过了一段时间后,由安娜开始替他去取面包,让他有时间练习。她在不同的面包店外排两次队,一次在科拉斯纳街,一次在十月大道。我经常陪她一起等。我们尽量驻留在面包店的出风口旁——空气中四溢的香味是排队时莫大的安慰。我把第一批面包拿回家,而她则手持鲁迪克一家的面包票在第二家店等候。这通常要耗去一整个上午,但安娜觉得无所谓。上完课,他会亲一下她的脸颊,把面包放进购物袋,跑回家。

一个夏日的傍晚,我们带他去野餐:腌黄瓜、几块黑面包和一小罐浆果汁。

到了别拉亚湖边的公园,安娜在地上铺开一块毯子,日头很高,在周围草地上照出一个个短小的黑影。下游远处,有一群男孩在一块巨大的岩石上玩跳水。其中有一两个朝我们这边指指点点,高喊鲁迪克的名字。安娜在他耳边说了一句话。他不情愿地穿上游泳服,沿着河岸走去。他在岩石附近徘徊了一阵,一副愁眉苦脸的表情。很容易在人群中认出鲁迪克——他比别人瘦小苍白。男孩们从岩石上跳入水中,在空中抱住膝盖。落水时溅起数柱高高的水花。

鲁迪克坐下，注视着他们滑稽古怪的动作，下巴搁在膝盖上，直到有个大男孩朝他走来，开始推搡他。鲁迪克反击，尖叫着骂出一句脏话。

安娜站起身，但我拉住她，为她倒了一杯浆果汁，说："他自己的战争，让他自己打。"

她抿了口果汁，决定随它去。

过了几分钟，这时，安娜脸上闪过一丝恐惧。鲁迪克与另一个男孩爬到了岩石最顶端。别的小孩都在盯着看。有的开始拍手，缓慢而有节奏。我站起来，开始拖着垂老的身躯，竭尽所能地快步沿河岸走去。鲁迪克镇定自若，一动不动地在岩石顶端。我高声喊他。那一跳有五米高，几乎不可能完成，因为岩石底部非常宽。他伸开手臂，做了一个深呼吸。安娜发出尖叫。我打了个趔趄。鲁迪克进一步打开双臂，飞了出来。他仿佛悬在空中，像一道猛烈的白光，继而落入水中，溅起巨大的水花。他的头差一点就碰到岩石的边缘。安娜又叫了一声。我等着他浮出水面。他在水下待了很久，不过最终还是浮了上来，一片水草叶粘在他脖子上。他拂去叶片，甩了甩头，咧开嘴大笑，接着，他朝那个仍站在岩石顶、吓得目瞪口呆的男孩挥挥手。

"跳啊，"鲁迪克喊道，"跳啊，笨蛋！"

那男孩爬了下来，没有跳。鲁迪克游开，朝我们走来，若无其事地坐到毯子上。他从罐子里拿了一块腌黄瓜，但他的身体在发抖，我能看出他眼中的惧意。安娜开始斥责他，但他继续吃着腌黄瓜，最后，安娜耸耸肩。鲁迪克抬起头，从一绺凌乱的头发下望着她，吃完东西后，他走过去，把头倚在她肩上。

"你是个怪孩子。"她说。

他每天到我们的房间来，有时一天两三次。我们的留声机唱片集里有部分是违禁的，我们把它藏在一个背面有暗格的木头书架里，这是我凭自己的木匠手艺做出的几件真正有用的东西之一，躲过了内务人民委员部的多次巡查。他学会怎么把唱片从封套里拿出来，捏着边缘，不留下指纹。他每每仔细擦去唱针上的灰尘。当留声机咔咔几下，传出的声音转为小提琴时，对他而言那就像是灵丹妙药。

他闭着眼睛，在房间里四处走动。

他开始崇拜起斯克里亚宾，聆听时静立不动，仿佛想让音乐重复上千遍，直到斯克里亚宾本人站在他旁边，用笛声让火燃得更旺。

他有个令人讨厌的习惯，听音乐时一直张着嘴，但如果拍拍他的肩膀，把他从那一刻中唤醒，似乎又不妥。有一回，安娜碰到他的下巴，他即刻退缩。我知道是他父亲的缘故。伤得不重，但你看得出他挨了打。鲁迪克告诉过我们，他父亲在河上工作，拉木头。在我看来，他正遵循着加之于每个父亲身上的古老诅咒——希望儿子利用自己奋斗创下的条件，成为医生、军人、人民委员或工程师。对他来说，跳舞意味着贫民窟。鲁迪克在学校考试不及格，老师说他坐立难安，把时间都花在哼交响曲上，偶尔在看姐姐借来的艺术书。他迷恋上了米开朗基罗，在笔记本里画起素描——这些画虽然青涩，但十分逼真。

他唯一收到的好评来自少先队，他每周二下午在那儿练习民族舞。晚上，歌剧院有芭蕾舞演出——《艾丝美拉达》《葛蓓莉娅》《堂吉诃德》《天鹅湖》——他会从家里跑出来，偷偷溜到后台，由我的朋友阿尔伯特·吉洪诺夫，那个踩高跷的人，给他一个座位。

当他回到家,父亲发现他去了哪里时,便是鲁迪克挨打的时刻。

鲁迪克没有因为他受的伤而哭诉过,也没有我经常在其他男孩和男人身上看到的那种空洞的眼神。他为了跳舞而挨打,可他仍继续跳舞,整件事就这样形成一种自我平衡。打他是出于一时冲动,包括特别狠的一次,那是他过完十三岁生日的第二天。我相信,鲁迪克的确该打——他可能脾气很坏,很不听话——但我看得出,通过打他,通过阻止他跳舞,他的父亲正在赋予鲁迪克不懈追求的精神。

安娜谈到要去拜访他母亲,但还是打消了念头。明智的人,一次只往黑暗中迈一只脚。

我一直视回忆为一种可笑自大的行为,可是当留声机响起时,安娜开始向他讲述自己过去的点滴片断。她隐去自己青春期的事,很快跳到她在舞团度过的岁月。她可真唠叨啊!服装,设计师,穿越边境的火车!圣彼得堡和雨幕下的街灯!基洛夫剧院倾斜的舞台!《托斯卡》最后一幕中的男高音咏叹调!过一会儿后,再也没有什么可以遏制她——就像传说中荷兰男孩所堵的堤坝,只是溃决的不仅是那条河,还有碎石堆成的堤垒、河岸以及岸上的野草。

我很庆幸她没有骗他,没有佯称自己是未得到历史承认的杰出舞蹈演员之一。不,没有。那里面饱含了一种可爱的真诚。她告诉他,她站在宏伟的剧院的舞台侧翼,幻想自己登台表演。她记忆中的巴甫洛娃,不如其他人那么光彩夺目,也许是因为巴甫洛娃本身已与舞蹈融为一体。不知不觉中,我的思绪也回到玛利亚剧院,我坐在前排,渴切地等待安娜与舞团成员出场。在《天鹅湖》的谢幕中，有人大叫：安娜！安娜！安娜！我觉得他们呼喊的是我的安娜，因此我也跟着喊。演出结束后，我会等她，我们手挽手，走在罗西街上，到了她楼下，她母亲会从四楼的窗户往下看。我把她拉到墙边吻她，而她会抚摸我的脸，然后咻咻地笑着跑上楼。

那是多么久远的事啊，多么不可思议，但有时，所有离世的友人会再度复活。

鲁迪克带着某种怀疑，出神地倾听这些故事。后来我发觉，这种怀疑源自一种有益无害的无知。毕竟，他当时十三岁，他所受的教育，使他的思维方式与我们不同。不过，让我吃惊的是，几个星期后他还记得这些故事，有时会一字不差、准确地复述出安娜的话。

他吸收一切养料，变得又高又瘦，动作笨手笨脚的。一个顽皮得意的笑脸就能镇住一房间的人，可他并不了解自己的身体或威力。而且恰恰相反，他胆小害羞。安娜告诉他，必须要让整个身体都舞动起来，每个部分，不止是手和腿。她拧他的耳朵，对他说，连耳垂也一定要做出动作。腿伸直。转体时摆头速度要更快。修正身体的线条。像吸墨纸那样将舞蹈融入身体。他勤奋地坚持每一条，从不中途放弃，直至把每一步都做到完美无缺，即便那意味着将遭到父亲的又一顿毒打。星期日，安娜先带他去博物馆，然后去歌剧院看排练，因此他们一周七天都在一起。回家途中，鲁迪克会准确地记住看到的每个动作，不管男女，通过回忆将它们重新组合起来。

他存在于我们之间，如同气氛紧张的漫漫长夜。

鲁迪克开始发展出一套新的用语，一套不适合他、与他格格不入的语汇。然而，听到这个粗俗的乡下男孩讲出舞蹈手臂姿势，仿佛是从挂满枝形吊灯的房间里走出来时，让人觉得别有一番魅力。与此同时，在我们的餐桌旁，他吃山羊乳酪时的样子像个野人。他的人生中从未听说过饭前要洗手。有时，他把手指伸进鼻孔，他还天生特别喜欢抓弄自己的私处。

你会把它抓掉的，我有一次对他说，他看着我，露出那种只有面临死亡或打劫时才有的惊骇表情。

深夜，我和安娜在床上聊天，聊到她睡着。我们陡然发现，他给了我们新的元气，但这丝元气只能支撑我们一小段时光，他终将离去。这令我们非常伤心，不过也让我们有机会走出我们过去累积的悲伤。

我甚至重返我的菜园，看能不能让它起死回生。

多年前，我们分到一小块土地，从我们的住处乘电车八站路。部里有人没注意到我们的过去，我们有幸收到一封信，说我们可以拥有一块两米见方的土地。这块地很贫瘠，土壤老化变脆。我们种了几种蔬菜——黄瓜、萝卜、白菜、野葱，但安娜亦喜欢百合，每年，她用几张食物券换一包球茎。我们把球茎种在菜地边缘的土壤深处，有时用驴粪当肥料，等它开花。大多数年份花都种不好，但命运赐予我们一丝意外的狂喜，那个特别的夏天，有史以来头一回，我们地里有了一丛隐秘的白色。

下午，当安娜在体育馆时，我搭电车去那儿，一瘸一拐上山，坐在一张折叠椅上。

通常，每到周末，都会看见一个矮小黑头发的男人跪在他的菜地上，离我的菜地十米远。我们不时地相互对望，但从来没有说过一句话。他绷着脸，神色戒备，像一个时时活在圈套陷阱中的人。他极其卖力地耕作他的菜地，种的大多是白菜和土豆。到收获时，他推来一辆独轮车,把它堆得满满高高的。

有一个星期六上午,他沿小径走来,后面紧跟着鲁迪克。我吃了一惊——不仅因为这个男人是鲁迪克的父亲,而且因为那孩子本该和安娜在体育馆,在过去的十八个月里,他从未缺过一堂课。我把铲子插进土里,大声咳嗽起来,但鲁迪克一直低头看地,仿佛每株植物周围都潜伏着可怕的事。

我站起来想开口说点什么,可他背转了身。

接着,我突然意识到,鲁迪克的天赋在于他能让身体说出他用其他方式无法表达的事。只是简单地把肩膀从一侧歪向另一侧,同时垂下头,就赋予他一种模样——即使从后面看去——意思是,任何亲近的举动,不仅是对他的侵犯,而且会深深伤害他。他永远地疏远他父亲,但同时也永远地疏远我。

我能看见他眼睛上方的破口,但他父亲的右脸颊上也有一大块淤青。我觉得很明显,他父亲是在试图和解他们之间发生的一切,但没有一点修好的迹象。

他父亲一边锄地,一边抬头与儿子讲话。鲁迪克偶尔回一两句,但大多数时候一言不发。

我知道,再也不会出现挨打的情况。

我决定不去管他们,戴上帽子回家,把发生的事告诉安娜。

"哦。"她说,接着她走到桌旁坐下,反复将手指弯拢伸直。

"总有一天,我得将他转给伊莱娜·康斯坦丁诺芙娜,"她说,"他已经从我这里学到了所有他能学的。只是很一般的东西。"

我走到柜子旁,拿出一小瓶我们藏了许多年的私酿的伏特加酒。安娜用一块干净的布擦亮两个玻璃杯,我们坐下小酌。

我举起酒杯敬她。

她用连衣裙的袖子拭了拭眼睛。

瓶里的酒只够刚勾起我们的酒兴。不过我们倒把我们愉快的心情延伸至留声机，一遍又一遍地播放普罗科菲耶夫。安娜说，她不介意让鲁迪克转到另一位老师门下，尤其是伊莱娜。伊莱娜·康斯坦丁诺芙娜·弗托维奇曾是圣彼得堡的一位芭蕾舞领舞，现在在乌法歌剧院当院长。她与安娜一直保持联系，彼此交换回忆，互相关照——安娜说，过几年，鲁迪克也许能得到一个跑龙套的角色，甚至可能表演一两段独舞。他也许可以循着这条路，进入玛利亚剧院的舞蹈学校，她说。她甚至提到写信给尤丽娅，看她能不能提供任何帮助。我明白，安娜正在回想当年的自己，比现在年轻、柔韧，依旧前途无量，因此我点点头，任她继续说下去。我们能做的只有那么多，她说，教学是一根橡皮筋，假如我们把它拉得太紧，将来有一天，它只会啪地断掉，反弹到我们身上。她解释，这一周里，她会找个时间，带他去卡尔·马克思街，上高级班的课程。不过首先，她要煮一桌丰盛的筵席，给他一个惊喜。

我把手伸过桌面，握住她的手。她让我去拿本书来，也许有了伏特加暖身，我们今晚都能痛快地睡个好觉。事实并非如此。

那一整个星期，她都在陪他跳舞。我隔着体育馆门上的玻璃窗观察。无疑，经过她的打磨，他的动作已蜕去最粗糙的外壳。他的下蹲做得相当不尽如人意，腿用力过猛，不够优雅，但他的皮鲁埃特旋转完成得很好，跳跃时，他甚至已学会在空中停留一瞬，这让安娜很高兴。她拍手鼓掌。作为回报，他又跳了一遍，沿对角线方向，结合缓慢的大跳和手臂划出的弧线向前行进，接着他在房间后面，以一连串拙劣的西松步，从一端跳到另一端，第二个膝盖弯了。他后退，突然停住，把手臂在头顶环成花环状，圈住一块空气，将它划归自己所有，这肯定不是安娜教他的。他的鼻孔翕张，我一度以为他或许会像马一样四肢趴地。显然，他体内的直觉多过才华，活力大于学识，仿佛之前他来过这里，戴着另一副面具，某种狂热原始的野性。

星期五，安娜将他拉到一边，把消息告诉他。我借口走开，从门外向里张望。我期待看到沉默，也许有眼泪或困惑的伤心，可他只是看着她，紧紧与她拥抱，后退，用力一点头，接受未来的安排。

"现在，"安娜说，"你最后跳一次，我要你在我脚边洒下一盘水珠。"

他朝另一端的长凳走去，拿起洒水壶，在房间里来回做了一组希奈动作①，同时往地上洒水，以控制身体。接下来的二十分钟里——在我回家前——他把安娜教他的全部动作串起来，从体育馆的一角跳到另一角，身上的紧身衣已经磨破、失去弹性。安娜朝窗外的我瞥了一眼，就在那一刹，我们都明白，不管未来迎接我们的是什么，至少我们拥有这一段时光。

\*

在卡尔·马克思街的礼堂里，他是七十名年轻舞蹈演员中的一员。十四岁的他接受了一整套全新的语言②：皇家舞团、旋转跳、勃

---

① 芭蕾舞中一连串踮着脚尖或半踮脚尖做的快速动作，即从一脚到另一脚的转身动作。

② 以下这些词原文都是法语。

里塞①、图尔·昂·莱尔②、弗韦泰③。他留到很晚,不停地练习。在做四次交叉编织击脚跳时,他的腿像理发师的剪刀似的拍击合并。伊莱娜·弗托维奇抿着嘴看他,她的头发在脑后盘成一个朴素的圆发髻。有一两次,她的嘴角扬起笑意,但多数时候,她保持着令人难以捉摸的神态。他企图用一记飞跃折跃激怒她,但她只是嘲弄了几句,起身走开,嘴里说道,无论基洛夫剧院、波修瓦剧院,还是斯坦尼斯拉夫剧院,都不会接收像他这种身材的人。她说起这些芭蕾舞团时,带着一丝遗憾的口吻,有时,她向他讲述列宁格勒、莫斯科,讲述女芭蕾舞演员如何刻苦到上完课时双脚鲜血淋淋,歌剧院的水槽被杰出舞者的血染成红色。

他怀揣着这个念头回家,一边练习,一边想着鲜红的血渗透他的舞鞋。

姐姐塔玛拉已离开家,到莫斯科去上师范学校,现在,他有空间放下一张标准长度的床。床边的墙上贴着他随手写给自己的字条:叫安娜修补舞鞋。练习摆头④,以便不会头晕。找龙套角色。弄一根好的橡木当把杆。只对自己做不好的东西感兴趣。贝多芬十六岁时就写出了第二号协奏曲的第二乐章!没有直射的阳光照到这面墙,但他仍像母亲过去那样,在纸片上罩上一层锡箔。父亲在房里踱来踱去,但对这些写下的字条置之不理。

一个三月的早晨,鲁迪克醒来,听见国家广播电台首席播音员尤里·列维坦在一片哀乐声中插播一则通讯,列宁事业卓越的继

---

① 芭蕾基本动作,单脚跳起,两腿在空中轻轻互击。
② 指空中转。
③ 指一腿抬起在空中急速划圈的单腿转。
④ 芭蕾中,旋转时为了不晕而有规律地摆头的基础动作。

承者、我们的父亲及导师、我们并肩作战的战友、领导科学与技术发展的旗手、苏联共产党英明的领袖,斯大林同志的心脏停止了跳动。

要求大家默哀三分钟。鲁迪克的父亲出门走到街上,站在树底下,那儿只有鹩哥的声音。母亲伫立窗边,后来,她朝鲁迪克转过头,用手捧起儿子的脸,两人之间没有交流一句话。

那天晚上,在另一档节目结束时,鲁迪克听到普罗科菲耶夫也在同一天去世。他从窗户爬进卡尔·马克思街上了锁的礼堂,在厕所的水槽里,他用脚掌狠命摩擦水龙头的金属嘴,直到它们流血为止。他摆好姿势,对着无人的观众跳起舞,血染在舞鞋上,汗水从他的头发里挥洒而下。

\*

那正好是庆祝五一劳动节前夕。我们约莫已有四年没见过面。他到卡尔·马克思街的电工车间来敲门,我在那儿当学徒。他看起来大不一样,更加成熟,头发留长了。过去在学校受我们欺侮的小杂种,此刻站在门外,块头和我一样大。我听说他在跳舞,在歌剧院亮相过几次,多数是跑龙套,但那又怎样,不关我的事。我问他要干什么。他说,他得知我有一台便携式留声机,他想借一下。我动手关门,但他伸进一只脚,门朝我这边反弹。我抓住他的衬衫,但他没有退缩。他开门见山地说,他准备在炼油厂的地下餐厅举行一场表演,需要用留声机。我让他不如去跳湖,干几条鲑鱼。可接着他开始像个小孩似的苦苦哀求,最后他说,他愿意付我一点钱。于是,我要他保证,从他的一百卢布里抽三十给我。他说好,只要我给他弄几张好听的唱片来放。我表哥在共青团身居要职,他有若干张唱片,多数是军歌,但也有一些巴赫、德沃夏克和其他的。再说,三十卢布可是实实在在的钱。因此,我把便携式留声机借给了他。

炼油厂占地很广,到处是管道、蒸汽和沟渠,有三辆自己的救护车,发生事故时负责运送死者或伤员。警报声时时响个不停,还有探照灯、搜救犬。你只要凭借一个人看你的眼神就知道他是不是炼油厂的工人。主持文工团的是个又肥又老的女人,叫薇拉·巴热诺娃。大多数时候,她放映电影或低级下流的木偶戏,偶尔会加点民族舞。可鲁迪说服她,让他表演一晚。那方面他很擅长,能把一头驴说成一匹千里马,而且总能得逞。

餐厅很脏,一股汗臭味。晚上六点,刚完成交接班。工人们坐下来看表演。大约有三十个男的和二十五个女的——焊接工、修理工、锅炉工、铲车司机、几个办公室职员、若干工会代表。我认识其中几个,我们合喝一杯马乳酒。过了一会儿,鲁迪从厨房走出来,他在那里面换好了衣服。他穿着高高拉到肚子上的紧身裤和一件无袖上衣。长长一绺头发垂在眼前。工人们开始哄然大笑。他努努嘴,让我把唱片放到留声机上。我对他说,我可不是他的土耳其小奴隶,他应该自己去放。他走过来,在我耳边低语,说我别想拿到一毛钱。我心想,他妈的。可我还是把唱片放了上去。他跳的第一支舞是《起重机之歌》里的一段,只跳了三四分钟,人们便开始嘲笑他。他们以前见多了这种舞,这些工人,而这是一天里最后的时光,酒瓶子挨个往下传,每个人都在抽烟,叽叽呱呱聊个不停,他们说,把这个混蛋赶下台!把这个混蛋赶下台!

他又跳了几支舞，但人们的吵闹声越来越大，连女的也加入了其中。他朝我瞄了一眼，我开始为他感到有点难过，于是，我提起留声机上的唱针。餐厅里静了下来。他眼中露出一丝狠意——像是突然发出挑衅，让女的上前去干他，让男的去和他打一架。他抽动了下嘴唇。有人把一块脏抹布扔到台上，又引起一阵哗然。薇拉·巴热诺娃涨红了脸，拼命想让他们安静下来，担风险的人是她，她是文工团的负责人。

就在这时，鲁迪打开双臂，先跳起戈帕克舞①，接着是一曲《小苹果》，他踮起脚尖，慢慢蹲下身，然后转入到《国际歌》。笑声变成几许咳嗽声，接着，工人们开始在座位上面对面，然后用脚在地上打起《国际歌》的拍子。表演接近尾声时，鲁迪重新回到芭蕾舞，把《起重机之歌》完整地跳了一遍，那帮傻帽为他鼓掌喝彩。他们把一个锡制的杯子传了一圈，他又拿到了三十卢布。他瞧了我一眼，把钱全塞进自己的口袋。演出结束后，工人们围上来，请我们再多喝几杯马乳酒。不久，餐厅内人人都在喝酒喧哗。一个矮小的红发男人爬到铝制的长餐桌上，向大家敬酒，接着，他单脚站立，伸开手臂。最后，鲁迪抓住那个男人，扶他站稳，向他示范正确的动作。

搭电车回家时，我们都喝得烂醉如泥，我要他再多给我一点钱。他说我是个无耻的哥萨克人，那些钱他要用来买火车票，去莫斯科或列宁格勒，无论哪个愿意录取他。他让我滚蛋，不管怎么说，所有钱都是他挣来的。

---

① 一种乌克兰民间舞蹈。

*

他拿了一块红石头给自己的脸涂胭脂,用从歌剧院偷来的黑眼线笔描眼线。他的睫毛涂了糨糊,显得又浓又厚,头发抹了油,全部梳到后面。独自在家时,他对着镜子微笑,然后挤眉弄眼,做出一系列表情。他走到镜子前,调整紧身裤与舞带:镜子向后倾斜,因此他只能看见自己的躯干中段。他把手臂高举到镜子照不到的范围,弯下腰,看着自己的手重新出现在镜子里。他走近,摆出夸张的外八字姿势,绷紧两腿的肌肉,髋部向前挺。他脱下紧身裤,解开舞带,伫立不动,闭上眼。

一排灯光,无数张面孔,他停在空中,迎接雷动的掌声。脚光一闪,幕布再次拉开。他鞠躬谢幕。

后来,他用一块旧手绢擦去胭脂和眼妆。他移开几样家具——餐具柜、扶手椅、廉价的装饰画——在房间昏暗狭仄的空间里练起舞。

下午,父亲回来的时间比往常早,他像习惯了沉默寡言的男人一样,点了下头。他的目光在鲁迪贴在镜子上的那排字条上停留了片刻:练习巴特曼①,做到连续整齐的小跳切割。向安娜借斯克里亚宾。双脚的线条。在其中一排字条的最末端写着:通行证。

哈米特瞥了一眼地上鲁迪脚旁的手绢。

他默默地从儿子身边走过,把扶手椅拉回到离门不远的位置。在哈米特的床垫底下,他有足够的钱。两个月的工资,用橡皮筋绑

---

① 芭蕾舞基本练习动作,指动作腿的均匀的运动。

着。他攒钱想买一把散弹猎枪。鹅。野禽。雉鸡。丘鹬。他不动声色地从床垫下拿出钱，把它抛给鲁迪，接着仰面躺在床上，给自己点了一支烟，抵御房间里的香味。

*

去列宁格勒途中——或毋宁说是去莫斯科的途中，这条路通往列宁格勒——有一站是伊热夫斯克，那个小村庄是我生长的地方。我告诉鲁迪，他可以通过火车站的红绿屋顶认出那个村庄。倘若他愿意，可以去拜访我年迈的叔叔马吉，留宿一晚，幸运的话，也许还能从他那儿学一两招踩高跷的技巧。他说他会考虑。

之前在歌剧院，我曾让鲁迪试过高跷，当时他在那儿跑龙套，演一个持矛的罗马人。演出结束后，我们正在打扫清理。他仍穿着戏服。我把高跷塞到他手里，让他套上。那是副短的，只有四分之三米高。他把它们放在地上，将脚踩到木头上，系紧带子，然后坐在那儿发愣，最后，他意识到自己怎么都没办法从地上站起来。他说："阿尔伯特，你这混蛋，把这蒙人的东西拿走，别让我瞧见。"他解下高跷，把它们踢到房间对面，但接着又捡回来，站在舞台中央，试图弄明白是怎么回事。最后，我拿来梯子，向他讲解了一遍全过程。他走到梯子最上端，我给他一条最重要的指示。千万不要往后倒。把重心放在脚上。不要往下看。高高抬起膝盖，高跷会自动跟上。

我在舞台上拉了一根绳子，高度大约到腋下，这样，如果他摔倒的话就可以抓住绳子。起先，他一直努力想站在高跷上保持平衡，那是最难的，最后我告诉他，他需要走起来，要一刻不停地走。

他晃晃悠悠地沿着绳子走来走去,大多数时候都抓着绳子。

我小时候,叔叔马吉曾在一个废弃的筒仓里练习,就在刚出了村的地方。他选那儿是因为那儿没有风,而且其他地方的屋顶对他来说都太低了。他大概有二三十副不同的高跷,全是白蜡木做的,从半米高到三米高不等。他最喜欢一米高的,因为那样,当我们小孩子从他底下跑过时,他可以弯下身,和我们说话、摸摸我们头顶,或与我们握手。他是我见过的最优秀的高跷艺人。他可以做好一副新的,踩上去,立刻找到最佳平衡点。不到一两天,他就能穿着它们健步如飞。

叔叔唯一跌倒的一次,是他在教我们怎么正确往下摔的时候。"千万别向后!"他大声说,"你会把脑袋摔开花!"接着,他开始自己向后倒去,大叫道:"千万别这样!千万别这样!"

当叔叔站不稳时,他会改变重心,转动高跷,在最后一刻向前扑倒,膝盖弯曲着地,身体坐在脚后跟上。他是我遇过的唯一连锁骨都从未扭伤过的高跷艺人。

在他出发前的最后几个晚上,我试图传授鲁迪踩高跷的技巧,但他的心思在别处。光是想到要离开,就让他飘飘然如漫步云端。我告诉他,如果他从火车里向外眺望,会看见田野另一边有小孩子,那是我的侄儿侄女,他们的头在玉米地里上下蹿动。假如他看一眼火车站后面,也许还能见到一群踩着高跷踢足球的人。要坐在火车靠左边的位置,我对他说。

我确信他一定没有这么做。

鲁：

  年轻人，舞蹈的魔力纯粹是可遇而不可求的。但具有讽刺意味的是，为了让这个可遇而不可求的时刻出现，你必须比别人更加勤奋苦练。然后，当它发生时，它是你人生中唯一永远不可能再发生的事。有的人觉得这是桩不幸，但对其他人而言，那是绝无仅有的狂喜。

  以后，你也许应该把我对你说过的话统统忘掉，但只要记住这条：生命中真正的美，在于美会偶尔出现。

萨沙
一九五九年四月十五日

## 二

## 列宁格勒，乌法，一九五六年至一九六一年

火车站的月台被乘客的鞋和他们甩动的雨伞打湿了，灰蒙蒙压抑的湿气，令一整天都显得格外凝重。工人们沉闷低落地走来走去。喇叭里正传出一支新的交响曲，某工厂在排练大提琴与小提琴。我坐在月台屋檐下的椅子上，望着一位与我年纪相仿的妇女，在和两个年少的孩子道别。我抚平裙子，这身着装既不太严肃也不太隆重，我一直在努力想象他会是什么模样。

母亲给我寄过一张相片，是多年前照的，当时她还在乌法教他跳舞。他长了一张乡下孩子瘦削顽劣的脸蛋——鞑靼人的高颧骨，淡棕色的头发，一股蓄势待发的目光——但现在他十七岁，相貌肯定不一样了。母亲说，他很特别，我一眼就能认出他，他站在人群中会很出众，他甚至已经把走路变成了一种艺术。

火车终于来了，冒着滚滚蒸汽，我站起来，举着一顶以前属于我父亲的帽子，一个事先约定的暗号——这明显很荒唐，但我隐隐感到一阵悸动，等着一个年龄比我小一半的男孩赫然现身。我扫视人群，没有一个符合描述中的他。我在里面穿梭，擦着别人夏天穿的外套和公文包，我甚至上前与两名少年打招呼，他们以为我是检查员，吓得赶紧向我出示证件。

下一班火车还要四个小时，因此我走到外面的细雨中。火车站前有人对斯大林的脸动了手脚，在石像的双颊上凿出极其细微、几

乎难以察觉的凹坑。雕像下的鲜花无人照料。这种毁损石像容貌的举动就算没有绝对的危险，显然也很愚蠢，但那是一九五六年苏共代表大会召开前夕，我们已能感觉到列宁格勒解冻的氛围。仿佛开了一道细小的裂缝，有光洒进来，这道不断累积的光，将继续散布传播，它的存在变成我们生活中不可否认的一部分。黑色的帆布帐篷搭在正处于修理中的电车轨道上。收音机的价格下跌了。从摩洛哥运来的橙子涌入市场——我们已经很多年没见过橙子了。买的人在涅瓦河的港口旁互相推挤。就在几个月前，为了让我丈夫重新振作，我给他买到了八瓶他最爱的格鲁吉亚葡萄酒。我们住的公寓甚至通了热水，有一晚深夜，我与他一同躺入浴缸，不仅我自己吓了一跳，更吃惊的人是他。有一阵，约瑟夫的心情开朗了许多，但等酒喝完后，他又故态复萌，闷闷不乐。

我没有在车站外面等候，而是沿着涅瓦河，经过监狱，走到桥的另一边，在那儿乘电车去了大学。我敲敲丈夫的门，想把情况告诉他，但他不在办公室——可能在别处工作，或在与某个物理系的教授闲混。这是相当长一段时间内，我第一次重返这所大学，走廊里空荡荡的，我仿佛走在一只曾经构成我人生主乐章的铜鼓内部。我甚至琢磨着想走进语言学系去，但觉得那也许会重揭旧伤，而不是得到慰藉。我转而从皮包深处翻出一张旧工作证，用手指盖住到期日，混进食堂。

食物比我记忆中的更加污秽难吃。柜台后的女人用一种鄙夷的目光看我，一个男的用一把巨大的笤帚扫着满地的食物残渣和垃圾，他慢悠悠地挪步，像在冥想自己怠惰的隐秘根源。

感觉像闯进了自己以前的生活，于是我走了出去。屋外，太阳冲破云层，天空中现出一轮轮北极光。

回到芬兰迪亚车站，传来一种之前没有的嗡嗡嗡的嘈杂声，工人们相互递烟。站内的天花板上挂下一面硕大的旗帜，在微风中摇摆，一幅赫鲁晓夫的画像时隐时现：生活变得更加美好，生活充满更多快乐。早些时候那儿没有这幅标语，不过上面的话有一定道理，从窗户射进来的阳光将它照得熠熠生辉。

我重新坐在月台的长椅上等候，想知道母亲究竟希望我怎样接待一个十七岁的乡下男孩。他们在信中说，鲁迪——她亲切地把他唤作鲁迪克——令他们与有荣焉，但我有种感觉，让他们感到荣耀的与其说是鲁迪，不如说是回忆中舞蹈曾经对他们而言的意义。

我不是在父母身边长大的，事实上，我与他们共处的时间加起来只有很小一段。他们被流放到乌法，但他们的根留在那个仍被他们唤作圣彼得堡的地方——宫殿、房屋、击剑决斗、餐具柜、嵌在桌上的墨水池、波希米亚风格的雕花玻璃、玛利亚剧院一楼正前方的座位——但十月革命后，这个地方永远地从他们生命中消失了。我父亲在多年的清洗运动中奇迹般地活了下来，他一而再再而三地遭到逮捕，被关在西伯利亚不同的劳改营里，最后放逐到乌法，在那儿，他与我母亲或多或少躲开了当权者的注意。我母亲始终坚持住在紧邻我父亲的小镇上，为了让我接受良好的教育，维护一个古老家族的尊严，我被放在列宁格勒，由外祖父母抚养长大，并随我外祖父的姓。我很早结婚，在大学里谋得一份工作，只见过我父母几次。乌法是座与世隔绝的城市——工业、林业、武器制造业。地图上不把它标出来，极难申请到去那儿的通行证。因此，虽然我对父母的印象或爱从未消减，但他们只存在于我过去尘封的角落里。

我听见又一辆火车进站的鸣笛声，我把手伸进包里，又再快速看了一眼他的相片。

人潮从莫斯科驶来的这趟车里倾巢而出。刹那间,我觉得自己像条逆流而上的鱼,左闪右躲,在空中挥着我父亲的帽子。鲁迪没有出现。

孤独、焦虑,我开始觉得自己不经意地越过了人生中一条无形的细线。我三十一岁,经历了两次流产。很多时候,我依旧会幻想我的孩子现在几岁、是什么模样。如今,来了这个驮靼少年,我背负上为人父母的责任,却没有一丝为人父母的快乐——我担心他是不是途中出了什么意外,会不会把我们的地址弄丢,如果他真的已经到了,有没有办法找到电车。

我离开车站,一边在心里骂他,一边回到市中心。我深爱喷泉河畔集体公寓里我们所住的那间破房间。墙壁剥落。走廊里有一股油漆和白菜的味道。窗框腐烂。然而这个地方让我心情愉快。天花板很高,转角处浇铸了檐楣。黝黑的木头,不易为人察觉,门上有精细的雕花,夏天,阳光从窗户洒进来。有船经过时,我能听见河上潺潺的水声,溅起的水波拍打着河岸。

我在窗边连续坐了几个小时,注视着街道。最后,约瑟夫回来了,领带歪在一边。他疲惫地望着我。

"他会找到这里的。"他说。

约瑟夫吃完晚饭,咕哝着上床睡觉,当时,我觉得自己像件瓷器——也许是个单独的茶碟,或一个碗盖——无用的摆设。

我在房里踱步,从窗户到后面的墙壁十二步,从房间一端到另一端六步。我翻译的诗歌有截稿期,但此刻既无精力也无心思来对付它们。我一心凝视镜中的自己,不断变换脸的角度。一阵猛烈的错乱感袭上心头。我们永远不会,我心想,随着年龄的增长而变得更加敏锐清醒或更有韧性。我感到自己曾经拥有的青春已骤然离我而去。多么可怜！多么可悲！多么可笑！我捏捏自己的脸颊，让它有点血色，穿上外套，走下恶臭难闻的楼梯，到院子里散步。我听见隔壁人家传来的吵闹声、笑声、怒声，还有零星的钢琴声。

那是冬天的夜晚，午夜的天空泛出惨淡的蓝色，没有月亮、星星，只有几团云依旧在散乱地飘移。父亲有次写信对我说，星星比黑夜更遥远。我在屋外待了一个小时，反复思索这句话，最后，有个人划破拱门的黑暗。

鲁迪根本没把走路变为一门艺术。相反，他一副耷拉的模样，肩膀看上去圆鼓鼓的。其实他亦可能是从漫画里走出来的，拉着一个捆了绳子的行李箱，灯芯绒帽子底下露出纷乱的头发。他很瘦，突显出高耸的颧骨，但当我走上前时，我发现他蓝色的眼眸中有种复杂的目光。

"你去了哪里？"我问。

"我很荣幸见到你。"他一边回答，一边伸出手。

"我等了你一整天。"

"噢。"他说。

他昂起头盯着我，用一种间接无辜的表情，试探我的决心。"我坐早晨的火车来的，"他说，"你一定在车站没看到我。"

"你没看见我举着帽子吗？"

"没有。"

我知道那是谎话，甚至是句不高明的谎话，但我没有戳破。他单脚着地，紧张地从一只脚换到另一只，我盘问他在这天剩下的时光里都干了什么。

"我去了艾尔米塔什博物馆。"他说。

"去做什么？"

"去看画。你母亲对我说,要跳舞,必须同时成为一名画家。"

"她说的?是真的吗?"

"真的。"

"她还说了什么?"

"她说,成为一名音乐家也不错。"

"她没有说要当一名舞蹈演员,必须遵守时间吗?"

他耸耸肩。

"你有钢琴吗?"他问。

他眼角流露出一丝调皮,我不得不忍住笑。

"没有。"我说。

就在这时,四楼又飘出一个钢琴音符,有人开始弹奏贝多芬,弹得十分优美动人。鲁迪眼前一亮,说,也许他可以认识一下钢琴的主人,说服他们让他练琴。

"我想不行。"我回道。

尽管提着箱子,他仍一步两级地跨上楼梯。到了我们房间,我让他坐在桌旁,吃下冷掉的晚饭。

"你的厨艺比你母亲强。"他说。

我坐在桌旁陪他,他又向我投来一个微笑,然后继续埋头吃东西。

"所以,你想成为一名舞蹈演员?"我问。

"我想跳得比自己已有的水平更好。"他说。

他牙齿上沾了一小块白菜,他用大拇指的指甲把它抠掉。他看上去如此年轻,充满活力,朴实天真。他扬起嘴角的微笑不知为何给他蒙上一层忧伤,其实根本不是这样。我越端详他,越注意到他那双不同寻常的眼睛,斗大,不羁,仿佛是独立存在的个体,他用目光巡视公寓，扫过我的唱片。他想听点巴赫，我把声音调得很小，他一边吃东西，音乐仿佛一边流过他的身体。

"你睡沙发，"我说，"明早你会见到我丈夫。他起得很早。"

鲁迪站起来，打了个哈欠，伸开手臂，把脏盘子留在桌上，朝沙发走去。我虽背过身，但还是从镜子里瞟到他脱得只剩内衣的模样。他悄悄躺到沙发上，把毯子拉得很高。

"我喜欢。"他说。

"什么？"

"这座城市。我喜欢。"

"为什么？"

"噢，不要相信涅瓦大街，一切都是假象和梦幻，一切都不是表面的样子！"他引述起果戈理，让我大吃一惊。

接着，他仰面把手臂放在脑后，满足地长吁了一口气。我迅速喝完我的酒，然后眼泪愚蠢地、莫名其妙地夺眶而出，他感到尴尬，于是把头转开。

我看着他入睡。

随后，我想起我的父母，想起我与他们几次见面的情形。他们在一起的模样有些滑稽，我父亲只比我母亲高出一点点，两人的肩膀几乎一样窄。他留着一簇灰白的小胡子，穿着旧时有袖扣的衬衫，他的裤脚总悬在脚踝上方。在劳改营的那些年摧垮了他的身体——在西伯利亚，为防止发生坏疽，他用斧头斩下自己的脚趾，所以落得走路一跛一跛。缺了脚趾其实救了我父亲的命——他在劳改营的医务室里结识了一位医生，也是位诗人。他们偷偷分享古代大诗人的诗句，作为回报，医生保证让我父亲留住性命。我父亲记诗的本领在劳改营里很出名，听到一句就永远不会忘记，即便在被释放后，他仍能回想起通常也许已被人们淡忘的事。但由于历经种种苦刑，他的心脏非常虚弱，腿脚亦给他造成极大的不便。虽然深受失眠之苦，但他仍保持着一种不屈的乐观精神，仿佛在宣告，你们没有把我打倒。我母亲也一样，这些年来，她仍葆有姣美的容颜，身体因多年的芭蕾舞训练而依旧紧致，头发牢牢盘成一个髻，眼睛明亮有神。他们彼此相敬如宾，我的父母——即使到了这个年纪，他们仍旧手牵手。

我看见鲁迪在沙发上辗转反侧，心想，现在暗中将他们维系在一起的人是他。然而我并不感到嫉妒。我推想，一个人在经过无数次寻寻觅觅后终会发现，其实我们只属于我们自己。

当白夜自然过渡到清晨时，我依旧醒着。翻译所的截稿期令我心焦如焚，三首西班牙语的六节诗，艰深难懂，我恐怕无法领会其中的典雅韵味。吃完早餐，我沿着运河一路走，乘上电车，让它载着自怨自艾的我驶往乡间，去一个我孩提时去过的地方。绿草茵茵的岸边野花遍地，三株杨柳齐齐垂向河中。我一直很喜欢这种真实可触的感觉，我全身穿着衣服，站在流动的水中。我迈步向前，走到齐大腿深的地方，而后躺到河岸上，让太阳把我晒干。我脑中有了其中一首诗的雏形，我将它整理成文，那六个反复吟咏的词恰巧可适用在我身上：忠诚、死亡、蜡烛、沉默、夜鹰与光芒。当我总算有了点成果后，我合上笔记本，穿着内衣下水游泳。

老实讲，当时的我风韵犹存，遗传了我母亲的身材、她深色的头发、白皙的肌肤，以及我父亲浅色的眼睛。

我在河边待到很晚，当我抵家时，我的朋友们已围在窗边的桌旁，用我们彼此戒备的语言，在严肃地聊天。这是平日的固定节目——每个星期一晚上通常在与一群科学家和语言学家的聚会中度过，他们是我自上大学以来结识的友人。这种晚间的活动算不上沙龙——这个词让我惶恐，带有鲜明无误的布尔乔亚色彩——更多是简单的消遣，香烟、伏特加、哲学，痛陈直斥，欲说还休。拉丽莎是一位法语教授。塞尔吉，植物学家。娜迪亚，译者。彼得，涉猎科学哲学，大骂海德格尔和我们人生中固有的不确定性——他是那种面红耳赤的讨厌鬼，有时一整个晚上都由他唱主角。我对另一个约瑟夫暗生情愫，一位高大金发的语言学家，他喝醉酒时会改说希腊语。我的丈夫从来不参加，大多数晚上，他在学校办公室待至深夜。

我悄悄步入房间，望着一小幕戏剧性的场面正在桌旁拉开。鲁迪用手托着下巴在听别人讲话，表情有几分诧异，像是正囫囵吞枣地接受了一大堆词汇。讨论的主题是《真理报》上所评的一出新戏，盛赞它对匈牙利革命前的罢工工人的刻画。谈话内容围绕语言的二元论这一说法，一个在近期评论中频频出现的术语，尽管似乎没有人清楚它的含义，除了彼得以外。我拉开一张椅子，加入其中。鲁迪开了一瓶我丈夫的伏特加，给桌旁的每个人都倒了一杯，包括他自己。他看上去快醉了。有一刻，他侧过来按着我的手说："太棒了！"

聚会结束后，他与我的朋友们一块儿拥入夜色，三个小时后才回来——约瑟夫已经到家，上床睡觉了——嘴里念着列宁格勒列宁格勒列宁格勒！

他开始跳舞，看似在检查自己翅膀的翼展。我不去管他，从他身旁绕过，去刷盘子。在我上床前，他放声喊了一句："谢谢你，尤丽娅·塞尔契夫娜！"

这是我生来记忆中第一次有人用我父亲的姓氏喊我，因为我一直随我外祖父姓。我钻到被褥下,转身背朝约瑟夫,心怦怦直跳。父亲的面容在我眼前飘过,在断断续续的睡梦中,那首六节诗最后一句的译法浮上心头。翌日早晨,其他两首六节诗也豁然开朗,如此不费吹灰之力,让它们所隐含的政治主张——诗人是一位来自毕尔巴鄂的马克思主义者——宛若一次意义非凡的妙手偶得。我把它们装进信封,带去所里,有报酬在等着我。我买了些土耳其咖啡回家,鲁迪正等在那儿,一副垂头丧气的模样。他第一天跳舞跳得不理想。他喝了三杯咖啡,走到外面的院子里——我从楼上向下望,看见他在铁栏杆旁练习动作。

那一整个星期鲁迪都在学校面试,夜间他在城里闲逛,有时很晚,直到凌晨三点才回来——不过现在都是白夜,没有人睡觉——他谈起漂亮的宫殿、在基洛夫剧院外面遇见的小贩,或是利特尼大道上向他投去怀疑目光的警卫。我试图提醒他小心,但他对我的话置之不理。

"我是个土包子,"他说,"他们对我没兴趣。"

他干脆利落的语气中有种罕见的特质,掺杂了乡下人的傲慢与世故的怀疑,像一杯古怪的鸡尾酒。

就在那个周末,当我在公共厨房晾衣服时,听见楼下有人喊我的名字。尤丽娅!我从狭小的窗户向外张望,看见他在后院,人高高坐在铁栏杆上,身体晃来晃去。

"我成功了!"他高喊,"我进了!我进了!"

他跳下栏杆,踩到一洼水,朝楼梯奔来。

"把鞋弄干净!"我冲下面喊道。

他咧嘴一笑,用衬衣的袖口擦了擦鞋子,跑上楼拥抱我。

我后来得知,为了进入列宁格勒舞蹈学院,他在嘴皮子上下的功夫和在舞蹈上下的一样多。他的水平仍只有中上,但他们看中他火一般的热情与敏锐的直觉。他比大部分学生年长许多,但由于战争期间出生率严重下降,他们愿意面试他这一年龄层的舞蹈选手,甚至向他们提供奖学金。他将与众多十一二岁的小朋友同住宿舍,这令他惊骇不已,他恳求我让他参加周一晚间的聚会。当我说出可以时,他执起我的手,吻了一下——看来,他已正在学做一个列宁格勒人。

两个星期后,他收拾完行李,搬去了学校宿舍。

鲁迪离开的当晚,约瑟夫和我做爱,完事后,他走到房间另一端的沙发旁,点燃一支烟,背对着我说:"他可真是个小杂种,不是吗?"

刹那间,我的母亲与父亲仿佛正围在我身边,我把脸转向枕头,一语不发。

鲁迪再回来是将近三个月后。他溜达进来,带着一位名叫罗莎玛丽亚的智利女孩。她属于那种让人屏息的美人。她没有被她自身的魅力所吞噬,而是像把它当成一种可有可无的包装。她的父亲是圣地亚哥一份地下报纸的编辑,她在列宁格勒舞蹈学院学舞。也许是和她在一起的缘故,鲁迪看上去变了个样。他穿着一件颀长的军外套和及膝的靴子,头发留得更长了。

罗莎玛丽亚把一个吉他盒放在墙角,找了个不起眼的位置坐下,而鲁迪则坐在桌旁,一边听,一边俯身对着一小杯伏特加。拉丽莎、彼得、塞尔吉、娜迪亚与我都已喝得醉醺醺,深陷在一场有关海德格尔的无休止的争论中,海德格尔说,人只有在遭遇死亡的时候才会活出真实的自我。我觉得这场争论似乎最终将与我们在斯大林统治下的生活联系起来,但我也不由自主想起我父亲,他不仅面临自己死亡的阴影,同时也活在自己过去的阴影中。我瞥了一眼鲁迪。他打了个哈欠,再度斟满自己的酒杯,瓶子高举在空中,动作极尽夸张,玻璃杯边缘溅起一柱高高的酒花。

彼得转过头说:"那么现在轮到你,年轻人,你怎么看待这个真实和不真实?"

鲁迪咕咚咕咚喝着伏特加。彼得夺过酒瓶,把它抱在胸前。桌上响起一阵短暂含糊的笑声。这是一名倦怠的中年男子与一个男孩之间一次可爱的小交锋。我估计鲁迪绝对无力应付彼得,可他拿了两把调羹,快速站起,从橡胶盆栽旁挤过,朝门走去,并招呼我们一同跟上。单是他这古怪的行径便让我们不敢出声,而罗莎玛丽亚则面露微笑,仿佛知道他葫芦里卖的是什么药。

鲁迪经过走廊来到厕所,坐进空空的浴缸里。

"这,"他说,"是真实的。"

他开始拿调羹猛击瓷砖,在浴缸的曲面上敲出不同的音符,底部的音符绵长空洞,调羹碰到边缘发出的声音响亮清脆。这些打击声具有高亢铿锵的金属效果,接着,他伸手用调羹去打墙壁。他保持极其严肃的表情,砰砰敲出一连串毫无章法和节奏的响声。纯粹是瞎闹。

"约翰·塞巴斯蒂安·巴赫!"他说。

他停下,我们爆发出一轮酒醉的喝彩声。彼得登时目瞪口呆,但他巧妙地给自己解了围——他没有愤然离去,而是走到浴缸旁,手里拿着瓶子,往鲁迪口中灌下一大口伏特加。

他们一同把瓶子喝干,接着,彼得把它举到鲁迪头顶,说:"祝你遇到的麻烦和这瓶子里剩下的酒滴一样多。"

"我可不想变成落汤鸡。"鲁迪笑道。

那晚的聚会变得越发疯狂,大家醉得更厉害。我们用辣根酱涂面包吃——那是唯一能找到的——直至彼得的一个朋友来,带了三个水煮蛋给大家分享,罗莎玛丽亚从盒子里拿出吉他,唱起西班牙语歌,用的是一种我无法完全辨识的方言。鲁迪在房里走来走去,拿着一个金属平底锅敲击木头家具、瓷砖、地板、水槽,直到邻居开始抗议。

就在这时,约瑟夫回来了。我在门口撞上他,高喊着:"让我们跳舞吧!"他猛地把我推开,我重重撞在墙上。房间里陷入死寂。

约瑟夫吼道:"都他妈的滚!谁都一样!都他妈的滚出去!"

我的朋友望着我,开始以慢动作在烟灰缸里摁灭香烟,不太确定下一步该怎么办。"滚!"约瑟夫嚷道。他抓住鲁迪的领口,把他拖到走廊里。鲁迪惊恐万分,两眼圆睁。可罗莎玛丽亚站到我丈夫面前——只是定睛与他对视——逼得他低头看地。最后,约瑟夫懊恼地下楼,到院子里抽烟。

晚会重新开始。我意识到方才发生了一件不同寻常的事,罗莎玛丽亚改变了我人生小小的重心,即便只是暂时性的,我在心中默默向她行了一个屈膝礼。

翌日晚上,鲁迪陪着她又来了。他立刻像在自己家一样,眉飞色舞地谈起在世界文学课上读到的一则神话。那讲的必定是印度的湿婆神,在一圈火焰中跳舞。舞蹈表演是一种建构还是解构,通过跳舞是在创造一件艺术品还是在破坏它,对此他与罗莎玛丽亚争执不休。鲁迪主张一支舞蹈是从无到有一步步搭建起来的,而罗莎玛丽亚认为舞蹈是用来分解的,每个动作都是对舞蹈的一次介入,直到让它遍布于各个独立璀璨的片断中。我望着他们,与其说怅然若失,更多的是看到自己与约瑟夫十年前的影子,记得那时,我们曾以同样深沉专注的方式探讨物理和语言。焦点一直集中在他们身上,直至拉丽莎来了,话题转移到科学,重提不确定理论,这显然令两位年轻的舞者很生气。

约瑟夫回来后,他竟然与大家一块儿坐在桌旁,默不作声,一副低眉顺眼的样子。他仔细打量罗莎玛丽亚,打量她黑色的头发与满脸的笑容,接着,他拉了张椅子到我旁边,甚至为我点了一支烟。约瑟夫声称智利是他最爱的国家,虽然他从未去过,我坐在那儿思忖,假如从我丈夫口中源源不断吐出的每句屁话都能变成一片金子的话,那么我将会多么富有。

罗莎玛丽亚来访的次数越来越多,甚至不和鲁迪一起。我察觉,鉴于她外国人的身份,她有可能受到监视。我的电话机里有种时断时续的咔嗒声。我们把音乐开得很响,以防住处被窃听,可其实我们的谈话内容并无什么特别的。她向我讲起圣地亚哥,那个她日思夜想的故乡。数年前,我翻译过几首智利诗歌,脑中幻想的是大门口精瘦的狗和卖圣像的小贩,可她口中的这个国家尽是咖啡店、爵士夜总会和长长的雪茄。她说话时嗓子里仿佛有个小手鼓。她热爱跳舞,把它当作一种表演,而不是一门艺术,因此她在学校过得很不开心,觉得有一种古板僵化的教条正强加在她身上。她时时刻刻都必须穿裙子,她说,她从圣地亚哥买了一条橘色的紧身裤——想到那个我不禁失笑——她心里痒痒的,很想穿,哪怕只穿一次。唯一没有把她逼疯的人,她说,是鲁迪,就因为他完全只做自己。他在学校麻烦不断,尤其是和校长谢尔科夫的冲突。他不肯剪头发,排练时和人打架,在竞争对手的舞带里放辣椒。据说,他在自己喜欢的课程——文学、艺术史、音乐上表现优异,但他讨厌科学和其他一切与他不搭调的课。他偷了上台用的化妆品,眼影和一块鲜艳的腮红，涂着它们在宿舍里走来走去。她说，他一点不尊重其他舞者，但很崇拜他的指导老师亚历山大·普希金。罗莎玛丽亚提到有流言蜚语，说有人见过鲁迪深夜走在叶卡捷琳娜广场附近，传闻那儿聚集了性变态的男人，她似乎不把这点放在心上，令我感到惊讶，因为看起来他们正处于如胶似漆中。

"我们没有谈恋爱。"有一天下午她对我说。

"你们没有？"

她挑了挑眉毛，让我觉得二十岁的人是我，而不是她。

"当然没有。"她说。

和罗莎玛丽亚在一起，我觉得自己又一次开始接触外面的世界。我们煮咖啡，喝到深夜。她教我智利的方言，写出古老的歌谣让我翻译——她知道的情歌比我遇过的任何一个人都多。通过她的关系，我弄到一台新的留声机。我阅读一切凡能找得到的书，高尔基、普希金、莱蒙托夫、马雅可夫斯基、一本西奥多·德莱塞的小说、米歇尔·威尔森、但丁的《地狱》、契诃夫，甚至重读起我非常喜爱的马克思。我从所里又接了一些活，走长长的路去散步。

每隔几个月，我照例给父母寄一个包裹，里面包括一封信，告诉他们鲁迪过得很好，课业有进展，他找到了一位懂他的老师。

父亲回信，用我们约定的简单的暗语说，水果蛋糕里的葡萄干远不及平常那么多，意思当然是指信里的话太少。他说，乌法灰蒙蒙的，一层灰蒙着更厚一层灰，他与我母亲迫切希望能离开那座城市，做一次远行。

他想知道，我能不能拉拉什么线——圣彼得堡，他写道，它的木偶戏一直很出名。

*

你看见他在罗西街，穿着高及小腿的皮靴，长长的红围巾拖在身后地上；你看见他竖起衣领，双手深插在口袋里，鞋头包了金属片，故而亮光闪闪；你看见他站在食堂里排队，头微微侧转，像在克服所受的伤；你看见他从戴着黑色发网的食堂女工手里多得到一勺汤；你看见他把身子凑过柜台，摸了一下她的手，轻言细语，逗得她大笑；你看见，当他提起汗衫一角擦拭调羹时，他的腹部平坦紧实；你看见他吃得很快，用粗糙的手抹抹嘴；你看见食堂女工盯着他，仿佛找到了自己失散已久的儿子。

你看见他在顶楼练功房，在晨光下，早于其他任何人，凭直觉做出一个你花了三天才学会的动作；你看见他穿着你簇新的护腿，在走廊里横冲直撞，当你拦住他时，他说，去你妈的；你看见他不穿四角内裤；你看见他梳妆打扮；你看见他用手肘往前面和中间挤，让他能从镜中看见自己的全身；你看见他在观看别人完成他们的组合动作时不耐烦地数着拍子；你看见他把舞伴摔在地上，因为她稍许慢了一点，他没法举起她，虽然她在哭，她的手腕可能扭伤了，可他却朝高高的窗户走去，对着外面的剧院街大吼"他妈的！"；你看见他历经冬春夏秋，每次都让你觉得他又更魁伟了，你困惑，不知该如何解释发生的事。

你看见他把白舞鞋染黑，缝上扣子，看上去与别人的都不一样；你看见他拿了你的舞带，但你没出声，直到他穿脏了把它归还时，你让他洗干净，可他对你说，吃屎去吧，把你的脸按进舞带里；第二天，你看见他，又和他说了一遍，要他把舞带洗干净，他说，你这个卑鄙的犹太小鬼；你看见他咯咯地笑着走开；你看见他在街上与你擦身而过时，甚至不正眼瞧你，你以为他可能有点神经、寂寞或是失落，接着，他突然穿过大街，朝那个智利女孩飞奔而去，她张开双臂迎接他，没过几秒，他们就一块在街上跑起来；你看见他们走了，你感到空虚沮丧，最后你决定敞开心胸接纳他，和他成为朋友，于是，你在食堂与他搭讪，可他说他很忙，有重要的事要做，旋即朝柜台后的女工走去；你看见他与她谈天说笑，你坐在那儿气得干瞪眼，想问他，有没有遇见过一个让他喜欢到胜过自己的人，但你已经知道答案，因此你没有问。

你看见他受到亚历山大·普希金的眷顾；你看见他一刻不停地读书，因为普希金告诉他，要成为一名出色的舞者，必须了解那些重要经典的故事，所以，他在院子里埋首于果戈理、乔伊斯、陀思妥耶夫斯基；你看见他沉浸在书页中，你觉得某种程度上，他已变成书的一部分，你觉得将来，只要你一读起那本书，就好像是在读他。

你看见他，不理他，但不知何故甚至开始更加想他；你看见他撕裂了一条韧带，这个消息让你窃喜，可接着你观察他跳舞，你好奇，是不是你的恨意帮助治愈了他的脚踝；你看见他在课前练习琪蒂的变奏舞，他的脚踮起一半，每个人都瞠目结舌，他跳的是一个女性角色，连女孩子都围在旁边看；你看见他在研究珀蒂帕的原版演出，将它们记得烂熟于心，他能用手向你比画出任何一组动作，手指本身即在跳着一出复杂的芭蕾舞剧，狂烈而流畅；你看见他在普希金面前不声不响、毕恭毕敬，你甚至听见他用萨沙这个亲切的名字称呼普希金；你看见他打断别的同学，因为他们少跳了一步，你看着他如何承受他们的怒视、叫嚷以及轻微的敌意；你看见他阔步走进办公室,骂校长是笨蛋;你看见他笑着从大吵大闹中走出来;后来,你看见他抑制不住地痛哭,因为他相信自己会被赶回家,再后来,你又看见他,在校长办公室外做手倒立,脸上挂着一个颠倒的龇牙咧嘴的笑容,最后普希金出面,再度让他免遭被开除的命运。

你看见他拒绝加入共青团,因为那会妨碍他训练,以前从未有人这么干过,他被带到团委会,他隔着桌子探身问道:"对不起,同志,可是,政治上的幼稚到底是什么意思?"你看见他点头道歉,离开,穿过走廊,自言自语,没有再参加过任何团会;你看见他在图书馆抄写乐谱、舞谱,墨水溅在汗衫上;你看见他冲向大师的排练现场,只为在一旁观看,事后,他凭记忆舞动自己的身体;你看见他在做你以前做过的动作;后来,你看见他做得比你更好,后来,你看见他根本不需要做那个动作,因为它已经与他融为一体;你看见他躲在基洛夫剧院的舞台侧翼;你看见年长的舞者向他招手示意;你看见他假装漠无表情地站在公告牌前,他得到的那个角色是你一直想演的。

你在各个地方看见他,在运河的人行桥上,在音乐学院绿地的长椅上,在冬宫旁的筑堤上,在古老的喀山大教堂外的阳光下,在夏日花园的草坪上;你看见他黑色的贝雷帽,黑色的西装,白衬衫,没有领带,他缠住你,你无法摆脱他;你看见他和普希金的太太谢妮亚走在一起;你看见她向他投去的眼神,你肯定她爱上了他,你听到过流言蜚语,但你确信他们没有可能;你看见普希金亲口说,将来有一天他也许会直接登上基洛夫剧院的舞台表演独舞,尽管你知道——你知道!——你才是更优秀的舞者,你想搞清自己哪里出了错,当滑倒的人是你时,由于你的技巧更出色,你表现得更精湛、更优雅，你的身体线条更好，你的舞姿更干净利落，你知道其中少了某些东西，你不确定那是什么，你惊慌、羞愧，你讨厌人们说起他的名字；然后有一天你看见他——无论是在课堂上，在走廊里，在食堂，还是在五楼的排练室，这都无关紧要——你相信看见的是你自己，你想动却动不了，你的脚钉在地上，白天的热气蹿遍你全身，停不下来，你觉得自己踏入了一池酸液中，液体在你头顶、身下、四周、体内灼烧，直到他离去、酸液消失为止，你独自伫立、俯视，骤然发现已经有多少的自己不见了。

*

尊敬的同志：

　　针对上周四您的指令，必须说明一下，的确，这个年轻人的行为有许多不足之处，但他的禀赋如此，推荐的方案，其严厉程度也许会挫伤他虽然不羁但显著卓越的才能。他几乎不明白自己在做什么，但他不仅努力想搞明白，而且想超越他所知道的。他偶尔闪现的资质证明仍具可塑性。毕竟他才十八岁。因此，我正式建议，请允许他更换宿舍，让他至少在短期之内搬到庭院式公寓，与谢妮亚和我同住，从而通过适当的耳濡目染，培养起他严重缺乏的自制力。

　　一如既往，致以崇高的敬意。

　　亚·普希金

*

收到父亲的来信不久后，我开始往利特尼大道上的监狱跑，询问暂时解除他流放之刑的可能性。我母亲可以一个人来列宁格勒，但她不肯——没有我父亲，她觉得少了一条腿。尤丽娅，她写道，我会耐心等的。我以前打探过让他们得以离开乌法所需的手续，但徒劳无果，不过现在解冻已成定局，事情的可能性似乎增强了。我思忖，他们更多是想和鲁迪待在一起，而不是我，但这几乎无关紧要——想到他们要来访，我心潮澎湃。

到了监狱，一个个隔间里全是阴沉的面孔。木制的柜台因人们重重靠在那儿用钢笔写字而划痕累累。守卫目光呆滞，用手指拨弄着步枪。我确切问明我父亲应该填写哪些表格，他应该说什么、怎么陈述自己的情况，然后写信把每条指示一字不漏地告诉他。几个月过去，什么消息都没有。我明白自己的行为很危险，可能比我以前做过的任何事的风险都更大——我像是把脑袋挂在腰上，不怎么聪明。我不知道自己是不是连累了周遭每个人，甚至约瑟夫，无论怎样，他可失去的东西比我还要多。

罗莎玛丽亚说，他父亲在圣地亚哥的共产党人圈子里颇有影响力，也许能帮上一点忙。但我认为，不要让她蹚这摊浑水会明智得多。上头很有可能会查出我的过去，复印件所揭示的事实与原始材料大相径庭，像某些欧洲黑色小说里的情节一样。

然而，将近九个月后——当时我正在为国家出版社翻译一首西班牙语诗歌——我收到一封电报：

**周四，芬兰迪亚车站，上午十点。**

我把房间上上下下打扫了一遍，买了所有能买到的食物和日用品。约瑟夫腾出地方，什么也没说。

当我到车站时，他们已乘早一班的火车抵达，正坐在大钟底下的椅子上。他们脚边有个硕大的木箱子，上面绘有一幅粗糙的喷漆图案。箱子上贴满标签，但大多数字样都被涂抹掉了。父亲当然戴着帽子。母亲穿着一件旧的毛领大衣。她把头靠在父亲肩上睡着了，嘴巴微启。父亲碰碰她的手腕内侧，正好是衣袖底下，唤醒她。她猛地睁开眼，摇摇头。我上前抱住她，她给人感觉出奇地脆弱。

父亲从椅子上站起身，张开手臂，大声说："瞧，我恢复自由了！"接着，他压低嗓子，像密谋什么似的，补充道："喔，不管怎么说有三个月。"

我扫了眼车站，看有无警卫，但什么人都没有。母亲让他小声点，可他凑向她，神神秘秘地说："在早晨来临前，我们仍未摆脱漂泊的征程。"

我母亲说："你这家伙，还吟诗。"

他咧开嘴笑了笑，指指手提箱。"尤丽娅，我亲爱的，"他说，"帮我们提一下。"

在电车上，他不肯坐下来，而是用一只手抓住扶杆，另一只手拄着拐杖。车子一边开，他一边挤眉弄眼，但目光快速地游走。大部分时候，他似乎很受伤——经过战时的封锁与战后的重建，他心目中的这座城市已基本荡然无存——但偶尔，他闭上眼睛，仿佛把整个自己都关在记忆里，他暗中低喃了一声："彼得堡。"他闪过的微笑，像一道水波，感染了我母亲，继而又感染了我，于是，他的回忆有了一种多米诺效应。

刚过涅瓦大街，电车的辫子掉了，车子停在路上。父亲朝车门走去，想把辫子重新摇回去，但车是重新设计过的，他站错了地方，完全不知所措。售票员狠狠瞪着他。其他乘客纷纷转过来，我看见父亲吓得满脸通红。

母亲招呼他坐下。他把手放在她的手上，接下来的一路都沉默不语。

约瑟夫热情地欢迎我父母。母亲抓着他的肩膀，审视他。她以前只见过照片。约瑟夫涨红了脸，赶紧跑去开了一瓶伏特加。他的敬酒辞冗长正式。母亲抚摩房间里的每样东西，黄油碟，我丈夫的党内机关刊物，我翻译了一半的书。我们一块儿吃了顿丰盛的佳肴，之后，我母亲走到走廊另一头的浴室，打开热水龙头，洗了一个澡，约瑟夫则告辞去了学校。

等母亲回来时，她说："他不如我想象中的高。"

父亲站在窗边说："啊，喷泉河。"

午后，母亲在桌旁睡着了。我将她挪到沙发上。父亲把自己的外套垫在她头下。他抚摩着熟睡中的她的头发，他虽然体格瘦小，但仿佛以他宽厚的胸襟，将母亲圈入他怀中。没多久，他也睡着了，但只是时断时续的。

向晚时分，母亲醒了，准备迎接鲁迪的来访。她梳好头发，穿上一条连衣裙，裙子有股味道，像是在衣橱里挂得太久了。父亲走了很长一段路去涅瓦大街，迫切地想买支雪茄，却发现所有的店铺都关了，不过有个邻居给了我两支，父亲把它们从头到尾闻了一遍，引用了一位立陶宛诗人的某句诗，写陌生人深厚的仁慈。

鲁迪显然迟到了。他没有带罗莎玛丽亚一起来。他穿了一件双排扣的西装，系了一条细细的黑领带，我第一次见他这身打扮。他把一株用笔记本纸包着的百合送给我母亲，并亲了她一下。母亲笑容满面，对他说，他长大了，已经完全超出她所能想象的范围。

接下来的一个小时里,他们像两个卡在一起的齿轮。母亲听,他讲,如连珠炮似的,一刻不停,带着完美的语调和节奏——学校地板的斜坡,体育馆把杆上的汗渍,传闻某个尼金斯基做过的动作,他正在读的书——陀思妥耶夫斯基、拜伦、雪莱——还有他怎么换了宿舍,和普希金夫妇住在一起。他靠在她怀里,说:"你知道吗,我现在停在空中的时间更长了!"

我母亲似乎有些迷惘。鲁迪一度将手放在她颤抖的手指上。问题在于,鲁迪学了太多东西,他想把一切都告诉她。以前的老师如今成了听课的学生,这把她搞糊涂了。她颔首,抿紧嘴唇,试图插话,但没法让他停下来:他日常的课程安排,艾尔米塔什博物馆里的荷兰大画家,普希金要他学的一种舞步,和校长的一次争吵,他对拉赫玛尼诺夫的喜爱,他在基洛夫剧院所看的排演,在高尔基剧院度过的夜晚。他睡得很少,他说,每晚只需四个小时,一天其余的时间都排满了学习任务。

为了克制手指的颤抖,母亲转动她的结婚戒指,让我突然发现,她变得有多消瘦,戒指可以轻易地在手指上滑动。她似乎异常疲倦,但仍不断地重复着:"对,亲爱的孩子,对。"

最后,我父亲在她耳边悄悄说了一句话,她把脸靠在他肩上,站起身,有一点踉跄不稳,抱歉地说,她得休息了。她亲了一下鲁迪的脸颊,鲁迪站在那儿,一语不发。

"你做得很好,"我父亲对他说,"你让她感到很骄傲。"

可到了门旁,鲁迪用手指抚弄外套,问道:"我做错了什么,尤丽娅?"

"没有。她累了。她赶了好几天路。"

"我只是想聊天。"

"明天再来吧，鲁迪。"我说。

"我明天有课。"

"那后天。"

但后天、后一个星期，他都没有来。我搭了个屏风，隔出房间一角，把床放在那儿给我父母，约瑟夫与我则睡地板。他们谈起想给自己找间房，找个住的地方，也许到郊区，那种集体宿舍，但首先他们必须解决居留证、退休金领取证和国库券的问题。他们的通行证有效期只有三个月。母亲越来越倦怠、无精打采，父亲又没有能力办理这些繁琐的手续，因此，只能完全交由我来应付。每天当我回到家时，母亲坐在沙发上，头耷拉着，靠着一个枕垫，父亲则跛着腿，焦躁地在窗户间走来走去。

他不知怎么弄到一张列宁格勒的地图，这是样很难找的东西，可能是从市集上讨价还价买来的，也可能是在哪儿撞见了昔日的友人。最好还是别问。晚上，他在厨房桌上摊开地图，把时间都用在辨认更改过的街名上。

"瞧，"看不出他具体是在对谁说，"船街变成了红街，多奇怪。"

他把所有的改动都标记出来，那些革命以后斩断了历史的地方。英人河堤现在成了红色舰队堤，泳池街以诗人涅克拉索夫的名字重新命名。耶稣升天街自然也改了，还有耶稣复活节，坐落在那儿的东正教教堂改建成了一间百货公司。小沙皇村变成了儿童村。警察大街现在是人民大街。百万富豪街不见了。圣诞街改为了苏维埃街，他觉得这荒唐离谱。还有其他不见的名字，让他深受打击——小石松街、凯瑟琳运河、尼古拉斯街、马车夫街、奇迹大街、夜莺街、救世主街、五角街、铸造大街、肉市巷、大手工坊、伪造者弄。对诗歌的爱好使父亲从更名中看到的不仅仅是政治寓意而已。

"有朝一日，他们会用更有名的名字来给街道命名。"他说。

我低语道，他要小心自己说的话、说话的对象，当然还有说话的时间。

"我现在老了，老得可以想说什么就说什么了。"

并不是因为他对自己的过去丧失了信念，而是因为过去已变得面目全非，让他无法辨认，就好像他期待寻回自己童年的轨迹，但找到的却完全是别的东西。那些旧有的名字融汇在他的母语里，永远无法抽离。他的问题在于他不能顺应变化，不过幸运的是，他不会因为这种死脑筋再度受罚。

当他眼见母亲病得越来越重后，放弃了对地图的痴迷。母亲不肯承认自己生病，但我们还是在深夜乘出租车带她去了医院。医生和蔼地为她做检查——我母亲天生就能博得那种尊重——但即使做了一系列血液检查后，他们仍找不出病因。母亲坚持说是空气里有某些东西让她感到昏昏欲睡。

"接我回去。"她说。

房间里的一切都让人觉得紧张、困顿、了无生气。约瑟夫暧昧的客气礼让令我生厌。我们之间几乎已不再说话。好多年来，我们一直相互隔绝，由于在我所学的其他语言里存在隐私一词，所以，我们甚至曾一度想发明一个俄语单词来表达这种意思。在某种程度上，对约瑟夫而言，这相当于物理学里的一个概念，一个不可知的场域，可现在，似乎所有我们活动的场域，其本身都是不可知的。当我从母亲的住院包里取出仅有的几样物品时，我有种奇怪的感觉，觉得也像是在把我的丈夫从我的人生里取出来。

对我父母来说，唯一能直接与过去建立联系的有形纽带是鲁迪——我们亲爱的鲁迪克，我母亲会说——可他消失了好一阵子，尽管我到列宁格勒舞蹈学院给他留了条，恳请他来一趟。

他终于来了，宣布他将在学校的成果展上演出。他一本正经地站在房间中央，双脚并立，我突然发觉，现在，他的身体已经把舞蹈纳为自己唯一的动作了。

"我会上台表演，虽然只有几分钟，"他说，"但我希望让你们看到我所学的东西。"

这个主意让我母亲的双颊恢复了血色。她震惊于他挑选的那段舞，那是根据《巴黎圣母院》改编的一出芭蕾舞剧中某段难度极高的男变奏舞。他声称，他一直在随普希金练习这段舞，他能够很轻松地把它跳出来。

"可是你太年轻，演不了那样一个角色。"我母亲说。

他咧开嘴，笑着说："来看我吧。"

我的书架上有雨果那本书，在演出来临前的日子里，父亲把它念给母亲听。他的声音优美洪亮，捕捉到字里行间的精妙涵义，令我感到诧异。音乐会的当天上午，母亲从箱子里抽出一件特别的礼服，花了好几个小时试穿，然后站到镜子前，散发出一种历经岁月的光彩。

父亲穿上一套黑西装，打了领带。把残余的头发向后梳拢，我注意，他把第二支雪茄插在外套胸前的口袋里。为了怀旧，他想叫一辆俄式的敞篷四轮马车，他简直不敢相信，马和车早就绝迹了。因此，我们上了电车。当经过全天候的克格勃指挥所时，父亲偷偷捏了一下母亲的手。

成果展在列宁格勒舞蹈学院举行，但我们在基洛夫剧院外停留了一会儿，它典雅夺目。

"安娜，"我父亲说，"我们美吗？"

"美。"她说。

"两个老傻瓜。"

"美还是傻？"

"都是。"他说。

他们坐在环绕体育馆的上层看台。其他观众大都是老师和学生——他们穿着紧身裤、汗衫、保暖的护腿。我们的打扮太过隆重吓人。我母亲笔挺地坐在高背椅上。罗莎玛丽亚与我们凑在一起，她用不太流利的俄语向我母亲做自我介绍。她们立刻变得很投契，母亲与罗莎玛丽亚彼此微笑，窃窃私语——她们仿佛属于同一种生物，活在不同的时代，却由某种奇特的情感锁链将她们拴在一起。在成果展演出的过程中，我母亲把手搁在罗莎玛丽亚的手臂上。大多数学生赢得了礼貌的掌声，在我看来，他们虽然缺乏灵魂，但舞艺熟练精湛。鲁迪是倒数第二个。他出场时，抬头望着看台，我母亲的身子挺得更直了。

场内传出喃喃的低语声。他在腰间系了一条很紧的肚带。头发经过精心的修剪和梳理，后面短前面长，垂在他眼前。

当然，他跳得无可挑剔，轻盈利落，柔韧，线条控制得很好，沉着镇定，但不止如此，他还用到某些身体以外的东西——不仅是他的脸庞、手指、修长的脖子、腰胯，还有某些无形的东西，超越思维与所谓的激情及活力之外——当掌声骤然响起时，我对他产生了些许恨意。

第一个站起的是罗莎玛丽亚，接着是我母亲和父亲，父亲用手肘轻轻推了我一下。鲁迪在我们下方鞠躬，一再地鞠躬，连下一名舞者上台了也没有停,那名舞者生气地站在一旁。最后,鲁迪手臂一挥,高抬着腿,一路小跑离开舞台。一名矮小英俊的光头男子迎上他,拍拍他的背。母亲在我耳边低语:"那是普希金,他把鲁迪克教得太棒了。"

对此我父亲发话道:"你是安娜·瓦希列娃,你也把鲁迪克教得很棒。"

我们走入凉意飕飕的春夜中。城市寂静无声。鲁迪正等在外面,我们抱在一起,向他表示祝贺。他身上的汗味很重,但我却挨得更近,呼吸他的味道,他的能量。他朝我母亲侧过身,询问她自己跳得怎么样,母亲似乎犹豫了一下,但说道:"你真了不起。"

"下蹲时我觉得我做得太低了。"他说。

他用颇具男子气概的姿势,摸摸我父亲的肩膀,然后与罗莎玛丽亚手牵手朝街道另一头走去。

"谁能想得到?"我父亲说。他点燃最后一支雪茄,对着天空喷出一口烟。母亲凝视鲁迪消失的身影。"他的腿看起来更长了。"她说。

"那很容易。"我父亲说。

他笑了笑,用自己健全的那只脚,踮起脚尖。

就在这时,普希金从舞蹈教室走出来。他穿着一件褐色大衣,打了领带。身旁是他妻子谢妮亚,一个我以前在列宁格勒街上见过的女人。她深邃的美貌、金黄的头发、华丽的衣着,还有她那仿佛由内而外散发出的光芒,让人不可能对她视而不见。他们朝我们走来,挥挥手,寒暄了几句,我心想,这是一幅多么有趣的对照画面:我的父母,那个男孩的老师,在与普希金夫妇,那个男人的老师,对视,而那个男人自己已消失在街道尽头。

我母亲用非常正式客套的语气对普希金夫妇说："晚上好，请允许我送上我的祝贺。"

普希金回道："鲁迪经常提起你。"

她笑着说："致以我最深切的感谢。"

一个月后，我母亲死了。在我的住处，折磨她的脑溢血在睡梦中夺去了她的生命。我醒来，看见父亲安静地坐在她身旁，手放在她头发后面。我以为他会哭，可他只是平静地说，她走了，问我可否想办法把她葬在皮斯卡利欧夫公墓。接着，他闭上眼睛，更用力地攥紧她的头发，一遍又一遍轻念她的名字，直至听起来像是在温柔地吟诵一段祷辞或一首歌谣。那天后来，他根据古老的仪式，把母亲放到桌上，为她擦洗身体，用的是一件他的旧衬衫，他说，这是他最后一次深情的表示。母亲看上去瘦弱不堪。他用衬衫衣领蘸着温热的肥皂水，把她的脖子打湿，轻柔地拿布拂过她的锁骨。他用衣袖擦拭她的手臂，用衬衫的躯干部分清洗她娇小干瘪的乳房。他仿佛想让她以某种方式穿上这件衬衫，带着它踏上接下来未卜的旅程。他用一条床单盖住她，直到那时我才发现父亲在哭，低沉地，伤心欲绝。

他任水龙头滴着水，管道里的汩汩声，像是涌在这栋楼房嗓子眼里的悲伤。我走到屋外，不去打扰父亲。空气凛冽刺骨。等我回来时，他已经为母亲穿好衣服，在她眼睛上放了传统的钱币。

我们安葬她的那天，天气格外晴朗。在皮斯卡利欧夫，分配给我们的墓地位于一小丛树林中，不远处的土墩下是那些死于围城期间的人。阳光透过树梢斜射下来，灌木丛中蹿出蠓虫，小鸟振翅穿梭于空中。几乎没有任何仪式。我们花了三百卢布打通关系，得到这块墓地，又花了一百卢布把坟墓掘好。附近有个男的开着拖拉机，在修剪万人坑上的草坪，那儿维护得很美，周围种了一圈红玫瑰。男子礼貌地关闭了引擎，等在一旁。

父亲将帽子持于胸前，我看见帽檐内有几道汗渍。那顶帽子他戴了多少年，有多少次是母亲把它放到他头上？他动了一下，咳嗽了几声，然后说，他无意多言，只有一句话，虽然我母亲走了，但她留下了许多足印，证明她的存在。

"愿她的影响力升入天空。"他说。

说完这句话，他又咳嗽了一下，朝地上扮了个小小的鬼脸，然后把脸转向别处。

隔着树林，在远处一角，我瞥见一辆黑色的吉尔加长轿车驶进墓园，两侧有黑色的车队护送。我们愣住片刻，以为可能来了什么大人物，但接着，车队徐徐朝墓园另一头驶去，我们很高兴没有人来打扰我们。

鲁迪与罗莎玛丽亚并排站着。起先，鲁迪用下面的牙齿咬住上唇。我想骂他，打他，从他身上挤出一滴眼泪，可最终，他没有特别缘由地开始崩溃大哭。

我父亲，代表他自己，把一抔土撒在棺材上。

当我们转身离开小树林时，我发现拖拉机上的那个男人睡着了，但他的帽子已经摘下，轻轻放在腿上，我相信，母亲会很喜欢这样的一刻。

那天后来，我们送父亲去火车站。

"我要回乌法的家。"他说。

他说到"家"时，语气中显然有种讽刺，但他与我母亲在那儿熬过了人生的大部分岁月，这是一种表达回去的说法，尽管实际情形并非如此。约瑟夫与我们一同来到芬兰迪亚车站。我要求与父亲单独待一会儿。我提着他的箱子穿过人群。一缕缕细长的阳光从窗户射进来，落在下面灰暗的空间里。我们驻足在一辆火车的车窗旁。一名包着头巾的老妇人瞪着我们。父亲紧紧抱住我，在我耳边低语，说我应该为自己感到自豪，说我应该做自己喜欢的事，当然，要在情理之中。他抚摸我的脸颊，我不争气地抽噎起来。

巨浪般滚滚的蒸汽飘浮在车站上空，像是一直悬在那儿从未消失过，仿佛表示，我们大多数人一辈子都在呼吸着我们曾经呼出的空气。

\*

乐谱，巴赫与舒曼。钢琴课，玛利歌剧院。就服兵役一事与谢尔科夫谈话。泡脚用的特殊浴盐。给父亲生日的明信片。搜罗一台便携式收音机。缩短午餐时间，在把杆上练习伸腿。占用空房间。萨沙：完美是职责所在。练功练功练功。有难度才让人心醉狂喜。

每天，只要没跳舞，我就把它视作荒废的一天。尼采。对！演讲课。去莫斯科的通行证。让谢尔科夫去吃屎，或在已经吃过的基础上再多吃点，送他一个水桶和一把勺子。不过最好还是压根别理他，这是终极的胜利。舞鞋。许可证。把参加音乐学院音乐会的衣服洗干净。公交车上的那个男孩。警觉性。

睡得更少。上午的例行课程。每次大踢腿时，停顿两倍的时间，加强控制与力度。用脚尖或半脚尖站立时，坚持得久一点，锻炼力量。做皮鲁埃特旋转时转九到十圈。查布基亚尼，让我亲吻你的脚！做原地腾跃，正面对着镜子，而不是侧面。萨沙：活在舞蹈里。无需思考。无需技巧。无需学习。连假发都应该是活的！

连续三次阿桑布莱①图尔旋转。练习划分舞句。别人喜欢咬一口，看看我是金子还是铜。随他们去。不管怎样他们都会把牙齿磕碎。《牧神的午后》。埃斯特拉达·古埃拉说，尼金斯基的巴隆奈②像是让人看见一只被猎人打伤的兔子，在倒地前跃身而起。尼金斯基说，保持凌空状态不难，只要在那儿稍作停歇。哈！安娜终究是对的。

萨沙说尼金斯基的巴隆奈，力量多数来自背部。训练：用手倒立行走，增强背部肌肉。李希特的票。艾尔米塔什博物馆里的男孩说，他在音乐学院有熟人。关于谢妮亚的流言，可如果你不试试每件事，生命就浪费了。只有当你学会用自己的靴子喝香槟时，一切才会美好，找出说这句话的乌克兰诗人的名字。

《加雅涅》里手持火把的三人舞，《天鹅湖》第二幕的双人舞，《海盗》的与希佐娃的双人舞。读拜伦找寻神韵。叫罗莎玛丽亚缝补紧身裤。剪手指甲，以免托举时再划伤玛莎。让P.停止数舞句，她跳舞时嘴唇动来动去。双人舞是一场对话，而不是该死的独白。把与竞争对手F.的这段谈话统统忘记。狗屎。变成马桶你就能看到更好的动作。申请要五打舞鞋，你也许能拿到一打，找最好的鞋匠，那个口齿不清的格鲁吉亚女人。剪头发：斜分？高尔基说，人生可不会永远那么倒霉，倒霉得让追求更美好的热望在人心中泯灭。没错。

布帽落在了更衣室。巴什基尔内务人民委员部的来信。十九岁生日会。《尤金·奥尼金》。柴可夫斯基的配乐。在《海盗》里表现

---

① 芭蕾中的双起双落跳。
② 一种芭蕾舞蹈动作，往上跳起，右脚踢出成45度角，接着弯曲收回，左脚落地半蹲。

出拜伦的浪漫主义与反抗。萨沙：最杰出的艺术家生来是为了丰富他们的艺术，而不是成就他们的自我。牙刷。喝茶用的蜂蜜。

表演时像是必须把事件再讲述一遍。萨沙说，已知的路领我们迈向未知的。同时，未知的路最后将领我们回到已知的。你的生命，只有一部分是用来跳舞。其余时间，你在四处行走，思考跳舞！那些派来监视我的人——不理他们，你失去的是一只眼睛，但若向他们低头，他们会把你打瞎。

在十七号房间额外加练。修理收音机，改装成电话。德加画展——罗莎玛丽亚说，他唤醒了她沉睡的心。照片。毁掉谢妮亚的信。

\*

我丈夫曾给鲁迪讲过一个故事。那是在课后，当他们俩都精疲力竭时，我们，我们仨，会坐在庭院式公寓的壁炉旁，他把那个故事讲述了一遍又一遍。有一两次，鲁迪在萨沙说话时，轻轻地弹着钢琴。故事的内容总在变化，每每不同，但萨沙很享受这种一遍遍复述的乐趣，鲁迪则专心聆听，做好自己的本分。即使很久以后，当鲁迪离开我们、有了自己的公寓后——当又只剩下萨沙与我时——这个故事仍言犹在耳：

迪米特·亚赫门尼科夫，我丈夫说，是十九世纪后期列宁格勒芭蕾舞圈子里一个无足轻重的人物。他瘦瘦小小，头顶中央有一团黑发，喜欢吃芦笋的笋尖，他在奥夫德尼运河北面的一家剧院担任编舞。他与负责弹钢琴的哥哥伊格合作无间。

兄弟二人靠与他们合作的年轻舞者的好心施舍维持生计——总

有人在他们门口放些面包，让他们不至于饿死。

一个深冬的夜晚，迪米特的哥哥一头栽在钢琴上，死了。葬礼后不久，迪米特的眼睛瞎了。人们说，是兄弟间紧密的纽带导致了这双重不幸——迪米特因受巨大打击而双目失明，没有任何治愈的方法。他往返于住处和剧场之间，除了到市场买几把他心爱的芦笋外，鲜少走到别处去。

迪米特决定继续编舞的工作，因为那是他唯一通晓的事。他回到剧场，锁上身后的门。不过，他无法再设计舞蹈动作——他转而用手和膝盖在地板上爬行，感受它的质地，用手摩挲木头的纹理，有时甚至把脸颊贴在木板上，擦得皮破血流。他找来众多当地的木匠，考问他们木头的成分、木纹的长度和方向。每个人都认为他彻底疯了。

人们见到他深夜步行回家，嘴里斜叼着一截芦笋，一路摸索着往前，走到光线昏暗的家门口。

在他哥哥的祭日，迪米特打开剧场的门，邀请当地的舞者进去面试，向他们解释他的要求。起先舞者们很好奇——想到是一个盲人告诉他们该怎么动怎么跳，这似乎匪夷所思——但还是有几个人开始面试了。迪米特没有用他哥哥的旧钢琴，而是找了一名大提琴手与一名小提琴手，当他们演奏时，他坐在最前排。最后，他挑出一批他想要合作的舞者。他们排练了几个星期，期间，迪米特很少说话，但随后，他突然心血来潮地开始训斥他们。

尽管看不见他们，他仍能辨识出，他们做皮鲁埃特旋转时没有合上节拍，髋与肩膀不同步，起跳的角度错误。舞者们瞠目结舌——并非因为编舞的是位盲人，而是因为他讲的都是对的。

不久，那场演出在本地大获成功。

当地报纸刊登了一篇报道，这个故事在一九〇九年秋天流传开来。迪米特收到辖区内规模更大的剧场的邀请，但他拒绝了。他也谢绝了来自工厂和学校的邀约，最后甚至包括一位来自基洛夫剧院、对迪米特的指导方法感到大惑不解的老师。不过，他安排了一个客串的角色，给一位年华老去的舞者，娜迪亚·库捷波娃，他已故的哥哥以前很仰慕她。她来到剧场，特别为迪米特表演了一段独舞，现场没有观众。在他的坚持下，剧场里也没有音乐。一大群人等在门外听结果。

两个小时后，他们两人走出来，迪米特的手臂钩在她的手肘处。

当被人们问到舞跳得怎么样时，库捷波娃宣称，在迪米特的讲授下，她跳得棒极了。他指导她把每个动作做得精益求精，她说，那是她最完美的一次表演。

轮到迪米特，他告诉众人，在库捷波娃跳舞时，他听到剧场里响起一曲他哥哥的交响乐，音乐透过她的身体呈现出来，等她跳完时，他几乎能听出他哥哥创作的每个音符。

迪米特·亚赫门尼科夫所听的，是地板的声音。

\*

那是乌法一个炎热的夏季，城市被笼罩在工厂排放的烟雾与别拉亚河对岸森林大火吹来的灰烬里。列宁公园的长椅上蒙着薄薄一层烟灰。这让我觉得难以坐下来呼吸，因此最后，我鼓起勇气，用仅剩的钱，奢侈地走进了电影院。

自从安娜过世后，我还不曾去过那儿，我想，我也许能再见到她，用手指缠绕起一缕她灰白的头发。

祖国电影院坐落在列宁街上，略显破败，宏伟的建筑表面开始出现裂痕，玻璃框内的海报已然发黄。电影院内，天花板上的风扇在热浪中开足了马力。我拄着拐杖，一跛一跛地走进去，因为忘记戴眼镜，我坐在靠前的位置。

消息已传开，新闻短片里有关于鲁迪的专题报道，人们议论纷纷，小声念叨他的名字，想来是昔日的同窗、年轻男女和一些以前学校的老师。尤丽娅写信来说，在彼得堡，有妙龄女子为了看他一眼开始在后台门外守候。她提到，他甚至定下了要去为赫鲁晓夫献舞。想到这，既令人胆寒，又觉得了不起——光脚的乌法男孩在莫斯科演出。我心中暗笑，忆起鲁迪在学校时被喊的绰号：傻瓜，娘娘腔，青蛙脸。那一切都已被人遗忘，因为现在他是基洛夫剧院的独舞艺术家——高高在上的傲慢被摘下，放入了成功的汤羹中。

国歌结束后，新闻短片开始了，报道他在《萝伦西亚》里扮演的西班牙人。看到他，像一根刺，扎得人既痛又喜。他的头发因角色而染黑了，脸上化了浓艳的妆。我不知不觉执起安娜的手，放映到一半时，她朝我靠过来。"鲁迪还是那么狂野夺目，"她说，"他正在将一种公然的坚毅决绝注入他的舞蹈理念中。"她急切地低语，"总之，他太张扬了，他的脚没有绷直，他的线条有一点偏差，他需要剪一剪头发。"

我心想：多么不可思议——即使化作了幽灵，安娜仍念兹在兹。

我回想起最后一次见到他，在安娜的葬礼上，从他脸上的表情可以看出他的天赋已不再是个意外。现在，他与那个挂着鼻涕、双脚外开站在乌法歌剧院门外、眼睛上青一块紫一块的男孩，似乎已判若两人。

新闻短片播完了。我涌起隐微的怀旧之情,在座位上打了个盹儿,后来被某部粗俗的西方电影吵醒,《泰山》,当天放映的正片。我走到外面最后一抹阳光里。太阳将泥泞的路面炙烤得坑坑洼洼。渡鸦在干枯的野草周围盘旋啄食。远处,森林里闪着熊熊的橘色火光。亚克萨科夫街旁的一栋塔楼里有人在拉大提琴。我转过身,差点以为会遇见鲁迪——那个年少时的他,后面跟着安娜。

我忘了买食物,不过家里还有些剩的,土豆与黄瓜。留声机的唱针磨损严重,但仍能勉强放出一点莫扎特。

想起安娜以前玩的把戏,我在枕头上压出一道凹痕。近来我失眠的时间越来越长,变得几近难以忍受,因此,当我早晨醒来时,我大感讶异,惊讶的不是我醒着,而是我竟然罕见地睡着了。

*

他的母亲赶了四天路,在他莫斯科的第一场演出前抵达他下榻的旅馆。灰色的外套和头巾。身心俱疲的她,踮起脚,亲吻他的脸颊。他挽着她的手肘,领她经过笨重的、有天鹅绒贴面的扶手椅,穿梭于古董家具之间。她的肩膀轻轻擦过垂下的红布帘,她略微退缩了一下。一盏枝形吊灯照着巨大的苏联英雄人物的画像。他们走进宴会厅,早些时候,赫鲁晓夫总理在这儿发表演说,宣布全国学生成果展开幕。

房间一角的桌上摊着宴会留下的残羹冷炙。

"我在招待宴上跳了舞。"他说。

"在哪儿?"

"在那儿的木头平台上。尼基塔·谢尔盖耶维奇看见我了。他还鼓了掌。简直让人不敢相信。"

"注意点。"她说。

法丽达曳步走过桌旁：雪白的上了浆的桌布上，有一团白鲟鱼鱼子酱留下的污渍；一只边缘沾了少许鸭肉酱的盘子；鲟鱼、青鱼、牛肉、块菌、野蘑、肉酱、奶酪的香味；折断的8字形椒盐卷饼；一只黑海牡蛎，单独放在一盏闪闪发亮的碟子上。她拎起一片腌肉往嘴边送，转念又放下，继续往前，注意到空了的银香槟桶，地板上的面包屑，窗台上的雪茄烟灰，烟蒂，空玻璃杯里的柠檬块和弯折断裂的牙签，房间中央摆着红菊花。

"鲁迪克?"她说，目光顺着长长的桌子望向前方。

"嗯?"

她迈向窗户，低头看了眼自己的靴子，破旧不堪，沾满盐渍："你父亲说，他很抱歉他不能来。"

"嗯。"

"他想来的。"

"嗯。"

"就是这样。"她说。

"嗯。母亲。"

在旅馆出口处，一名警卫为他们让道，他们走入寒风中。他开始在街上蹦蹦跳跳，外套的衬里上下翻动。法丽达微笑着加快脚步，感到一阵刹那间的轻松。天地在旋转：雪花、长靴、遥远的钟声。她望着周围的人，望着他，同时也在接受他们的目光。

"鲁迪克!"她说，"等一等!"

下午，他们在姐姐塔玛拉住的地方，那儿离卡洛缅因斯公园很近。塔玛拉与一户六口之家合住一间房。她的那个角落又小又潮，堆满了塑胶盆栽和各种小玩意儿，还有一张褪了色的齐奥尔科夫斯基的画像。精美的挂毯挂在钉子上。地上整齐地叠着一摞摞她的书本。厨房昏暗狭仄。最近，她在幼儿园的薪水减少了，因此架子上空空如也。炉灶上放了一块厚重的铁板，旁边是烧水壶。没有传统的茶炊。走廊尽头的厕所污水漫了出来，整栋楼里臭气熏天。

塔玛拉泡了茶，大费周章地准备了一盘饼干。"这像是回到了从前的时光。"她说。

她拿起鲁迪克的鞋，把它们擦亮。而后，她摸摸他的外套，问他这衣服是哪儿来的。他耸耸肩。

阳光从窗户斜照进来，那个下午变得格外漫长。

"我有点东西。"鲁迪说。

他把手伸进西装外套的口袋里，凑身将第二天晚上演出的入场券交给她们。

"位置很好，"他说，"是最好的。"

母女二人扫了一眼那入场券。

"再来点茶。"他对塔玛拉说，她立刻站了起来。

次日晚，法丽达与塔玛拉忐忑不安地坐在柴可夫斯基音乐厅，她们周边与身后的座位逐渐被人占满。她们左顾右盼，望着好几层的枝形吊灯、华丽精美的檐楣、灯柱上的金色雕花与富丽堂皇的幕布，上面重复着相同的图案，铁锤与镰刀。舞蹈开始后，她们把手攥得紧紧的，放在腿上，但不久，这两个女人便彼此握住对方的手，诧异地看着鲁迪克，不仅因为他的舞姿，还因为他出落的样子，健壮饱满、结实有力，在舞台上来回移动，席卷整个空间，优雅而狂烈。

母亲在豪华的天鹅绒座椅上倾身向前，既敬畏又略感惶恐。这是我的亲骨肉，她暗忖。这是我造就出来的。

*

哇！《莫斯科剧院》一九五九年第四十二期上契斯耶可娃的舞评。"一名天资卓越的舞者！""以他奔腾敏捷的舞蹈节奏把我们迷住。"萨沙：当你初尝成功的滋味时，切忌露出惊异的神色。哈！哇！面对人群时的建议——居高临下，大臂一挥扫遍整个空间。像田野里的农夫，他说，最后用力地拍一记干草。抑或，更确切地说，像挥刀斩脖的刽子手。看列尼库斯基（？）拍的影片，还是拉布拉库斯基（？）。给母亲的照片。新鞋。清洗假发。把外套裁短，收到腰间，这样可以让我的身材显得更修长，哦，妈的，如果我的腿能再长一点就好了！获得去特别用品商店的机会。若有可能，买个肩带牢固的皮包。或者海绵底的鞋子和窄腿裤，假如有的话。给父亲的香烟，母亲提起过的取暖器。给罗莎玛丽亚买点东西，也许买个首饰盒。

*

他按要求维持那个姿势，仿佛姿势是一种东西，可以像他脚下的垫子这样，永远固定在地板上。他现在的姿势是第五位，手臂举在头顶。上午早些时候，他落地时脚踝用力过猛，现在能感到它在轻微地发颤。摄影棚明亮通风，阳光从一扇扇小窗肆意地洒进来，摄影师叼着一支烟，那支烟仿佛粘在他的下嘴唇上。他身上有股烟雾与溴化物的味道。还有闪光灯每闪一次散发出的刺鼻气味。灯泡每闪一次就必须换一个,他戴了一只厚的棉手套,把灯泡从白伞底下拧下来。鲁迪已经问过摄影师,为什么要在自然光里打上闪光灯——他觉得这没有道理——但摄影师说:"你做你的分内事,同志,我做我的。"

鲁迪保持姿势不动,脚踝痛得发抖,他心想,假如他做的是他的分内事,假如他真的是做他的分内事,那么单凭照相机根本捕捉不到他。墙背面挂着别的照片,排列得整齐有序,注明了日期,贴有标签。都是舞者,拍得柔和朦胧,看不清轮廓,甚至有很杰出的,如查布基亚尼、乌兰诺娃和杜丁斯卡娅。摄影师抱着无知蒙昧的态度对待这份工作,鲁迪唯一想做的,就是在闪光灯曝光前一秒向空中跃起,在底片上留下一团模糊的影像。摄影师用的是一架列宁格勒光学仪器厂制造的相机,因为很重,必须支在三脚架上,拍照片的时候抽烟,这是多么恼人的行为,但鲁迪需要把照片交给基洛夫剧院,因此他只好暗忍住痛。他惊讶于这股疼痛,惊讶于当他保持静止时,身体更加活跃异常,于是,他将愤怒的矛头集中在摄影师身上,更准确地说,是针对他脖子上的一圈圈肥肉。闪光灯令鲁迪眨动眼睛,在他的视网膜上留下一块亮斑。

"再来一次!"摄影师一边说,一边拧下灯泡,稍作停顿,将打火机拿到自动熄灭的香烟烟头旁。

"不。"鲁迪说。

"什么?"

"不跳了。"他说。

摄影师强作微笑。"再来一次。"他说。

"不。你这个白痴。"

摄影师望着鲁迪走下楼梯,他的黑帽子歪向一边,遮住他一侧的脸。到了楼梯底下,鲁迪弯下身检查脚踝肿胀的情况,仔细地解开绷带。他没有回头,背对着摄影师挥了挥手,摄影师倚在栏杆上,一副难以置信的表情。

"把照片寄给我,"鲁迪喊道,"如果拍得不好,我把它们吃了、拉了,然后装进信封寄还给你。"

他来到基洛夫剧院的舞蹈教室,忍着痛参加高级班的排练。一名年长的舞者企图把他挤到镜子之外。鲁迪假装摔倒,用肩膀猛地撞向那名舞者的膝盖,他嘟哝了一声道歉,爬起来继续跳舞。屋内一片喃喃的低语声,但鲁迪只顾对着镜子修正姿势,头发盖住眉毛,肩部的肌肉十分发达。他在地板中央做起优美的皮鲁埃特旋转。他的舞伴希佐娃,平静地点了一下头,走上前说:"你受了伤,别卖弄了。"

鲁迪点点头,又做了一遍那个动作。她看见谢妮亚在窗外,穿着一件漂亮的外套,包着头巾,优雅端庄。他在空中拂手一挥,意在赶她走。她没走,于是,他转到教室前面,她再也看不到他的地方。

随后,他与希佐娃练习《林中仙子》里一个双人舞的收尾动作。他的脚踝肿得更加厉害,但他忍着跳完,三个小时后才将它浸到一桶冷水里。接着,他再度起身,又多练了半个小时。希佐娃望着镜中的交配仪式,与其说是与他这个人,不如说是与舞蹈本身。累到练不下去了,她告诉他,她必须去睡几个小时,

她沿着走廊,经过坐在走廊台阶上抽烟的谢妮亚的身旁,她金色的长发盖住脸庞,眼睛红肿。

走出很远,她仍能听见鲁迪在练功房里咒骂自己,他说:"你

的腿还是不够长,笨蛋。"

*

当我是个小女孩,生活在圣地亚哥时,我和我的哥哥弟弟们在鬼节来临之际玩各种游戏。母亲会准备一篮面包和玉米饼。我们与父亲和哥哥弟弟们,一块走路去墓园,别的人家已经在夜色中点起蜡烛。数百人聚集在墓地旁。我们家族的坟墓朴素简陋,位于橡树下。成年人一边喝着廉价的朗姆酒,一边说故事。我父母谈起死去的祖母,她们把结婚戒指放进面包里一同烘烤,谈起死去的祖父,他们在水下溶洞里屏气,还有在梦里收到神旨的叔叔伯伯。我们小孩子则在墓穴周围玩耍。我把自己心爱的洋娃娃放在坟墓上,我的哥哥弟弟们骑着马头杆子四处跑。接着,我们躺在冷冰冰的石碑上扮死人。我那时才七岁,但已经开始渴望跳舞。有时,我觉得自己能在坟墓上感受到缎子拂过我的脚面。那是一年当中我们唯一获准可以在墓园里度过的夜晚——父母一边观看,一边为我们弄热巧克力,后来,我们在他们怀里入睡。

我在列宁格勒的最后一晚,这一切像梦一样重回到我眼前。

在基洛夫剧院的多功能厅办了一场小型的告别会,有开胃小菜和俄罗斯葡萄酒,味道隐约有些像护手霜。我住的地方离基洛夫剧院三公里,但我没有搭电车,而是步行,沿着曲折的河道,将一路所见尽收眼底,最后看一眼这座城市。那是一个温煦的白夜。穿了三年的裙子。我换上我的橘色长裤。女孩们一边咯咯直笑,一边挥手。葡萄酒让我有点头晕。建筑物笔直的线条不见了,宫殿朦朦胧胧,宽阔的街道变窄了。安奇科夫桥上的铜像似在摇晃。我几乎都不在意。我的心已经回到故乡智利。

我走进公寓楼,跑上楼梯。屋里,鲁迪坐在我的床上,盘着腿。

"你没有锁门。"他说。

他之前去了告别会,并已用夸张的方式做了道别,但见到他,我不感到讶异。我的行李原都打包完毕,但他又将它们解开,拿出躲过审查员之手的《舞蹈》杂志的复印本,摊在床上,翻到伦敦、纽约、斯波列托、巴黎的照片。

"请自便。"我回道。

他咧开嘴,笑着要我拿出吉他。随后,他坐到地上,头靠着床,闭着眼睛聆听。我想起妈妈,想起夜晚她在咖喱树下唱歌给我听的情景。有一次她对我说,难听的歌喉来自美好的人生,优美的歌喉来自不幸的人生,而卓越的歌喉,来自两者的混合。

听完他最爱的那首歌,鲁迪迈步朝我走来。我的头依旧因为葡萄酒而感到天旋地转,他把手指放在我的嘴唇上,拿走我身上的吉他,将它靠在墙边。

我说:"鲁迪,不要。"

他碰到我开衫的纽扣,用手指绕着它们打圈,他的发梢贴在我前额。他的手在我的腰间游走,手指顺着我的手臂,攀到我的肩膀,他的动作拘谨局促却一丝不苟。我笑出声,把他的手拍开。

"你要走了。"他喃喃低语。

我的纽扣开了。他用手抚摩我的背,双腿颤抖地挨着我的腿。自从来了俄罗斯以后,我还没有跟任何人上过床。我咬住舌头,把他推开,又把他拉近,再度把他推开。最后,鲁迪喘着粗气,抱起我,将嘴凑向我突出的锁骨,猛然把我按在墙上。我撇过头,对着他的肩膀,闻到他身上的香水味,我说:"不,鲁迪。"

我转过脸,与他面对面。"我们是朋友。"

他用嘴舔舐我的耳垂。"我没有朋友。"

"谢妮亚。"我低声说。

他陡然放开我,向后退却。我无意提起她,只是脱口而出那个名字。我的酒意立即醒了。他与普希金的妻子有染了一阵子,但这段关系戛然而止。虽然鲁迪抛弃了她,但她依旧来看他排练,为他煮饭洗衣,关心他种种突发奇想的念头。

他走到窗边,双手窝拢低垂,为自己燃起的情欲感到尴尬。

我不自在地笑了起来,并无羞辱他的意思,但他后退了几步,用拳头狠狠捶墙。

"为了这个,我错过了排练。"他说。

"为了这个?"

"为了这个。"他说。

他离窗户很近,玻璃上现出他呵出的白气。

我走到厕所水槽旁,用冷水泼脸。当我回来时,他仍在窗边。我请他离开,等他重新变回鲁迪、恢复成平常的那个他时再回来。他现在有了自己的公寓,与这儿相隔八条街。可他没有动。当他盯着自己映像里的我时,玻璃上似乎映出他体内的那份孩子气。他经常对我说,他爱我,他要娶我,我们要一块儿到世界各地巡回跳舞——好几次,当我们彼此找不到话说时,这成了我们之间的玩笑,但此刻,沉默将我们生生分离。

他噘嘴的样子很迷人,我想起我们共度的时光:互相按摩对方的脚,一起滑冰,在运河边晒太阳,与尤丽娅晚间的聚会。也许那些葡萄酒还在我体内流动,我搞不清,但最后,我对他说:"鲁迪,过来。"

他绷起脚趾,滑动双脚,仿佛在做隆德让①:"怎么了?"

"过来嘛。"

"为什么?"

"把我的头发解开。"

他迟疑了一下,显得手足无措,接着,他走过来摘下我的发夹,动作笨拙而犹豫。他托着我的头发,让它垂下来。我贴紧他,吻他,我的嘴里突然盈满他的气息。我悄声说,他可以留下来,陪我到早晨,或者确切地讲,到早上九点半,我出发去普尔科夫机场前。对此,他笑着回道,他的脑袋想我想得乱了方寸,既然我们永远不可能再见到彼此,我们就应该一同上床,对,做爱,讲得像是铁定的事实,或早晨的第一个钢琴音符。

他目光如炬,眼睛眯成细线,像是留声机的唱针恰好停在小号响起的那个点上。

他的手顺着我的脊椎往下滑,把我揽过去贴在他身上,手指在我的腰背、臀部和大腿上缓慢地移动。我弓起身,闭上眼睛。他猛地扯了一把我背后的头发,将我拉近,然而接着,他忽地把脸转向枕头,一动不动。

"萨沙。"他对着枕头说。

他开始反复念着普希金的名字,这时,我知道我们不可能做爱。我轻抚他的头发,夜深了。我们拉起一条毯子盖在身上,感觉到脚趾的碰触,他睡着了,睫毛微微颤动。我好奇,他做了什么梦?

---

① 原意为划圆圈,指芭蕾舞中脚和腿在地面或空中所做的向里或向外的环动。

我在夜里醒来，茫然若失。鲁迪坐在地板上，光着身子，脚朝腹部曲拢，目不转睛地盯着照片，最后，他注意到我，抬起目光，指着一张科芬园的照片说："瞧这个。"他正在研究玛格·芳登在她更衣室里拍的一张照片，她的头发用发夹向后别住，表情严肃，目光从容。"你看她！看她！"

我支起身，问他晚间是否想起了普希金夫妇，有没有梦到他们，但他手一挥，不理睬我，说他不想讨论鸡毛蒜皮的琐事。他再度沉浸在那些图片中。我觉得无聊，轻轻拍拍床。他爬到我旁边，开始痛哭流涕，一边亲吻我的头发，一边说："我再也见不到你了，罗莎玛丽亚，我再也见不到你，我再也见不到你，我再也见不到你了。"

接下来的整个晚上，我们并排而眠，手臂缠在一起。

早晨，我们提着我的行李走出房间。屋外，一名身穿黑色西装的男子坐在矮墙上抽烟。他看见我们时，紧张地站起身。鲁迪朝他走去，在他耳边低语了几句。那男子支支吾吾，口齿不清，眼睛睁得大大的。

鲁迪开始蹦蹦跳跳地走过街道。

"我才不管呢！"他说，"去他妈的！我只想跳舞！我不在乎！"

"鲁迪，"我说，"别干傻事。"

"他妈的，我不怕。"他说。

他不久将到维也纳市政厅演出，我说，假如他继续这么招摇、惹人注意，他们显然会收回这趟行程的许可证。

"我不在乎，"他说，"我在乎的只有你。"

我望着他，想知道他是不是又只是在闹情绪，但实难分辨。我对他说，我爱他，我永远不会忘记他。他执起我的手，吻了一下。

我们把我的包裹放进出租车。司机看过前一个星期上演的《林中仙子》，认出了鲁迪，请他签名。名气犹如一件奇特的外衣，穿在鲁迪身上，簇新却出奇服帖。在出租车里，他闭起眼睛，飞快地报出我们经过的街道名，像一曲交响乐，每个音符都落在准确的位置。我亲吻他的眼睛。司机咳嗽了几声，仿佛是在警告。有一辆车跟在我们后面。

在普尔科夫的航站楼，有一群人来为我送行。我觉得人轻飘飘的，想到回家，心中充满喜悦——我已经在掀去镜子与家具上白色的防尘布罩。我能尝到屋里尘埃的味道。

尤丽娅出现在机场，秀美动人。她带着她极具杀伤力的微笑。长长的黑发垂在肩膀两侧。几天前，我给了她一些衣服，她正穿着一件我的亮紫色上衣，衬托出她深色的肌肤与眼睛。她的父亲从乌法寄来一封信，里面夹了一张给我的小便笺。他说，我们见面那次，我的朝气活力让他的妻子安娜很开心，他感激我去参加她的葬礼。在信的最末，他十分隐晦地提到智利的沙漠——他说，他一直很想去看看四百年来没有下过雨的阿塔卡马，如果我去那儿的话，请代他向空中抛一把泥土。

我与尤丽娅吻别，与其他人握了握手。

我的航班先到莫斯科，然后前往巴黎、再到纽约，最后从那儿飞往圣地亚哥。我想向鲁迪最后道一声别，可他不见了。我挤过一丛丛人群，呼喊他的名字，可是在乘客与警卫中，哪儿也看不见他的身影。我又喊了一遍他的名字，他仍没有出现。我转身朝通往出境关卡的落地玻璃窗走去。

就在这时，我瞥到一眼他的头顶，在遥远的人群中。他正在严肃激动地与某个人说话——起先，我确信是监视我们的那个人，但之后，我发现是另外一名年轻男子，一头黑发，相貌英俊，一副运动员的身材。那名男子穿着一条牛仔裤，这在列宁格勒非常罕见。他温柔地抚摸着鲁迪的手肘内侧。

广播里在呼叫我的航班。鲁迪大踏步地走过来，抱住我，在我耳边低声说他爱我，没有我他简直活不下去，他会迷失方向，对，失去船舵，请快点回来，他会非常想念我，我们本应做爱的，他感到抱歉，他不知道没有我他该怎么办。

他回望身后。我把他的脸转过来对着我，他随之露出微笑，一股独特而冰冷的魅力。

*

## 事故报告

俄罗斯航空，BL286 航班
维也纳—莫斯科—列宁格勒
一九五九年三月十七日

由于非航空公司所能控制的原因，这次航班上没有提供餐车和饮料车。在机场已向乘客说明。然而登机时，当事人，一位人民艺术家，被发现携带了一箱香槟。起先，当事人似乎表现出一种严重的飞行恐惧症，但接下来，他变得很聒噪，抱怨没有食物和饮料。飞行中途，在乘务员不知情的情况下，他拿出一瓶香槟，摇晃，然后将香槟酒喷洒在机舱内。然后，当事人走到过道上，向乘客提供香槟，把酒倒在纸杯里。香槟渗透纸杯，漏了出来。同机的乘客抱怨弄湿了座位与衣服。其他人开始唱歌大笑。当事人从同一个箱子里又拿出几瓶香槟,受到质询时,他满口脏话。当事人说,这是他的二十一岁生日,他开始打起手语,大喊他是鞑靼人。在航程后段,飞机遭遇气流,许多乘客数度严重呕吐。当事人似乎越来越害怕,但仍继续又嚷又唱。当同行的芭蕾舞团的领队要求他安静时,他用的是另一套措辞,就在着陆前一刻,他将最后一瓶香槟洒在机舱里。在莫斯科着陆后,当事人收到警告,安静了下来。在列宁格勒下飞机时,他对航班的机长说了一句话,内容不明。机长索雷诺若夫在返程时请了病假。

\*

他走到床沿,把汗衫从头上脱下来,解开裤子最上端的纽扣,赤裸地站在灯光下。他对飞行员说:"拉上帘子,让灯亮着,确保把门锁好。"

\*

深夜的叶卡捷琳娜广场,在列宁格勒自古以来的尘雾中,当街灯为省电而被熄灭、城市阒静无声之时,我们三三两两从城市的不同角落走到公园与剧院相邻一侧的那排树下。悄无声息。鬼鬼祟祟。倘若被民兵拦住,我们持有证件,以工作、失眠、妻子、家中的孩子为借口。有时,那些不认识的人朝我们打招呼,但我们知道最好不要搭理,我们加快脚步走开。汽车驶过涅瓦大街,车前灯将我们照亮,冲刷去我们的黑影,那一霎,我们的影子仿佛被抓去接受审问。我们幻想自己坐在囚车折叠式的座椅上，因为是性变态，而被遣送去劳改营。扫荡，假如来的话，会非常迅速残忍。我们家里都藏着一个收拾妥当的小背包，以防万一。光是那份威胁就让人受不了：森林，马口铁的餐具，营房，大通铺，木板床，五年刑期，冰冻的木头上爆裂的金属。但到了晚上，当广场一片死寂时，我们在雾中等待，倚在围栏上抽烟。

一个高高瘦瘦的男孩用一把袖珍型折刀，拨弄手表的弹簧，校对时间。手表连在一条链子上，他任其荡在腰间。每个星期四，有兄弟二人穿过人行地道抵达这儿，他们刚从工厂的澡堂出来，黑色的头发飘在身前，鞋子已磨损破旧。一名退伍老兵站在树下。他能用口哨吹出许多首李斯特著名的狂想曲。他因高喊"人为什么要到死才得到快乐"而出名。他一直喊到早晨，直至河上远处汽船的鸣笛声盖过他为止。有时，广场对面房间的窗帘拉开又合拢，人影出现、消失。黑色的伏尔加轿车驶离路边，在黑暗的街道上飞驰而去。突然爆发出神经质的笑声。人们把香烟纸卷拢，舔一舔。有人打开鼻烟盒。没有人喝酒——酒精会让我们管不住嘴巴，把死人的气息传递给活人。汗水玷污了我们的衣领边缘。我们跺着脚，朝手套内呵着热气，把身体活动得异常清醒，并再度超越此，直到有时感觉自己仿佛永远不需要睡觉为止。

夜一分一秒地流逝，我们隐藏的欲望，仿佛被缝进外套的衣袖里。并不是说我们连外套也脱掉了，而是那种触碰，当我们给彼此点烟、衣袖碰在一起时，相认的那份颤抖，亦怀着恨意。憎恨这种相似之处。

剧院的门开得很晚，放出演员、舞者、后台工作人员。有时，他们从基洛夫剧院一路步行，走二十分钟。他们靠在铁栏杆上，被围巾、手套和保暖的护腿裹得严严实实。一个浅棕色头发的男孩，朝空中抬起脚，将它搁在栏杆的尖头上，用力拉伸，头碰向膝盖，口里呼出白气，皮帽子滑到脑后。他的身体在做动作时毫不费力，他的脚趾他的脚他的腿他的胸他的肩膀他的脖子他的嘴他的眼睛。他的嘴唇通红通红。连皮帽子似乎也跟随他的一伸一缩而律动。大多时候，他不在广场逗留很久，他享有特殊待遇，有其他可去之处——地下室、屋顶、公寓——但有一两次，他留在原地，把脚踢向围栏顶端，我们经过，吸入他身上的气息。他从未与我们说过一句话。

我们等他再度现身广场，但能认出他的人越来越多，他的脸出现在报纸上、海报上。不过，我们仍时时想起他。

当早晨的谣言传到我们耳边时，街灯发出短暂的光亮，我们彼此分开，朝大街小巷四散而去，有的找寻那个戴怀表的男孩，或是工厂那对兄弟，或是浅棕色头发的舞者，潮湿的人行道上有他的脚印，他的大衣在走路时一开一合，围巾在他颈后飞扬。有时，在通往运河黑黝黝的水流的石阶上，一个阔步流星的黑影踩碎月光，我们踅身跟随。即便那时天将破晓，心里想的总是，河水也许会将湍流隐蔽在冰层下。

# 三
## 伦敦，一九六一年

每逢周五，醉汉们鱼贯经过，高声喧哗，满身威士忌酒气，散发出尿液和垃圾箱一般的臊臭。此时，他像多年来一样，把手伸出窗户，递给他们每人一先令。因此，在科芬园一带，几乎每个流浪汉都知道这么一处讨点小钱的地方，在皇家学会对面的那家工厂，有个中年男子，光头、戴眼镜的那个，在倒数第二个开着的窗口，但只在每个星期五开。他探出身，聆听那些故事——我母亲得了痨病，我叔叔的木头假腿丢了，我阿姨约瑟芬生气发火了——不管内容是什么，他都会对醉汉说，拿着，老兄。一个先令接一个先令，相当于他一大部分的薪水，因此，为了省钱，他不搭地铁，而是一路走回位于海布利的住处，足足有五英里，他佝偻着身体，戴着一顶扁平的帽子，朝女士、报童和别的醉汉点头致意，有的醉汉认出他，企图再向他蒙一先令，他给不出，因为他计算过房租和食物所需的确切花费，他说，对不起，老兄。摘帽打一声招呼，然后继续往前走，购物袋撞击着他的小腿肚。他一路穿过科芬园、霍尔本和格雷律师学院，沿着罗斯伯里大道，再沿埃塞克斯路向北，途经纽因顿格林，天色随着他的脚步渐渐变暗，他向左转上诗人路，朝一栋红砖砌成的出租房走去。四十七号，房东太太，一位来自多切斯特的寡妇，在前门快活地欢迎他，身旁有一口仿乌木的落地钟，雕有两匹抬足刨地的骏马。他向她微微欠身，说，晚上好，本内特太太。然后登上楼梯，经过墙上所挂的鸭子图画，如果画被别的租客撞到过，他就将它们扶正。十六级台阶，走进房间，他终于可以脱掉鞋子，心想一定得擦擦鞋了。接着，他解开领带，从藏在床架后面的银制小酒瓶里给自己灌一口苏格兰威士忌，只是很小一口，随着它流到嗓子眼而深深吁出一口气，打开购物袋，拿出舞鞋，摆在他的工作台上。仅剩一点收尾工作——鞋底的弓形垫有待修剪，鞋翼需要加长，要穿一条束带，要削掉一截鞋跟——手脚利落、精准。完成后，他将每只鞋用塑料纸单独包好，确保包装时没有留下折痕，因为他需要维护自己的声誉，芭蕾女伶、编舞指导、歌剧院，他们都纷纷来找他，寄来他们具体的明细要求：

一只脚，脚趾部分很宽，而脚后跟很窄，他必须把鞋撑大，让它合脚。

第四个脚趾比第三个长出太多，他简单地拆了一排线，把问题解决。

那只鞋需要一块更坚硬的鞋骨，后面要垫高，鞋垫要更软。

他以其精湛的手艺闻名，人们谈论他，有困难的舞者或是那些纯粹吹毛求疵的人，写信给他，给他发电报，有时甚至亲自到工厂拜访他——和为你制作舞鞋的人见面！——特别是那些来自皇家芭蕾舞团的演员，他们如此优雅杰出，心怀感激，首推玛格·芳登，他的最爱。她曾用一双足尖鞋，完成了三场令人惊艳的演出。她的要求格外细致复杂，鞋面要非常短，鞋翼低，足尖需要额外的胶水，嵌入鞋底前端的褶皱要宽，便于着力。他是她一直以来唯一认定的鞋匠，她仰慕他，觉得他是位完美的绅士。相应的，芭蕾女伶中，唯有她的画像挂在他的工作台上方——致汤姆，我的挚爱，玛格——想到她一收到他做的舞鞋后如何对待它们，令他浑身哆嗦。敲碎鞋骨，让其更有弹性，拿着鞋用力往门上砸，把鞋头砸软，一遍遍折弄鞋子，让它完全合脚，仿佛她已经穿了一辈子似的，一个激起他一抹笑意的念头。他把舞鞋整齐地放在卧室的架子上，穿好睡衣，跪下做了两次简单的祷告，上床睡觉，从没有梦见过脚或鞋子。醒来后，他拖着脚步，沿走廊走到公用洗手间，在那儿洗脸刮胡子，最近几年，他的胡须逐渐灰白。他接满一壶自来水，回到自己的房间，把水壶放在炉子上，等它发出啸叫，给自己冲一杯茶，已经把牛奶放到窗台上冷藏过夜。接着，他从架子上拿下一双双鞋子，准备再度开工，他工作一整个上午，即便是星期六，也不把它视作加班，他不在意，他喜欢这种机械的重复和接受不同的要求。女演员的足尖鞋比男演员的芭蕾舞靴复杂难做得多，法国人比英国人更有鉴赏力，西班牙人要求更柔软的皮制鞋垫，美国人，他们把它叫作纤纤鞋，他可真讨厌那个叫法，纤纤鞋，像是童话里冒出来的玩意儿。他经常想起舞鞋所受的摧残，重击、碎裂，更别提细小的切口、内部的拆解，用温柔的态度，加上从已故父亲身上学来的巧妙手艺，父亲干这一行干了四十年：

  调整鞋面时，如果鞋面太硬，只要用一点百利发油就能把它软化。
  用肥皂洗净绸缎上的灰尘，不仅在制鞋前，而且在制鞋过程中以及特别是鞋子做好后，亦需如此。
  把自己想成那只脚。

唯一让他放下制鞋工作的是每周六的足球赛，他走半英里路去看阿森纳队的比赛，每隔一个星期支持一次替补队员。他脖子上围着一块红白相间的围巾，站在露天看台上，他个头矮小，为了能越过其他球迷的头顶望见比赛，他给自己做了一双特殊的鞋子，让他得以增高四英寸。阿森纳！阿森纳！观众随着场内球的运动轨迹而摇摆，旋转球，运球，穿裆球，凌空球，这也许与芭蕾舞并非完全一致，但都是讲究脚的功夫。不过这不等于说他会去看芭蕾舞，这是他从父亲那儿继承来的一个观念：

不要踏进剧院，儿子，永远别去看。
眼见自己做的鞋被撕破扯裂，毫无意义。
你的工作是配合舞者，仅此而已。

中场休息时，他发现自己的思绪飘回到房间里的舞鞋上，想着可以如何改进，鞋骨会不会太紧，鞋头是否应该做得更坚固些。直到他听见观众大声欢呼，看到队员小跑着进入球场，裁判员尖锐的哨声一响，比赛重新开始。杰克·汉德森一记斜传球，乔治·伊斯特汉姆在侧面带球前进，然后将球传给中间的大卫·赫德，头球破门，穿着假鞋的鞋匠跳到空中，从头上扯下帽子，露出光光的脑袋。赛后，他走路回家，挤在欢歌笑语、浩浩荡荡的人群中。有时，他被比他高大的男子压在墙上，一时不能动弹，不过公寓就在不远处，倘若在门口碰上本内特太太，他会感到窘迫，她还没想明白，为什么他星期六时个头比较高。要喝茶吗，阿什沃斯先生？不，谢谢，本内特太太。他上楼到房间检查自己的作品，修剪纸板上普通眼睛看不出来的一块疙瘩，或用刀片把鞋骨削成羽毛状。接着，他把鞋子依次排列在床边的桌旁，这样星期天，当他睡懒觉醒来时，第一眼看到的就是它们，这令他欢喜不已。即便在教堂做礼拜时依旧惦记着它们，做完礼拜，他步履沉重地夹在戴着帽子和面纱的女士中间，沿过道往回走，来到外面的阳光下，深吸一口气，如释重负地一声叹息。离开教堂，经过郊外的花园，将星期天剩下的时光当作休息日，一品脱淡色啤酒加一点午餐，在公园看看报纸。十一月六日，他的四十四岁生日已过去了两天——《海牙协议》有待修改，美国指控古巴间谍，苏维埃舞蹈家抵达伦敦——一桩他清楚知晓的事，因为那双脚的草图已于上周寄到。他计划早晨的第一件事是开始制作那几双鞋，铺床时这个念头萦绕在他的脑海。十个小时后，他出现在阳光明媚的科芬园，朝作坊走去，热切地期待开工。老板瑞德先生拍拍他的肩膀，早上好，汤姆老弟。他把周末完成的足尖鞋留在前厅，走进作坊，脱下外套，穿上宽大的白围裙，点燃烤箱，七十度——足够可以硬化鞋子而不会让绸缎熔化的温度——接着，他下楼去皮革房，想在其他鞋匠到来前，多找几块优质结实的皮料。他闻闻皮子的味道，用手摩挲它的纹理，然后拿着皮料径自上楼，手臂下夹了一桶胶水，来到工作台旁。别的鞋匠陆续进来，满嘴板球、妻子、宿醉，他们向他点头致意，他是他们中最优秀的，他们很尊敬他，因为他来自阿什沃斯家族，诞生最卓越的鞋匠、手艺人，多年来，出自他们之手的鞋子上有一个简单的标记：

a[①]

---

[①] 英语阿什沃斯（Ashworth）的首字母。

比任何别的鞋匠的标记更复杂一点,他们都有各自花哨的记号——一道波纹曲线,一个圆环,鞋底的一个三角形——因此舞者知道给自己做鞋的人是谁,有的舞迷甚至去戏院后面的垃圾桶里抢救出穿坏的鞋,或看一看是谁制作的。人人都垂涎阿什沃斯的舞鞋,但这种压力并不让汤姆感到困扰,他全身心都投入在工作里,眼镜架在鼻梁上,仔细研究那个俄罗斯人的脚的草图,从巴黎寄来的详细要求:

尺寸,宽度,脚趾的长度。
脚指甲生长的角度,脚的跖球部,韧带与脚踝相连的位置。
脚后跟的表面积,水疱,骨刺。

单从这些草图,他就能凭直觉知道这只脚所经历的人生,在赤脚的贫苦环境下长大——从骨骼结构不同寻常的宽度上可以看出——光脚踩的是水泥地而不是草地;后来,硬塞进过小的鞋子里,这只脚虽短却很宽,鞋码 7EEE,可见学舞的年龄比通常要晚;接着,过度的训练造成剧烈的伤害,统统是生拧硬折,但毅力惊人。汤姆·阿什沃斯从工作台上仰起身,向后伸了个懒腰,微笑着甩甩手,然后又沉湎在工作中,弯着头,一声不吭,像入定似的。第一个小时里,做了一双男舞靴,第二个小时三双,对他而言还是太慢,订单是四十双,需要一整天的工夫,假如遇上麻烦的话,可能甚至需要两天。根据那个俄罗斯人的要求,他在鞋子里做了一个反向的凹槽构造,这意味着必须用到两枚大的钩针——尽管这比为芭蕾女伶制作足尖鞋容易许多——所以既耗时,又需要很专注,唯有当楼下传来午休的喊声时,他才停下手。一个他很享受的时刻,三明治和茶,年纪较轻的补鞋匠有点肆无忌惮,说着,那个共产党人的鞋子做得怎样了,呃?对此他只是浅浅一笑——当其他鞋匠看到那些草图时,大呼道,叛逃了,我的乖乖!更可能是脑子有病吧!他是个该死的共产党人,不是吗?不,他不是,他是我们中的一员。我们中的一员?我在电视上见过他,他看起来像个十足的娘娘腔!——吃完午饭后,他重新回看草图,担心某个地方搞错了一步,那些数据在他脑中激荡回响,用湿布包住翻面的鞋子,不让它们变干;弯下身,光秃的脑袋闪闪发亮,用手一针一针缝制,发挥阿什沃斯人的精神;然后,他将鞋放到烘干用的烤箱里,再度检查温度计,确认是七十度。

毕竟,不管为谁做鞋,或是为什么,都一定要把它们做得完美无缺。

# 四
# 乌法，列宁格勒，一九六一年至一九六四年

八月十二日

　　昨晚，窗户上的木百叶窗吹开了，砰砰砰，一直响到早晨。

八月十三日

　　天未明就起来了，听着广播，但又重新睡着。等我醒来时，父亲已吃完早餐。他说，你得好好休息，孩子。然而，感到虚弱无力的人是他。过去的几个星期令他心力交瘁。我恳求他回床上去。可是他坚持要陪母亲和我上市集。出门后，父亲不和任何人交谈，因为对可能会讲出的话感到害怕，尽管那件事还未正式公布。他走路时低着头，好像他们在他脖子放了什么重物，压得他抬不起前额。在科拉斯纳街的市集上，我们买到三把菠菜。没有肉。起先，两个帆布袋都由父亲拎着。快到十月大道的喷水池时，换手给我们。石墙在炙热的天气下出现裂缝。他累得弯下身。当他把第二个袋子交给我时，他说，你一定要懂得原谅，塔玛拉。然而没有什么可以让我原谅的。原谅什么？我有个弟弟，他走了，就是这样。

八月十六日

　　他的离开迫使我回到家中。莫斯科仿佛已是很久以前的事。我将来要做什么？我怒火沸腾，差点打碎母亲的茶杯，但我忍住了。

八月十七日

　　父亲从工厂回到家，拉长着脸。我们不敢问。我们煮了鸡汤安慰他。他一语不发地吃了。

八月十八日

　　街上有辆白色的小汽车，不停地来回行驶。印有"驾校"字样，但司机一个错误也没犯。

八月十九日

　　与母亲又去了趟监狱。他们相信，她是唯一能够让鲁迪克改变主意的人。他们递茶给我们，总的来说，对他们而言实属罕见。茶水微温。我一度认为那里面可能下了毒。桌上摆了六台电话。四男二女。三个人戴着耳机，两个对着口述记录机工作，另一个负责监督。他们大都不和我们对视，但那个监督的人盯着我们。他给母亲一副耳机，让我坐在角落里。他们试了三次，终于接通了鲁迪克。因为有时差，他正要睡觉。他在巴黎的公寓里。（后来，他们说那地方以聚集了反常的天生性变态的男人而出名。他们坚持在母亲面前使用那个词，为的是想看她的表情。她竭力不把自己的内心活动显露在脸上。不能流露出感情，这很重要，她说。）鲁迪克说的话在时间上有延迟。有时，他们用哔哔声把话屏蔽掉。母亲想象电波里充斥着他的声音。当出现鞑靼语对话时，他们大怒。后来母亲发誓说她听见快乐一词的词尾，但当然，她真正想听见的是回家。我们不得把叛国的事告诉任何人，但他们已着手采取行动，审问歌剧院的舞蹈演员、他的朋友，甚至包括鲁迪克以前的老师，他们怎么能指望消息不传开来呢?

八月二十日

我走在别拉亚河边,在河堤上吃了一个冰淇淋。小孩子在游泳。年老的妇人坐在那儿,穿着泳衣,戴着泳帽。生活仍在继续。

八月二十一日

他们暗示,如果他放弃之前做过的事回来的话,也许可以获得赦免。风险是什么?最轻,起码七年的劳动改造,最坏,是死刑。他们会怎么执行?开枪吗?还是用电椅?他们会将他绞死吗?这样,他的脚就会荡在空中,他最后的舞蹈?这些想法太可怕了。

八月二十二日

得知他永远不会再回来,令人更强烈地感受到他的存在。深夜,我无法入睡,咒骂他对我们做的事。那辆驾校的汽车里永远坐着同样的两个人。

八月二十三日

厨房的灯泡坏了,没有多余的了。唯让我们觉得宽慰的是日落时分和天空斑斓的色彩。父亲说,工厂排出的烟雾令这些色彩更加浓烈。

八月二十四日

我们从监狱回家的路上,母亲踩到列宁公园塑像旁的一摊油,脚底打滑,她在雕像的底座上撑了一把,接着对我说:瞧,我差点捏到他的脚趾。她立刻被自己的话吓了一跳,不过周围没有人听见。回家途中,母亲一路抓搔自己的手臂。父亲找了石灰,封住户外厕所因炎炎夏日而发出的恶臭。我安静地坐下来看报。

八月二十五日

母亲得了带状疱疹。她躺到床上,尽管床单令她奇痒难忍。父亲坐在床边,把一团西红柿泥涂在她肚子上,那是以前军队里的一种疗法,他说。西红柿汁把她的身体染成血红色,仿佛由里到外被剥了一层皮。父亲与我乘电车出城,到河边的树林里散步。他告诉我,他曾与鲁迪克在结冰的河里捕过一次鱼。他说,鲁迪克剖鱼的技术很高,只要用手指嗖的一下就行。回家途中,一群鹅飞到空中,父亲希望自己能有把来复枪就好了。

八月二十六日

我洗了床单。她躺过的地方,有一片红色的西红柿印渍。

八月二十八日

她皮肤的灼烧感减轻了,谢天谢地。父亲拍拍胸脯说:西红柿。母亲拿了张椅子,坐在太阳底下。

八月二十九日

炼油厂停电,所以今天的空气清新宜人。我在阳光下散步,在工具制造修理厂后的灌木丛里发现浆果。回到家,母亲做了浆果汁,她的拿手活,这让她脸上有了神采。但到了下午晚些时分,我瞥见一张干瘪瘦削的脸映在玻璃窗上。一时间我无法确定那是谁。

意识到那是母亲时，我心头一惊，想来，我已经很久没有好好看过她了。皮肤的炎症基本消退了，但她的脸依旧浮肿。也许是年纪的关系。我不得不提醒自己，她还差几年就六十岁了。近来，她的嘴出现轻微的凹陷下垂。想想看，她在战争期间过的可是没有镜子的生活！只能从窗户里看见自己的模样，但即便如此，那时候很多窗户都被打碎了。她曾给我讲过一个住在地底下的女孩的故事。当她出来时，她认不出自己，想重返地下去。我们总是回到自己已知的世界。我时时在想，我为什么在这儿，在这个地牢里，我怎么能放弃我在莫斯科的户籍，我是不是疯了，他们有多需要我？我多么想念那儿，可我怎么才能回去？今早，父亲开窗时割伤了自己。在为他包扎手腕时，母亲对他说，鲁迪克也许会找到一个好女孩，然后回家。

八月三十一日

得了热伤风。服了生姜。

九月一日

父亲被降了职，不再是政委。那是两周前的事，但他不肯告诉我们。他有可能必须退党。鲁迪克叛国的消息虽然没有公布，但几乎肯定已经传开了。母亲的朋友改了上蒸汽浴室的时间。我看见她们拿着毛巾和桦木条在街上走过。母亲耸耸肩，说没关系，她可以一个人去。她有坚强的意志力。假如我有空，我会陪她一起去。在科拉斯纳街的市集上，我们淘到一罐可口的酸黄瓜。运气真好，真开心。我的最爱，父亲说。

九月三日

在去市集的公交车上，一位老妇人对她的同伴说：你现在觉得不好的事，等明天再说。她的朋友笑起来。不知怎的，我想起在莫斯科，住在三楼的娜迪亚曾经说过，一切发生得太快，她永远搞不懂眼前正在经历的事。她怎么都跟不上自己的步伐。她有一套理论，身处过去，看着前方一个陌生人过完一辈子。当然，那个陌生人就是她自己。我一直不理解她的话，直到今天下午在公交车上，我看见自己坐在那儿，听着两个老妇人的谈话。我观察自己，也在观察她们。在我尚未意识到之前，我已经变成了她们。从少女到老妪，这个转变是多么容易。

九月四日

这本日记里写了太多不值一提的失望和沮丧。我必须更加坚强才对。

九月六日

真是天下之大，无奇不有！卡尔·马克思街上的幼儿园录用了我，这是份很不错的工作。虽然晚了近一个星期，但我会努力赶上的。真开心啊！

九月九日

我们打不开教室的窗户，它们被焊住了。但前门有风吹进来，给我们些许凉意。夏末把它的好时光拖入到恶劣难忍的境地。穆可斯娜为我画了一幅画。马吉带给我一瓶越橘汁，真是清新爽口。学校将我的思绪拉回到过去。以前鲁迪克在这儿时，他们拉他的头发、咬他、拼命取笑他，给他起绰号。孩子们依旧有一大堆残酷的游戏，有一种叫小通心粉。他们让一个孩子左右摇头，在他转动时，有个人击打他的颈部两侧。另一种叫蒲公英，玩法是猛敲一个人的头顶。走回家的路上，我忍不住冒出邪恶的念头。多年前鲁迪克所受的欺凌也许是提前的惩罚。

九月十一日

发了粉笔和一块新黑板，境况略有好转。

九月十三日

越来越短的白天似乎变得越发漫长。母亲担心鲁迪克没有带靴子。亏她想得出来。

九月十四日

又是漫长的一天。母亲回想起鲁迪克在莫斯科跳舞时，给她买过一件黑色的长大衣，在波修瓦剧院，她不情愿地把它交给寄存处。演出结束，当观众正在高喊要求他"再跳一个"时，她冲下楼梯去取回大衣，害怕弄丢了，她差点错过喝彩声。现在她说，她愿意把大衣交给寄存处，就算要寄存她的灵魂也行，只要能让她见到他重新回家。然而最终她一定会意识到自己同时失去了灵魂与儿子。有一件让人舒心的事。我们去散步，别拉亚河上一轮美丽鲜红的落日。

九月十五日

第一波寒流来袭。母亲说她的膝盖痛。她垂老的身体是天气的风向标，她能够预测出风暴何时来临。洗澡水的颜色深得像茶水。

九月十七日

　　幼儿园再度出现电力问题。

九月十八日

　　民以食为天。没有面包。不过有广播可以转移注意力，至少对父亲而言是这样，他下班回家立刻打开收音机。他说，让世界变得更美好的愿望算不上什么，问题是怎么实现。今早他离开家前，母亲在他胸口涂了鹅脂，但他回来时仍在咳嗽。他们轮流生病。他连楼上爱尔莎拿来的罗宋汤也不肯喝。他消瘦了很多，时时在等着被开除党籍，那样的话，一定会彻底把他击垮。不久即将召开一次大会。当我们在等待去菜地的夜车时，我听见他说了一些奇怪的话：我们能把卫星送上天，塔玛拉，却没法好好管理我们的公交车。那简直像是鲁迪克在他耳旁低语，多么危险。就在去年父亲还说我们生活在一个辉煌的时代，又一次空前的大丰收，西伯利亚开放了，核动力、人造卫星、非洲国家的独立自主，他甚至几乎不再为鲁迪克跳舞的事耿耿于怀——那时，他脸上洋溢着欢快的喜悦。现在，如何忠实于自己这个问题，似乎耗尽了他的心力。

九月十九日

　　母亲时而提起鲁迪克，说他什么吃的都没有。当她在监狱与他通话时，他说自己一切安好。她相信那是宣传。她不停地问人们有没有继续朝台上扔玻璃，他说没有，但她不太信。她知道西方人怎么看我们。鲁迪克说，他们只在刚开始时扔过，而且那些是共产党人。对此我们蒙了一阵子。这没道理。母亲走后,我在公园偷偷吃了一个冰淇淋。

九月二十日

父亲的工资自动转成了国债。而我的还没发下来。我真后悔昨天吃了冰淇淋。母亲拼拼凑凑弄了点荞麦糊。爱尔莎分了些她的茶叶给我们,但这么晚喝茶会影响母亲的睡眠。父亲把双层窗户旋紧,以备过冬。从他脸上的表情看,仿佛寒冬已经来临。

十月二日

狂风大作。我们只得限量使用学校油箱里的煤油。

十月十日

好久没法写日记,痛苦死了,我必须扼制这些有害的想法。孩子们冻坏了。不得不发明能让他们在教室里不停活动的游戏。这不是我的强项。萨沙不喜欢跑步。古尔贾迈勒喜欢纹丝不动地坐着,身上裹着两层大衣。尼古拉斯不喜欢站着。克林姆喜欢金鸡独立,他说这样可以让他暖身。而马吉,真是个恼人的讨厌鬼!该怎么办?剩下的孩子,谁从午餐盒里多给他们一点吃的,他们就向着谁。打得闹翻天!放学后,我去打理菜地。已经下了第一场雪,因此没什么需要干的活。一位老人走来,向我打听父亲的事。他说,他们在这块地里遇到过许多次。我打断他的话,但请他到家里来,因为父亲也许想要有个伴。那位老翁脱帽行了个礼。他有一种轻微的布尔乔亚的风范。我回头继续干活。照料菜地是出于例行公事的缘故。回家路上,一辆公交车把泥水溅在我的外套上。我在擦拭时发现衬里破了一个新洞，需要织补。母亲有语无伦次的毛病，她说，假如我们可以织补自己的身体，她应该得到一份工作，当自己的裁缝师！到家时，我站在大门口，看见屋门上有红的东西。我的心怦怦直跳，以为锁眼上可能被涂了火漆，目的是把我们逼走。不过只是一份告示，通知我们明天再去一趟监狱。想到将与鲁迪克通话，母亲感到很兴奋。她怀念以前他从列宁格勒给她寄的东西。有时她在收音机里搜索美国之音，但当然一无所获，即便在莫斯科信号也总是受到干扰，此外，那纯粹是西方的宣传喉舌。她明知这一点。我无比憎恶他们的伪善，还有他们企图用来嘲弄我们的玩笑。

十月十一日

一个可怕的错误。在菜园里与我搭讪的那位老人今天来找父亲聊天。他叫塞尔吉·瓦西列夫，是鲁迪克以前的舞蹈老师安娜的丈夫。父亲自然对他以礼相待，事实上，他甚至似乎很乐在其中。我拼命向父亲道歉，但他挥手把我支开，说他以前见过这位老翁，很高兴和他在一起，这个人数年前已经改造好了。父亲对我说：既然一个不受欢迎的人需要另一个不受欢迎的人做伴，那好吧，就顺其自然。他可不能这么想，也不能放弃留在党内的希望。那会让他痛不欲生。为了让他开心，我把他的衬衫洗了。

十月十二日

一只乌鸦一头撞在学校的窗户上，撞碎了玻璃，而后死在孩子们手中，把他们吓哭了。母亲说，鲁迪克在蒙特卡罗，那儿有宫殿和美丽的海滩。真奇怪。为什么我从来没有见过海？

十月十三日

塞尔吉·瓦先生来访。他带了一罐果酱,我真不愿承认,但的确非常好吃。他抽了半支雪茄。父亲整晚都在咳嗽。

十月十五日

舀了一勺覆盆子果酱放在茶里,甜甜的。

十月十六日

在市集买了三支牙膏。一支留着送礼。保加利亚产的。味道一样难闻。

十月十七日

他们依旧认为母亲有能力劝他回头。他们把录下的磁带寄到莫斯科,审查存档。鲁迪克用鞑靼话对她说,他害怕特工人员会打断他的腿。他们来不及用哔哔声把这段话隐去。母亲说:我睡不着,亲爱的儿子。他说他吃得很好,有很多钱,舞也跳得很顺利,没错,他甚至结识了剧院的明星和歌手,还即将受到英国女王的接见。母亲说,他可能被他们洗脑了,全是幻想和错觉。他报出其他几个大名鼎鼎的名字,连速记员的眼睛也瞪大了。可到头来谁在乎呢,他们不过是名字而已,他们也会死。母亲失口又说了几句鞑靼话,监督的人狠狠拍了一下桌子,鲁迪克急得提高了嗓门。他一定很想家。他们告诉我们,蒙特卡罗到处是赌场和性变态的男人,而且治安非常乱,他可能会挨刀子或子弹。那是常有的事。

十月十九日

　　母亲被噩梦惊醒，梦到他的腿。后来她说：我相信他会给自己找个好女孩。

十月二十日

　　烤箱坏了。学校的门卫说他下周可以到家里来修理。连这些小事都让我犯愁。不过他手很巧，擅长捣鼓，人也很帅。

十月二十一日

　　父亲累坏了，没有力气处理这事。他连饭也不想吃。一位认识鲁迪克的人寄来一张明信片，但上面被黑笔涂过，根本读不出写的话。塞尔吉又来了。他似乎与父亲一样，都没有别的事可做。我不喜欢这个老家伙。我担心他出现在我们家里，但的确他已经改造好了。我想事态不可能更加恶化。他又抽雪茄，把屋里搞得臭烘烘的。它们是便宜货，他说，从南斯拉夫来的。他递给父亲一支，但父亲说，抽烟会让他觉得自己像一头鼻子上带了金环的猪①。他们哈哈大笑，接着讨论了很久广播里的天气预报。父亲说他喜欢听车里雅宾斯克的天气预报，那样他就知道接下来会是什么天气，而塞尔吉听的天气预报来自东部，和风有关，一套复杂的、和山区气候类型有关的理论。后来，他吟诵起诗歌，仿佛诗人是天气预报员似的！母亲说，我们为什么要提前知道天气呢？我们只要看看窗外就行。或更清楚的，走到屋外去，如果身体扛得住的话。塞尔吉临走

---

① 这个比喻出自《圣经》，原文"Like a gold ring in a pig's snout is a beautiful woman who shows no discretion"，意思是，妇女美貌而无见识，如同金环戴在猪鼻上。

前看到那张明信片，他说有一个办法可以读出黑笔下面的字句，弄一张非常薄的纸覆在明信片上，用铅笔轻轻涂擦，字印的凹痕就会显现出来。这让父亲一阵紧张，他请塞尔吉不要讲这种事。母亲在明信片上试了一下，但根本无济于事。

十月二十二日

母亲说，当她看见父亲与塞尔吉在一起时，她的身体（甚至包括她曲张的静脉！）略有好转，让她感到宽慰。她告诉我，他们的谈话经常以长篇大论、严肃认真地探讨大便而告终。

十月二十三日

父亲说，假如你没有未来，除了过去，还能想什么？我竭力提醒他种种事情，但那是个错误，因为只会让他生气。我试图说服他相信，鲁迪克是位使者，一位亲善大使，他能告诉全世界我们真实的现状，可父亲只是摇摇头，不。他继续说道，我的儿子是叛徒，我怎么还能走到列宁街去？父亲也不再喜欢他的扶手椅。问题在于，他以前块头很大，现在，这几个月来，他日渐瘦小的身躯只能陷在那块大大的凹进去的地方。有一圈金属弹簧凸了出来，必须把它压回去，也许等明天，用绳子将它绑一绑，这样就不会戳出来，弄伤父亲的背。

十月二十四日

学校分到了新的煤油！门卫伊利亚真的把烤箱修好了！家里没人。我们聊了天。他没有收钱。多么令人愉快的一天！显然，我忘了让他修一下扶手椅，本来他一定弄得好的。

十月二十五日

　　传闻鲁迪克与玛格·芳登在世界各地巡演。那怎么可能？他们不是机器人。没有道理，但也许这是西方对待艺术家的方式，假如完全是出于对艺术的考量的话。我们生活在一个怎样的世界。有多少谎言在蒙蔽着他？多少背信弃义的行为？若能明了真相就好了。西方人正在利用他，把他当作棋子。他们会吸干他的生命，然后将他弃之如敝屣。

十月二十七日

　　今天的《消息报》上重印了一幅伦敦《泰晤士报》的漫画，一头喝醉的熊在斯大林鬼魂的脚下。他们企图嘲弄我们。倘若他们能承认我们的突飞猛进就好了，可他们不能。他们害怕，因为我们会比他们更经久不衰。

十月二十八日

　　我的生日。我以前认为，等我再长大一点，世界就不会那么复杂，但一切似乎没完没了，什么都没有变简单。父亲盗汗醒来。母亲拆了几件鲁迪克的旧毛衣，用那些毛线给我织了一条围巾。很暖和，但我讨厌围它。

十月二十九日

　　伊利亚又来了，来修理扶手椅。我们一块儿喝茶吃面包。他说，不在学校上班时，他喜欢滑冰。聊了一会儿，他开始工作。他割开椅背，把手伸进去，摸到弹簧，把它拉回原位。他听说我刚过了生日，约我某天晚上与他去湖边散步。他的头发日渐稀疏，双眼乌黑。我紧张忐忑，但为何要过着暗无天日的生活呢？

十月三十一日

我们经过歌剧院，清洁女工正忙着用肥皂和清水擦洗阶梯。乐池旁，男人们唱着猥亵的歌曲，人们在跳民族舞。我大笑起来。后来，我把父亲的汗衫煮了一遍。

十一月一日

孩子们把颜料扔在校舍的台阶上。他们成了什么样子？伊利亚立刻将之洗去——他说，他不想小朋友惹上麻烦。他们围着他，骑在他肩膀上。

十一月二日

准备庆祝革命胜利。伊利亚在学校很忙，但他还是抽出时间带我去公园。湖是他的第二个家，他说。他滑冰滑得很漂亮。后来，他送给我一条细细的银项链，带着一个鱼形的小盒吊坠。虽然这不是我的星座，但谁在乎呢。他挥手道别时的样子真帅。他说，他们夜里玩冰球玩到很晚——他们在冰上点起火，有时，他们举着燃烧的火把，以便能在黑暗中看清路。

十一月三日

父亲的大衣穿在身上显得越来越空荡。莫斯科对鲁迪克的审判，不久将在被告缺席的情况下开始。父亲通过与我们相隔三间屋子的土耳其少年，捎信给塞尔吉，请他别到家里来，因为他不希望有任何因素危及或影响到整件事。父亲坐着，两眼发直。我很为他担心。

十一月四日

　　孩子们为庆祝活动而画的图画漂亮极了，我们把它们挂在走廊上。

十一月八日

　　革命纪念日，昨天。我梦见自己和伊利亚在报刊亭卖夏天的苹果。

十一月十日

　　他们判处鲁迪克七年苦役。这让我们无力承受。母亲倒在床上，把脸埋在枕头里恸哭不已。死刑也很有可能，因此，她其实应该感到宽慰才是。但她却哭了。父亲给我讲了一个发生在柏林的故事，一名士兵的脚卡在电车轨道里。电车正快速朝他驶来。另一名士兵正走在街上，突然听到尖叫声。第二名士兵拼命想把第一名士兵的脚从车轨里拉出来。但不行，于是他扯下大衣，盖在那士兵的头上，让他不用眼睁睁看自己被电车碾过，减少他的痛苦。我以前在哪儿听过这个故事。

十一月十一日

　　莫非必须由我用外套盖住父亲的眼睛吗？

十一月十二日

　　母亲担心父亲，然而也许她才是我们应该担心的人。她的脖子发红，抓破了，可能是带状疱疹复发。父亲无言以对，我想不出哪儿能够弄到西红柿，上次似乎很有效。即便可能买得到，现在这时候也肯定贵得离谱。

十一月十三日

父亲坐着，仍旧一动不动。他现在必须做出选择，要不要在委员会上批判鲁迪克，算不上真正的选择，因为无论如何他们都一定会批判他。母亲花了一晚上点数这些年来她藏在瓷象里的积蓄。尽管没有西红柿的良方，但她爆发的疱疹似乎已平复。她向我追述起她与父亲第一次见面时的情形。一时间她似乎很快乐，仿佛是回忆令她振作了起来。那是在中央铁路工人文化宫，当时，父亲在鼻子上抹了一点鼻烟。他一直在谈论马雅可夫斯基，吟诵"光荣属于我们挚爱的祖国母亲"。后来他当然在说话中间打了个喷嚏，令他尴尬万分。母亲记得，就在第二天，父亲给她买了这个瓷象。我试探性地问起父亲这件事，可他不记得了。他像赶苍蝇似的把我嘘走。我迫不及待地等着明天把这些故事告诉伊利亚。他说，他不介意鲁迪克的事，他关心的只是我。好开心！

十一月十四日

他们再度推迟了委员会的会议。我们又去了趟监狱。鲁迪克人在伦敦，他哭个不停，那一刹那，我为他感到难过。他深信自己做错了。他说，他没法在街上走路，总有摄影师从灌木丛里跳出来。他不断提到一名舞者的名字——我相信他是在试图暗示些什么——但我无法听出他话里的含义。速记员恶狠狠地看了我一眼。

十一月十六日

　　我在做一件开衫,给隔壁新出生的婴儿。基本快完成了,但不太尽如人意。有四颗扣子,可还需要第五颗。与伊利亚在雪里散步。他甚至提起将来生孩子的事。我好奇自己会给孩子取什么名字。肯定不叫鲁道夫。也许照父亲的名字。倘若是女孩怎么办?学校的事:准备好寄给勃列日涅夫的生日信。

十一月二十日

　　有人来敲门,把我们吓死了!惊弓之鸟!那女的神色紧张。金发。芬兰人。她说她是名舞蹈演员。从她的身材看,我相信是真的。她没有报自己的名字。她说,她是一个朋友的朋友,经奥斯陆来到这儿,她没有解释具体是怎么找来的。她请求进屋,但父亲不同意。接着,她变得歇斯底里起来。她是千里迢迢从莫斯科开车过来的!整整两天!她说,鲁迪克结交了各国大使,他们已在施力扭转局势。她有几样东西给我们。起先我们相信那是场阴谋。父亲告诉她,那样做有违这个国家的法律。她的脸涨得通红。接着,母亲请她离开。我们往街上四下张望,搜寻那辆驾校的学员车,但它不在那儿。那女的百般哀求,但父亲依旧不肯松口。最后,那女的把一个大包裹留在门口。她害怕得哭了起来。这极其危险。我们任包裹留在那儿,但天明前,母亲穿着睡衣起来,把它拿进屋,上面积了薄薄一层雪。

十一月二十一日

　　包裹放在桌上。我们再也忍不住不去碰它。

十一月二十二日

父亲从瓶里倒出白兰地，喝了一小盅。母亲穿上她有毛皮镶边的新大衣，但只在入夜后，因为她不想被邻居看见。当她把手伸进口袋时，发现有张纸条，写着：我好想念你。你的爱儿。我忖度怎么处理他送给我的连衣裙。腰间紧得过分。起初我想我可能会把它烧掉，可为什么呢？我转念决定把腰带放宽，下周穿着它跟伊利亚去祖国电影院看电影。

十一月二十三日

父亲记得那位舞蹈演员说过，我们还将收到一个包裹，可能是在新年时分。下一次，我相信我们会打开门迎接她。除非这是场阴谋。很快就会水落石出。父亲内心感到几分愧疚，但他知道，如果把包裹退回去，会意味着更大的麻烦。母亲说：啊，这真不可思议，但一件新大衣替代不了他。她坐在扶手椅里，抚弄着毛茸茸的衣领。

十一月二十六日

父亲怀想起过去，举杯以敬鲁迪克，我第一次听见他说，我亲爱的儿子。

\*

特此通告，鲁道夫·哈米耶托维奇·纽瑞耶夫，生于一九三八年，单身，鞑靼人，无党派人员，之前在乌法，后是列宁格勒基洛夫剧院的艺术家，在随团赴法巡演中，于一九六一年六月十六日在巴黎背叛祖国。纽瑞耶夫违反了苏联公民在国外的行为准则，离团进城，深夜才返旅馆。他与法国艺术家往来密切，其中有知名的同性恋者。尽管多次与他进行警告式的谈话，但纽瑞耶夫并未改正自己的行为。一九六一年十一月，在被告缺席的情况下，他被判处七年苦役。此外，经决定，鉴于哈米特·法西里耶维奇·纽瑞耶夫在一九六二年一月二十一日对儿子的行为进行了猛烈抨击，并公开断绝父子关系，他将获准保留原来的党籍。

乌法国家安全委员会<br>一九六二年二月

\*

鲁迪叛国前六个月，约瑟夫回到我们位于喷泉河畔的住处，手里提着一瓶廉价香槟。他在门口吻了我。

"尤丽娅，"他说，"我有天大的好消息。"

他摘掉眼镜，揉揉眼下的黑眼圈，把我拉到屋角的桌旁。他打开瓶子，倒出两杯酒，当即喝了一杯。

"快告诉我。"我说。

他眼睛朝下，迅速地喝下第二杯香槟，噘起嘴唇："我们分到新房子了。"

多年来，我精心打理我们这个临河的集体公寓的家。厨房和厕所在走廊尽头，我们住的房间狭小老旧，破败不堪，但它给人一种高贵巍峨的感觉：装饰性的壁炉，天花板中央有块精美的圆形浮雕，从那儿挂下一个鹅黄色的灯罩，勾起人对往昔的回忆。想象曾经悬在那儿的枝形吊灯，与其说是小资产阶级情调作祟，不如说是对我父亲这一生的一种默默的致意。我修葺好所有的窗框，调整窗帘的位置，让喷泉河的景色一览无遗。最重要的是，我爱极了河水的声音。仲夏，当载货的运河船经过时，河水轻柔地拍打堤坝，隆冬，冰面开裂，发出咔嚓咔嚓的响声。

"哪儿？"我问。

"在宿舍区。"他说。

宿舍区位于列宁格勒郊外，鳞次栉比的塔楼，灰蒙蒙、阴沉沉的，一个每每让我感到我们国家内部分崩离析的地方。

我平静地抿了一口我的酒。

约瑟夫说："那儿有电梯，有热水，是套两居室。"

我的沉默令他在座位上挪动了一下身子："我通过学校拿到许可。我们下个星期搬家。"

我惊讶于自己的一语不发，从椅子上缓缓起身。约瑟夫抓住我的头发，猛地把我拉过桌子。我试图挣脱，但他扇了我一巴掌："你今晚就开始整理东西。"

我想对他说，他扇人时像个文弱书生，但那只会招来他的拳头。我望着他又给自己倒了一杯香槟。当他仰头一饮而尽时，他的双下巴不见了，冰冷的表情中，他陡然有了几分迷人的魅力。

"晚安。"我说。

我从抽屉里拿出一条围巾，走到外面的走廊里。

点点光斑在喷泉河上打转。刹那间，我觉得自己可能会摔过矮墙，被河水带走，穿过整座城市，在升起的吊桥下漂过。多么优美而愚蠢的念头。我沿着河向北，走上一条通往音乐学院的小路，来到基洛夫剧院，它富丽堂皇地坐落在广场上。外面有张海报，预告鲁迪出演的《吉赛尔》。

我回到家,约瑟夫仍坐在桌旁。他没有抬头看。我在紧挨我们床边的一个古董茶炊里藏了一些卢布。我拿出够买一张看台座位票的钱,并套上羊绒衫。再度走下楼梯时,我觉得自己能听见约瑟夫那一巴掌的回声依旧在楼道里震荡。待我重返基洛夫剧院时,大厅里人山人海。

剧院规定,所有的外套和夹克都必须在演出开始前挂到寄物间。我考虑了下要不要寄存我的羊绒衫,可它穿在身上很舒服,温暖柔软。我的座位挤在两个大块头的女人中间。我想转身对她们说些可笑的胡话,诸如,啊,芭蕾,最佳的解药。我开始想道,也许是约瑟夫在与我开一个粗鄙的玩笑,其实我们根本不用搬家,一切都维持原状,晚上,我依旧将枕着河水声入眠。

乐手走入月池,开始调音,这儿一声长笛,那儿一记大提琴,接着,初始七零八落的音符开始趋向和谐。

邻座的观众正聊得起劲。鲁迪的名字回荡在空气中,他们对他评头论足的得意样,开始搅得我心烦意乱。我想站起来大喊,你们并不认识鲁迪,我认识鲁迪,我母亲教过他跳舞!然而,我已经很久没见过他,将近一年。他现在二十二岁,有自己的公寓、特别配给的食物和一份不错的薪水,他的画像高悬在命运隐秘的角落。

灯光暗了下来。鲁迪出场时,剧院两侧爆发出一阵掌声,他将那个角色演绎得淋漓尽致,与其说是通过他的舞姿,不如说是通过他自我表现的方式,一种欲望被转变成人性。我想让自己完全沉浸在演出中,可当第一支变奏舞结束后,我就开始发觉自己浑身躁热。为了不引起别人的注意,我拼命扇风。但我还是越来越热。我不愿在椅子上动来动去,或把毛衣从头上脱下来,以惊扰我的邻座，鲁迪的舞姿如同刺耳的警钟，一直发出"看我！看我！"的声音，可我的毛衣和发热的身体让我心神不宁。空气室闷。我面色潮红，眉毛上渗出点点汗珠。

终于到了幕间休息，我迅速站起身，只是我的膝盖一弯，腿便软了下来。我虽然几乎当即就恢复了神志，却已然引起骚动——人们对我指指点点，窃窃低语，我立刻预见到明天的报纸上会写着，单身女子在观看鲁迪的演出中间昏厥。

在身后一位绅士的扶将下，我回到座位，脱去毛衣。我竭力想解释事情发生的原因，但我看得出，他认为我只是太激动了。

"他棒极了，不是吗？"

"我只是觉得热而已。"我说。

"他相当具有感染力。"那位绅士回头对我说。

我想我也许会第二次晕倒，但我努力做了一个深呼吸，起身，跄跄地穿过过道，走下亮着枝形吊灯的楼梯。当我在厕所里呕吐时，有人抓着我的肩膀。听见她暗示说我可能怀孕了，我大惊失色，绝不可能。我把周围清理干净，用水泼脸。某人的指纹把镜子弄脏了，我有种奇怪的感觉，觉得放在我脸上的是另一个人幽灵般的手。三十六岁的我，已经有了鱼尾纹，眼睛底下也开始现出黑眼袋。

在厕所，我能听见女观众惊呼演出的精彩。三两个女孩在角落的水槽旁抽烟，嘴里反复念叨鲁迪的名字。

我在二楼买了一个冰淇淋，当第二幕开场的铃声响起时，我觉得自己已恢复得差不多，可以回坐了。

我身体前倾，眯眼望着远处的舞台，直到前面那位女士受不了我头发的滋扰，递给我一副看戏用的小望远镜。

鲁迪的身体有一种最勾人心魄的美——肩部硬朗的线条，脖子上紧实的纹路，粗壮的大腿，急速抽动的腿肚肌肉。他举起舞伴，让她在空中旋转，动作尤为轻盈，我不由自主地想起他初到的第一天，十七岁，我见过他在我房间里脱衣服，那具苍白、前途无量的身体钻到我沙发上的毯子底下。我将望远镜物归原主，努力压抑袭上心头的种种情感。我抓着座椅的边缘，抓得太紧，指甲陷在木头里。

芭蕾舞结束后，鲁迪朝空中伸开双臂，缓缓将头从剧院一侧转到另一侧。喝彩声响彻我耳畔。

我跑到外面，沿着喷泉河匆匆疾行，然后登上楼梯。当我进屋时，约瑟夫仍坐在桌旁，喝醉了。我把手放在他肩上，吻他。约瑟夫惊得把我推开，倒了杯酒，一饮而尽，接着跌跌撞撞地走到房间另一头回吻我。我试着引导他把我按在墙上，与我做爱，可他烂醉如泥，几乎托不住我，而是把我拉倒在地板上，不过我不在乎，我为什么要在乎，舞蹈的画面仍在我脑中打转——鲁迪站在那座舞台上，像一名筋疲力尽的探险家，抵达了某个无法想象的国度，尽管有发现的喜悦，但他又立刻在寻找下一个无法想象的地方，我觉得那个地方也许就是我。

我睁开眼，约瑟夫正在擦拭他脖子上的汗水。他回到桌旁，说："别忘了，你得整理行李。"

如果可以把我一生做的蠢事装进纸板箱，也许能摞成一座纪念碑——我动手收拾起来。

第二个星期，我抛下挚爱的喷泉河，搬到了列宁格勒的宿舍区。新的公寓宽敞昏暗。有热水、电话、一个炉灶和一台小冰箱。门外的电梯吱吱作响。我听见烧水壶尖利的啸叫。我向自己保证，不久就离开这儿，攒足钱，交完税，协议离婚，再难也要另找一个住处。可其实我知道自己已屈服于约瑟夫，默许他与我做爱只是进一步加剧他的冷漠。

六个月后，当时，我坐在新公寓楼的八层——正在徒劳地试着翻译一首描写谜与阴影的古巴诗歌——我的朋友拉丽莎来敲门。她是一路坐电车出城赶到塔楼来的。她面如死灰，抓起我的手臂，拉我到塔楼宿舍区外的足球场。

"有个传闻。"她低声说。

什么？

"鲁迪走了。"她说。

"什么？"

"人们在说，他叛逃到巴黎去了。"

我们走到球门柱底下，互相对视，沉默不语。我开始忆起一幕幕蛛丝马迹般的片断。诸如，第一个星期里，我经常瞥见他对着镜子，仿佛想让自己进入另外一人的身体。诸如，他谈论外国的舞蹈演员，聆听罗莎玛丽亚的歌，浏览我的书。诸如，他每次去艾尔米塔什博物馆，都被意大利文艺复兴时期的绘画和荷兰大师的杰作深深吸引。诸如，当我们和我的朋友围坐在桌旁时，他总是一脸饥渴的表情，仿佛随时准备要逮住其中的某句话或某个观点。我感到一股强烈的内疚和恐惧。

"巴黎？"我问道。

"这件事我们必须保密。"拉丽莎说。

那晚，我与约瑟夫坐在一起，听见走廊里的电梯滑轮发出刺耳的尖响。当它在我们这层楼停住时，我几乎认定他们会来敲门。我收拾了一个包裹，装了我认为可能需要的东西。包括一本高尔基的小说，布的封面里粘了钱。我把包裹放在床底下，脑中不断浮现被铁链绑在桌子上的可怕景象。

约瑟夫说："臭小子，他怎么敢这样？"

他站起身，在房里踱步，喃喃低语："他怎么敢这样？"

他盯着我的眼睛："他他妈的怎么敢这样？"

翌日，约瑟夫出人意表地对我说，我什么都不用担心，我没做错事，凭他的关系，他可以确保我不受牵连。我熨好他参加会议要穿的衬衫，他一边整理公文包，一边安慰我，说一切都会没事的。他冒失地亲了一下我的脸颊，然后动身去学校。

他们终究还是来了，在第二个星期的星期一。

听到笃笃的敲门声时，我独自在家。我把钱塞到鞋垫下，还拿了一片面包，放进居家便服的口袋里。我颤抖着去应门。那个男的，与惯常所知的一样，贼亮的小眼睛，穿着一件灰大衣，但那个女的，年轻貌美，一头金发，碧绿的眼睛。

他们未作自我介绍就信步进屋，在桌子旁坐下。我隐隐觉得，为求自保，约瑟夫也许已经去见过他们，在经过这些年我们私下对彼此种种微不足道的背叛后，他最终昭然地出卖了我。

"是来逮捕我的吗？"我问。

他们没有说话。我觉得他们一定会押着我走出房间。他们每人点了一支烟——从我那包烟里拿的——朝天花板吞云吐雾。他们已经把戏演足了。他们问我认识了他多久，他有没有提起过西方，他谈论谁，他为什么背叛自己的人民。

"你知道吗，他正在走下坡路，同志？"

"我什么都没听说。"

"惨不忍睹。"

"真的吗?"

"他们在巴黎朝他扔玻璃。"

"玻璃?"我说。

"他们想割破他的脚。"

"为什么?"

"当然是因为他跳得太糟了。"

"对,对。"

我开始好奇他在巴黎演出的情形,因为的确,他有可能会被喝倒彩或降级跳群舞。也许法国人讨厌鲁迪的舞蹈风格,他真的失败了,这是可以想象的。毕竟他还年轻,只有二十三岁;他才跳了没几年舞。

他们不断观察我的表情,但我坚持面不改色。最后,话题转到在我以前住处举行的那些聚会。

"你的沙龙。"那女的说。

争辩毫无意义。

她闭起一只眼:"我们需要来过的每个人的姓名、地址和职业。"

我写下名字。这是道无意义的习题,因为这些人他们根本全都认识——我写完后,他们检查了一遍名单,皮笑肉不笑地问我说,我有没有忘记谁。看来,他们一直在监视我,监视了相当长一段时间。

"重写一遍。"他们说。

"对不起,什么?"

"你的名单。"

我的手颤抖不已。他们让我写了第二份名单和地址——所有那些曾在我家待过的人,不管他们是否曾和鲁迪聊过天。我发疯似的守住脑中父亲所占的那块角落,眼前浮现出他在乌法家中的情景,在炼油厂的阴霾中,他跛着脚走到门旁,发现的却是更多特工,更多飞掠过他人生的苦难。但他们没有问到他。我恍然醒悟到,他们是在探查,看我能否感化鲁迪——也许通过电话,说服他回来——但他们已看出这不大可能。

最后,他们问我是否做好了公开批判鲁迪的准备。

"做好了。"我毫不犹豫地说。

他们看似隐隐有些失望,两人又都给自己点了一支烟。男的把铅笔夹在耳后。

"你给他写封信。"

"嗯。"

"你告诉他,他背叛了他的祖国、他的人民,还有我们的历史。"

"嗯。"

"不要把信封上。"

"我不会封的。"

"你的行为非常危险。"那女的对我说。

我用颇为郑重的口吻回答:"我一定会改正我的作风。"

"不准向任何人提起这件事。"男的警告说。

我点点头。

"你明白我的意思吗?"

他近乎惶恐——踏错一步,也可能影响到他的后半生,他的妻子小孩,他的住房。

"嗯,我明白。"

"我们会再来的。"

那女的起身说:"假如是我,就算他被烧死,我也不会吐一口口水去救他。"

她怒目而视,等待我的反应。

我点头说:"当然。"

他们走后,我站着,背靠在门上,等电梯开始下降,接着出于某种原因,我没有哭,反而大笑起来,直笑到浑身无力。当我笑时,滑轮在钢筋与滚轴的支架中发出咔嗒声;当我笑时,我听见空气嘶嘶作响;当我笑时,我听到最后的落地声;当我笑时,我脑中一直想起那晚在基洛夫剧院,臆想与鲁迪上床,或经由约瑟夫和他上过了床。我突然觉得,我对鲁迪的恨意,就像是对某个和你做了爱、然后离去的人一样,换言之,是带着一种怨羡,或说嫉妒,因为他已然离去的事实。

我的朋友们都噤若寒蝉,怕再被看见与我在一起。他们勤奋忠诚的政治觉悟已经受到质疑,自此,他们的档案里将永远留下一条记录。他们也会留意电梯的声音。我回想这些年来自己的人生如何萎缩,一层一层地被剥蚀。

有一晚,我发现约瑟夫目不转睛地盯着一个酒瓶。他蜷起上嘴唇,朝我咆哮道,他有六件衬衫晾在阳台,需要熨烫。

"不。"我说。

"去把那些该死的衬衫熨好!"他喊道。

他朝我的脸举起拳头,停在离我眼睛几厘米处。

在窗旁——当我把衬衫从晾衣绳上收进来时——我听见身后的他又给自己倒了一杯酒。

我做了自觉唯一可能让我清醒一下头脑的选择——乘火车,去乌法看望我的父亲。我拿到通行证时已是九月末。因为转车,路上花了三天。精疲力竭的我找不到一辆出租车,连马或马车也没有,因此我只好徒步在城里行走,不停向人问路。鞑靼妇女和穆斯林妇女带着孩子出门。她们瞄我一眼,又把目光转开。我忍不住好奇,这样一座城市,怎么可能造就出一个像鲁迪那样的舞者。

最后我终于找到父亲住的那条街。两边排列着破旧的木屋,鲜亮的百叶窗与周遭的塔楼形成鲜明反差。我吃力地走在泥泞污浊、沟壑纵横的路面上,心中暗忖,拄着拐杖的父亲究竟是如何艰难地走过这条路的。

他走到门旁,当见到是我时,他差点咯咯咯笑出声。他看起来气色好得惊人,可他任凭头发长得盖过耳朵,给他蒙上几分疯癫的形象。他穿着西装,打了领带,上面沾有一些食物的污渍。他的衬衫纽扣一直扣到脖子,可领带是松开的,仿佛这天它与衬衫同床各梦。他眼镜的一个镜脚坏了,他用一截细绳绕在耳朵上打了个结,不让眼镜掉下来。不过,唯一真正显示他严重衰老的迹象是脸上突起的毛细血管。可我却觉得,那些暴突的血管在他脸上显得出奇好看。

我们拥抱时,我能闻到他头发里发霉的味道。

我们坐下听贝多芬,他在丁点大的灶台上煮茶。床边有一幅我母亲的画像,是一位父亲以前结识的年轻画家,根据她的一张照片用炭笔所绘的。这位画家对母亲的美态真是下足了功夫,我心想,现在,看起来,她将永远保留这份美。

他瞥见我在看那幅画像,他说:"我们一生要做的事是把刹那变成永恒。"

我颔首,不确定他指的是什么。他喝了茶。我犹豫,是否要把鲁迪的事告诉他，明知这个消息尚未公开，但最后我还是冲口说了出来。

"鲁迪在巴黎。"

"嗯，"他说，"我知道。"

"你怎么知道的？"

他环顾了下四周，仿佛屋里可能还有别的人。"我自有办法。"他说。

他曳步走到橱柜旁："这要小小庆祝一下，你说呢？我还没庆祝过呢。"

"我可不这么认为。"

"为什么不？"

"他们会判他死刑。"

"什么？"他说，"他们会派敢死队去巴黎？"

"有可能。"

想到这里，他清醒了过来。他蠕动嘴巴，像是在品尝心头涌起的看法，不管这个看法是什么。

"我们都被判了死刑，"他最后说，话里带着几丝欢快的口吻，"至少，他会死得比我们更漂亮！"

"噢，父亲。"

"他一直就是只机灵的小蟑螂，不是吗？"

"嗯，我想是的。"

他从柜子里变出一瓶陈年的伏特加，故作夸张地将它打开，并在手臂上挂了一条白毛巾，以显派头。

"敬机灵的小蟑螂，鲁道夫·哈米耶托维奇·纽瑞耶夫！"他说着，把酒杯举到空中。

我们在炭笔画里母亲的注视下，煮了一顿粗茶淡饭。父亲回想起与她在玛利亚剧院的日子，他说，她被剥夺了人生最好的时光，她本可以成为最杰出的舞蹈演员之一——他明知这是假话，但这个善意的谎言，让我们俩都感到温暖。

我在沙发上铺好被褥。

就在我睡着前一刻，他咳嗽了几声，说："他的父亲。"

"什么？"

"我只是在想他可怜的父亲。"

"睡吧。"

"哈！"他说，"睡觉！"

后来，我听见他坐在桌旁，匆匆翻阅一本书。钢笔的笔尖划过纸面，我在那沙沙声中沉入梦乡。

他很早就出门去了，令我很担心，为消磨时间，我遂打扫起屋子，把角角落落都清理干净。

桌上，在一摞诗集底下，我发现了一本日记。我飞快地扫了一遍。在第一页，他写了母亲过世的日期。本子的纸张很差，墨水已渗到其他页，使得字迹难辨。他的笔迹凌乱细长，我心中暗想，这就是我父亲的人生。我强迫自己不去读他写的话，动手打扫我已扫过的地方。他任自己的盆栽干枯凋零，因此，我把它们搬到公用的浴室，浸在一英寸深的水里，看能不能让它们起死回生。

隔壁的一位老妇人走过来，盯着厕所里的我，一语不发。她块头很壮，但年事已高，颤颤巍巍的。她问我是谁，我回答了，她不屑地哼了一声，折回自己的房间。

我坐在浴缸边缘。排水口处有些头发，不是属于我父亲的——是一个年轻男子的头发，浅黑，富有光泽，想到父亲要在别人洗过的地方洗澡，让我觉得是种侮辱。

　　我心里一直惦记着那本日记。我穿过走廊，回到房间，坐在桌旁轻抚那本日记黑色的封皮，最后翻到约莫三分之一处：

诚然——我虽从不曾
信仰上帝，单凭此并不足以
使我成为一名好同志——但也许，
最终，这会激发我对上帝的喜爱，假如他果真
存在的话。我这一生，大多浑浑噩噩，没有
真正意义地活过，多是一天一天挨日子，临睡前
自问："明天将会有什么降临于我？"
等到了明天，我仍在自问。
然而，声声叹息可以汇聚成一曲
众声齐鸣的乐章。此刻，鸟儿
在树梢，一群孩子在我房间的窗外，
嬉闹，甚至出了耀眼的太阳。啊，我要把这
告诉你，因为那是我唯一想说的：安娜，推开
这间房窗户的依旧是你名字的回响。

　　他在中午时分回到家，吓了我一跳。当听见门的嘎吱声时，我的目光仍停留在同一页。我忙不迭将日记放回他留在桌上的那摞诗集底下，可那些书轰然倒塌。我跪下，动手将它们从地上拾起。他看见我把日记塞在一本旧版的帕斯捷尔纳克的书下。

　　他手里捧了一束百合。他把它们插在窗边的一个花瓶里，它们迎风颔首。我好奇，他在剪下这些花儿时，默念了多少遍我母亲的

名字。

从他脸上的表情看不出任何异样。我想问他,是否可以让我阅读整本日记,可是,在我开口前,他用一种陌生的口吻说:"你知道吗,他父亲从未看过他跳舞。"

我沉默了良久,然后问道:"你怎么知道的?"

"哦,我去拜访过他。"

"去哪儿?"

"他家。"

"你们是朋友?"

"我们聊天。"

"他人怎么样?"我问。

"噢,他是个值得信赖的好人。"

我父亲转身朝窗户走去,像是在对着外面的世界讲话:"我担心他最后会崩溃。"

他驻足在窗边,用手指拨弄窗帘。

"他的母亲呢?"我问。

"她比较坚强,"他说,"她挺得过来。"

他走到桌旁,拣出那本日记,快速地翻了一遍。"这个,如果你想要的话,可以拿去。"他说。

我摇摇头,对他说:"我读了其中的一两句话,写得很美。"

"胡言乱语而已。"他说。

他摸着我的手说:"尤丽娅,永远别让他们的狭隘毒害了你的人生。"

我问他这是什么意思,他回答,他也不是十分清楚,只是一些他觉得非说不可的话。

那几天，我与他惺惺相惜，我觉得自己走进了他的内心。每当他出门时，我就阅读他的日记。那相当于一首爱之歌，让我不解的是，他一次也没有向我提起过。出现的人物只有他与我母亲。他回忆他们共同的生活，错乱纷杂——最后的时光与最初的时光碰撞混淆，有时，仿佛是后来的岁月决定了先前的——时间像被揉捏挤榨得面目全非。我突然发觉，抛开一切不计，我的父母一直带着某种炫耀的自得而过活。他们出身富贵，终其一生都清楚自己将在贫困中离世，但对于加诸他们身上的一切，他们似乎都坦然接受——也许在某种程度上，他们更中意这种逆向的倒转，把他们紧密地黏合在一起。

我思考起自己人生终点的快乐，过往的大部分时光里，我总在逃避困难。我在乌法城里四处游走，泥泞的街道，工厂，仅剩的几栋色彩明亮的房子。在清真寺附近的一个鸟儿拍卖点，我买了一只被当作歌鸟来出售的黄雀。我不要笼子，而是把鸟捧在手中，朝别拉亚河走去。我摊开手掌，它似乎惊愕了片刻，但接着振翅飞走，一定会再被捉到。我痛恨自己陷入这种愚笨的顾影自怜，可同时又甘之如饴，因为在一定程度上它相当于疗伤。我傻傻地又买了两只鸟，把它们放走，这才意识到没了乘电车的钱。我将其视为一种恰如其分的讽刺，走回父亲的寓所。

我继续住了三天。在返回列宁格勒前的那天晚上，我告诉父亲，我正在考虑离婚。他似乎并不惊讶，也许还很高兴。

"去吧，把婚离了。"

我皱起眉，他伸开双臂。

"或至少找个别的人嫁！"

"那公寓呢？"

"管他呢!"他说,"我们是在和自己过日子,而不是和我们的房子。"

我生了一会儿闷气,直至他说:"尤丽娅,亲爱的。离婚吧。留在彼得堡。度过你的余生。"

他坐在椅子上往后一靠,抽起那截他一直藏着的味道难闻的雪茄烟蒂。

那晚晚些时候,他对我说,他有件特别的事要做。他把手指按在嘴唇上,仿佛屋里还有其他人,接着,他摆弄起留声机。我以为他只是要放音乐,可他提起唱针,动手把唱机拆开。留声机内部藏着一个扁平的小盒。他把盒子递给我,说那是我母亲的,她一直想将它交给我。

"我之前就应该给你的。"他说。

他的话音逐渐远去,我一心琢磨怎么打开盒子。由于很久没有打开过,搭扣生了锈。我拿起一把小刀,准备小心地把它撬开。父亲在一旁默默注视着。我期盼发现另一本日记本,也许是她在革命前写的一本。抑或他们之间的一些旧情书。或是他们多年来收集的几样小饰物。我正想摇摇看,可父亲抓住我的手腕。"别。"他说。

他接过小刀,撬开搭扣。他没有掀开盒盖,把盒子递还给了我。

里面是一个很小的瓷碟,大小与烟灰缸相仿。它淡蓝色,玲珑精致,边缘绘有充满田园色彩的农夫与挽马图案。起初我颇感失望,它那么轻,那么易碎,似乎与他俩中的任何一个都联系不起来。

它有百年的历史,他说。它原属你母亲的祖母所有。革命后,你母亲从彼得堡的地窖里抢救出它。连同其他许多东西。她想把它们全保存下来。

"其他那些东西呢?"

"在我们的颠沛流离中打碎了。"

"这是唯一留下的一件?"

他点点头,说:"贫穷贪婪病痛嫉妒希望。"

"什么?"

"贫穷贪婪病痛嫉妒和希望。"他又说了一遍。它经历了这一切,得以幸存下来。

我把这件小瓷器托在手中,眼泪簌簌而下,直到父亲笑着对我说,是我该长大的时候了。我将碟子重新包好,放进盒子,然后塞在行李箱里的衣服中间,藏得很深,无论如何都不会被发现或弄坏。

"保证它安然无恙。"父亲说。

我们互相拥抱,他吟诵起一句诗,写凝望一队队漫天翱翔的夜鸟,飞过月球表面。

我乘火车返回列宁格勒——风景飞掠而过——的途中,我鼓起勇气,最后决定离婚。问题在于,要存够交税的钱,并等待适当的时机。十八个月里,我赶接了许多翻译活,把钱和瓷碟藏在一块儿。

后来有一晚,一九六三年初夏,我醒来时感到几丝迷惘,分不清晨昏。就在那天,对鲁迪的新闻封锁解除了。两年来,没有一处提到他,但在那天,《消息报》与《真理报》同时刊登了有关他的文章。他们说,他在道德上贬低了自己,贬低了他的祖国,这真可笑,甚至可能是实话。没有鲁迪的照片,可想而知,但不知怎的,那尖刻的言语依旧遮不住他的光芒。

过去几个月里,约瑟夫的脾气变得更加暴躁。他掌掴了我两次。愚蠢的我,禁不住内心想讥笑他的诱惑,对他说,他掴人的动作活像知识分子中的一员,于是他拿拳头揍我,揍得很狠,打松了一颗牙齿。自那以后,我们几乎没讲过话。

他坐在桌旁,一边俯身喝汤,一边在读那两份报纸,咂着嘴,吃得有滋有味。我觉得他老了,头上吊灯的光环,将他的秃顶照得闪闪发亮。

我从床上打量他,但过了一会儿,我开始察觉到窗外的喧嚷,遥远、喑哑,当我竖起耳朵听时,那喊声似乎更响了。

又是一阵叫喊,砰的一记重击声。

我问约瑟夫:"那是怎么回事?"

"睡觉吧,女人,只是一群小混混在踢球。"他说。

我把脸埋进枕头冰凉的一侧,但那叫喊声里有种因子搅得我心绪不宁。我等了一个小时,待约瑟夫在沙发上睡下后,我遂起身走到窗边,拉开窗帘向下望。我满身疲惫——接连做了好几份翻译工作——眼睛眨了许多次才逐渐适应。

在庭院外面,冲着足球场的方向,有几个小流氓围聚在新挖出的泥土堆成的土墩旁。那儿正在建新楼,土堆得像一排小山丘。那些小流氓找了两根白色的短棒,插在地上当球门柱。

一个看似退伍老兵的中年男人——他戴了一顶旧军帽,歪向一侧——正拼命想去抓那两根棒子,但小青年们把他推开。他朝他们吼叫,可从我的位置,听不清他的话。小流氓把他团团围住,不停戳击他的胸口,但他死不让步。

陡然间,那男人冲破他们的阵势,从地上拔起两根白色的球门柱,挥舞着当作武器。他一边后退,一边挥动门柱。小流氓都看着他。一退到五米远处,那男人拔腿就跑,将白色的门柱紧紧抱在胸口。小青年们没有追上去。相反,他们哈哈大笑,重新朝工地上的一个土堆走去。他们翻动泥土,直至找出一个白色的皮球,开始踢了起来。

我吓得打了个寒战,意识到那是一个骷髅。

地板仿佛在摇晃。我紧紧抓住窗台。

这时,那名退伍老兵回过身,望见他们正用脚将骷髅头传来传去。我看不见他的脸。他丢下棍子——它们必定是手骨或腿骨——再度跑过球场,整个人被他的躯壳、夹克、帽子、悲伤压得直不起身。

在他身后,两根骨头交叉地平放在地上。

一首歌的歌词重新涌上我心头,逝去的人化作一队翱翔的鹤鸟。我浑身颤抖,想知道那些骸骨是属于德国人还是俄国人,接着,我又自问这难道有关系吗?我想起自己那个包好、藏起来的小瓷碟。我坐在窗框底下,蜷起身,抵抗侵入我们体内的那股肆意的放纵。

我拉上窗帘,望着打鼾的约瑟夫。我身心俱疲,却又亢奋不已,仿佛有种可怕的力量,在把我往下拽的同时,又在推我向前。我想叫醒约瑟夫,对他说,我们会挺过去,我们会度过这一劫,我们可以改,可以学。我希望他做出一些安慰我的温柔举动,但我没有叫醒他,他也没有自己醒来,这时,我明白机会失去了。我三十八岁,我要走了。

我从床下拉出箱子,开始收拾:衣服、书、字典、完成了一半的翻译稿、瓷碟。我的动静足以吵醒约瑟夫,可他没有醒。在我看来,熟睡的那部分的他似乎知道清醒的那一半会有什么感觉。

我想在他的脸颊上亲一下,可我没有,而是给他写了一张字条,引用了父亲那句星星比黑夜更遥远的诗句。

等我收拾完毕准备离开时,已是早晨。天空中层云密布。小流氓不见了踪影,但那名老兵仍留在球场上。此时,他手里拿着一把铁铲,正在把骨头和骷髅重新埋在球场一块未挖过的地里。太阳悬在远处的高塔之间,地平线上的公寓楼,远望宛如小孩玩的积木。像是蓄意安排好似的,一群鸟儿飞了起来,在天幕下微微拍动翅膀。我走楼梯下楼,不愿被关在幽闭狭仄的电梯里。天气已转暖还潮。我的行李箱并不沉。

在球场,我从那名老兵身旁走过,他望着地面,然后朝我背过身,仿佛在说:我们的战争永无终结。

\*

塔玛拉:

你也许不相信,但父亲去世的消息让我像被斧头重重砍了一下,令我跪地不起。我身在意大利。他们可恨地等到演出结束后才把电报交给我,电报误寄到巴黎,再从那儿转过来。因此耽误了我与你们联系的时间。别无其他原因。

我独自走在米兰街头,情不自禁地回想起他,尽管你不会相信,但那是充满深情的回忆。诚然,很多时候我与父亲龃龉不合,是的,但同时我亦有相反的感觉。拥有这种矛盾的情感其实不无可能——连最平庸的编舞者也会那么告诉你。因此,听闻你说的那些事,深深刺伤了我。

的确,我在第二天晚上跳了舞——但舞蹈对我而言,如你所知，是每一种情感的完美结晶，不止是欢庆，也包括死亡、无助和孤独。连爱也必须通过孤独来表达。因此，我用舞蹈舞出他的生命。当我登上舞台时，我卸下了一切包袱。你可以选择不信，但这是事实。

你听到的那些有关我在夜总会庆功的传闻根本是胡说八道。我在斯卡拉剧院的更衣室里开香槟的照片是另一天照的，并不是父亲去世那晚。别相信他们，他们在撒谎。居心不良。我二十六岁了。怎么可能有人会相信我已变成这么一个麻木不仁的畜生？我是冷血吗？我是木头吗？

事实是，我的心和任何一个人一样，都在淌血，甚至可能淌得更多。

你骂我，但实际上，我是在保护你，当然还有母亲。你应该感谢才是。离开家，等于离开造就我的一切。离开造就我的一切，当它们消逝后，也就是我自己的死期。到处是黑暗与黑暗的碰触。

你也许会选择不去理解这些。

但当我告诉你我是多么颓丧消沉，特别是因为母亲，她时时刻刻在我脑中、从未离开过一步时，你应该听听我的心声。

你认定我现在过着繁华热闹的生活。一切都没那么简单，塔玛拉，甚至包括你简化的企图。我为什么那么做？我从来没有打算要离开，我可以留下来，但如果你在水里走得时间久了，就可能永远学不会游泳。我这话无任何特别含意。政治是抽雪茄的胖子们的事。与我无关，我是个舞者，我活着是为了跳舞。仅此而已。

你不屑一顾地问我，现在的生活怎么样？是的，我很幸运。我有一栋房子，有演出合约，有按摩师、经纪人、朋友。我几乎在每个大洲都跳过舞。在肯尼迪总统遇刺前，我在白宫与他喝过茶。玛格与我在约翰逊的就职典礼上演出。在维也纳国家歌剧院，我们谢了八十九次幕。喝彩声常常持续半个小时。我风光得意，但有时，当我早晨醒来时，有种可怕的幻灭感。我不想上头条，制造什么九日奇迹。我奔波于不同的国家之间。我变成了人，却失去了人的身份。我活在世上，却没有自己的祖国。事实就是这样。我觉得这甚至可以追溯到我们在乌法的日子，一直以来都如此。是舞蹈，唯有舞蹈，给予我生命。

歌德说：神灵要求歌唱付出这样一种代价，与所唱的内容合为一体。

有时，往事在我脑中闪过，不具任何我能破解的真正含义或意图。你记得以前在科拉斯纳街尽头摆摊卖啤酒的小贩吗？她的脸长得像骡子。她只有三个啤酒杯，她大声催促那些男人赶紧把酒喝完。她非常认真地拨动算盘珠子。有一日下午，你带我去那儿，告诉我，你可以从她消失的多少说出当天的时间。我不懂，直到你指给我看遮阳伞的黑影怎么将她的身子切成两半才明白。正午时，因为太阳在高高的头顶，她的身子是黑的。到近晚时分，因为太阳很低了，所以可以看见她整个人。你能够从她的影子来判断时间。

我想对你说——我经常羡慕你有嫁给伊利亚的自由。没错，自由。你必须了解，我渴望有选择。然而，我被剥夺了选择的权利。我的人生被与歌剧院、旅馆房间、餐厅、午宴、排练绑在一块儿。无论如何，错过你的婚礼，我真的很抱歉。我在西方出席过类似场合，每每都想起你。你一定明艳动人。向你的新婚丈夫致上我的问候与祝贺。

我当然不介意他是个门卫，我怎么会因为那个而生气？你应该对我多点信任。没有门卫、没有电工、没有水管工,全世界的人只能摸黑在水桶里拉屎。

此刻,我在一个朋友的乡间别墅,要住三四天。这是十年里,除了受伤以外,我第一次既不用跳舞也不用排练。我需要空间,因为我已经很久没有机会喘口气。我的朋友很热心——他们给我莫大的陪伴。也许我变了,但全是朝好的方向。我对蠢人没有耐心。最重要最关键的是,我的舞艺经历了蜕变。我宛如在列宁格勒打下的基础上建起了一座宏伟的剧场。与芳登的合作获得惊人的成功。近年来,她经历了几个非常艰难的时期,尤其是自从她丈夫瘫痪以后。然而玛格,当她跳起舞时,是个天才。我见过她踮着脚尖从自家的台阶上走下来。尽管她已这把年纪,但仍不断让我惊艳。她一上台就不受任何干扰,我们像交融的水乳,亲密无间。全世界都是我们的见证人。

至今,我马不停蹄地演出,终于付出了代价,因此,是时候暂时充一下电。我来这儿是为了回顾和反思。

虽然我们住在山里,但这儿基本是平原,在某种程度上令我想起克里米亚的风光。我的一个朋友照料我,负责煮饭、接电话、阻挡记者。每当听到电话铃响时,我就想起母亲。我希望她坚强。有时,我感到怒不可遏。我想将我的愤怒告诉全世界,但我知道后果会是什么。假如我开口,她会更加孤立无援。

我还要及时告诉你,你听到的有关我和其他男人的传闻统统是假的。我有许多朋友——就那么简单。别相信那些企图坏我事的人,卑鄙无耻的蟑螂。

你应该为我感到骄傲,假如我能与你面对面说话,你一定会对那些嫁祸在我身上的谎言置之不理。我回想起乌法的漫漫长夜、阳光、工厂的号角、污浊的空气。你瞧,我并未忘记自己的故乡,但我不会感情用事。仍有秘密警察在跟踪我,我活在恐惧中,但我不会让这影响到我,我会熬过这一关,为的是宣告:我熬过来了。

我没有一丝后悔。只有傻子才后悔。

我有时梦见母亲,梦见把她接到西方,她可以在这儿过上舒适安逸的生活(如果你愿意也可以一起)。我与政客接触过,可他们说他们无能为力。我雇了律师,研究有什么可能的办法。他们当然收了钱,但我担心没有用。一帮吸血鬼!我们必须坚强地站起来,不让命运把我们击倒。至于母亲,我希望她能一直这么坚强。她有一次给父亲剪手指甲,你记得吗?他不好意思教别人看见他让人给他剪指甲的样子,所以不停地催促她,对吧?她剪到他的手指,他包了好几天绷带。而且,他还把扎着绷带的手藏在夹克口袋里。

塔玛拉,如果你能收到这封信,请转告母亲,我永远想她。让她知道,她的儿子在用舞蹈改变世界。并请向父亲坟头的绿草轻轻诉上我的名字。

就先写到这儿。

鲁迪克

一九六四年六月

# 第二部

一九六一年至一九七一年

我企盼这个会思考的躯壳——
这具焦黑、瘦骨嶙峋的肉身
活到生之尽头——
化作一条街道，一片国土。
　　　　　——奥斯普·曼德尔斯塔姆

十一个小时的排演，一个小时的慢动作扶把练习。没法正确地划分舞句。你必须具备石匠那样的耐心。不断凿蚀，直到一切尽善尽美。在更衣室小睡了片刻后，又与萝塞拉排练了一个小时。演出时，没有人——没有一个人！——注意到，甚至包括弗兰科伊斯。

喊了二十次安可，但又如何，有什么大不了的！记住：完美是职责所在。

在一次采访中，佩蒂说，某些东西一旦讲出来就失去了意义。但舞蹈是唯一能将无法言说的东西表达出来的方式。说得对。

格蕾丝·凯利寄来的短信挂在镜子上方的灯泡上。

伊迪丝·琵雅芙从游廊上观看演出。尚·考克多在暗处微笑。玛琳·黛德丽舒展地躺在长沙发上。传闻列奥纳多·伯恩斯坦正在从旅馆赶来的路上，可能连毕加索也会露面。有人开始引述普鲁斯特的诗句。这一切都是冲着我！

与保镖走回旅馆，听到码头有个扫地工人轻声哼着莫扎特。我想没有什么会再让我感到惊讶，即便是我自己的梦。

拉罗什福科的故居——十五种香槟，鱼子酱多得前所未有。桌上摆着兰花。金色的枝形大烛台。每个人都在四处周旋，房间里没有一处死角。谈的是编舞家、批评家、观众，但话题最后转到哲学家，都是西方的，包括德里达，这让我在他们面前落了下风。要补的东西很多。否则他们会嘲笑我。我根据萨沙的理念回答说，舞蹈表达出其他形式无法表达的东西。

用脚掌跳舞。头脑跟随脚掌。

一大堆人点头颔首。掩嘴窃笑。我不理他们，其实我应该把舌头伸进他们的喉咙，刺穿他们空虚的心。

二十三岁。时常（暗中）觉得是个冒牌货。但你不能活在过去你所抛下的东西里。不要茶，不要传家宝，不要眼泪。不要浸泡在伏特加和眼泪里的发酸的面包。你必须逼自己穿着雪白的丝绸衬衫走过巴黎的大道！

母亲在电话里失声痛哭。后来晚间，想起她在收音机旁转动白色的旋钮：华沙、卢森堡、莫斯科、布拉格、基辅、维尔纽斯、德雷斯顿、明斯克。

塔玛拉说：你背叛了我们。

梅纽因在普莱耶音乐厅演奏巴赫：心跳加速，几乎忘记一切。

洗了个澡。茶里加了蜂蜜。排练。完美，与其说存在于表演之中，不如说存在于通往表演的征途上。这是乐趣所在。你必须燃烧起来！

每个角落、每件雕塑、每幅画，都令人屏息。就像徜徉在一部永无止境的历史书卷中，拒绝走到封底。太了不起了，这是第八大奇迹，堪比艾尔米塔什博物馆（虽然规模只有一半，不算非常雄伟壮观）。

警卫已认出我，其中一人夹着鞑靼话与我打招呼。他的家族好几代前就离开了故乡。他支持印象派，于是我逗留着没走。

克莱尔拉我离开博物馆，来到塞纳河边。她给了我一副巨大的墨镜，用来遮脸，然后拉下我皮帽的帽檐。有四个人立刻高喊，纽瑞耶夫！

有个摊上，一个书贩正挥着一本签名版的《永别了，武器》。刚死了几个星期，他的书就卖出离谱的价格（也许应该在跳舞中间死去，停在空中，把那场演出拿来拍卖，定格，售给出价最高的人）。克莱尔朝包里看了一眼，但书贩说他没有零钱。她花了将近一倍半价格的钱将它买下。她好奇我为何这么惊骇。后来，她给我看了银行账户的进出细目——真傻。

传闻他们严刑拷打萨沙，审问谢妮亚，并把尤丽娅带走，让她在牢里关了一个星期。这肯定不可能是真的。

巴黎的一种新发型：纽瑞夫式。某个贪婪无耻的家伙在《世界报》上说，它的出现快如柏林墙，但按考克多的解释，他们只是想把我变成一件商品。噢，要有像考克多那样的头脑（他说，他有一次梦见自己被困在电梯内，听着《神圣交响曲》）。

大胡子的犹太人向东走,穿过卢森堡公园,他的长大衣在脚踝处嗖嗖作响。他背着手,手里拿着一本祈祷书。后来,他坐在树下的长椅上剔牙。他也许一直在想,啊,彼得堡。

(注:身体的能量总是让脸上的表情充满深意。)

阿尔及利亚裁缝量身时,B夫人等在一旁。后来,她买下那套黑色的天鹅绒西装。她说,我应该不停地乐于寻找新开始。

在公寓,女佣泡了一杯令人恶心的薄荷茶。我抿了一口,旋即吐回杯里。夫人似乎很开心,仿佛自己找到了原始的野蛮人。

她来到沙发旁,用食指与拇指搓揉我的西装翻领。我告谦向窗户走去。楼下,人行道上,走过的男人把外套搭在手臂上,女人戴着帽子,仿佛头上顶了某样有生命的东西。交通阻塞。塞纳河畔飘着报纸的碎片。

夫人在窗口拼命朝下面喊我,我沿着码头越走越远。

全都是德国手工制造的腕表,没有价格标签。当夫人问我想要哪个时,很难装出毫不在乎的样子。她想用她的财富征服我,可我怎么能对一个喷泉说我不打算喝你的水呢?

后来,夫人指出,我一紧张就会把衬衫衣袖拉下来盖住指关节。她说,这样不雅,是乡下人的行为,但时间会把它修正过来。她向后倚在阳台的栏杆上,手里夹着一支长长的雪茄。她微微抬起下巴,仿佛刚才说的是一番至理名言。我又用力扯起衣袖。她在空中挥起雪茄。噢,别,别,别,鲁迪,我的上帝啊!

接着,当我把手表从阳台扔到下面的花园里时,她面露异色。

假如你想在室内戴帽子，谁会对你说别那样？（她忘了，倒一桶屎很容易，特别是从旋转楼梯上）

你不能最后落得发疯（尼金斯基）或自满（季霍米罗夫）。

有个舞迷冒雨等在皇宫剧院外。匈牙利人。说他是一九五九年逃出来的。他站在如注的檐水下说，直到看了我的演出，他才找到真正的自己。真是个白痴。他头上举着一张报纸，油墨淌到他脸上。他浑身亦散发着白兰地的味道。不过我还是在他的签名本上签了名。

玛利亚抓着我的手臂。晚宴上，我们聊到那些大师巨匠，卡莎维娜、巴甫洛娃、芳登等等。当然，我把玛利亚放在首位。她脸红了。

后来，她巧言暗示说，谁都会有跳到老的一天，就像谁都得吃龙虾爪一样。她非常敏捷地示范起来，掰下爪子，大声把里面的东西吸干净。

那帮笨蛋在我的衣袖上钉了一排金属亮片，因此，当我举起她时，亮片擦破了她大腿内侧的皮肤。

在双人舞部分，她眼中含着泪水，那道血迹变得清晰可见。这是彩排，观众不耐烦起来。她在舞台一侧痛得尖叫，该死的，该死的，该死的，我完了。她朝负责制作服装的法国人啐了一口。接着，她换下舞蹈服，医生暂时给她贴了胶布。一切在两分钟内完成。

当她重新上台时，脸上一如既往地带着天使般不变的笑容。

《世界报》的评论家说，她本已开始对美无动于衷，然而，在看了《舞姬》的双人舞后，她摇摇晃晃地走出剧院，眼中噙满欢喜的热泪。

莫让评论家的话让你感觉良好而停滞不前。相应地，也别让他们抽掉你这副身体里的软骨。（萨沙：你的任务是向那些不相信的人证明他们是错的）

事实是：受到批评时你暴跳如雷，但切记，在你辩护时，那些冷静倾听的人，恰是永远不会改变看法的人。

夫人安排让那个男孩上门。她说，他来自一户好人家，正在索邦学俄语。她去给他开门，把他带进书房时，她紧抿着双唇。他厚颜无耻地走到房间另一头，把皮夹克扔在路易十五的家具上。夫人愣住，听见拉链碰到椅子扶手的声音时，不由得眉头一皱。

她放上斯特拉文斯基，然后知趣地走开。我们相视而坐。他伸出手说：吉尔伯特。

有时，最少的言语就能打破魔咒。

吉尔伯特说，为了隆重地欢迎我，他们在桌上摆了银的餐具。他注视我吃蜜瓜的样子。我用舌头舔着叉子，做给他看，我能感觉到他的颤抖蔓延到整个房间！吃甜点时，我让勺子在嘴里多停留了几秒。他年轻的妻子将目光从稀疏的睫毛下投向外面,后来,她告谦上床去了。

在驶往杭布叶途中,吉尔伯特亲舔一下他那辆敞篷车的方向盘,开怀大笑。我们从后视镜里望见跳动的香槟木塞。我想,外面马路上肯定有好几百人,心情愉快的,遍布在黑夜的每个角落。

在多米尼克餐厅,他的朋友们一阵大惊小怪。鲁迪!鲁迪!鲁迪!吉尔伯特把杯子叠成金字塔,高喊着为哥萨克人干杯。流亡的侍应生窃笑我的口音。我把咖啡朝他的脸泼去,溅在他精美的白衬衣上。经理过来,低声下气地连连道歉,向我保证会开除那名侍应生。

吉尔伯特哈哈大笑,在桌子下踢了我一脚。

后来,在阿萨街的俱乐部,身穿红背心的男孩蓦然跳起坎坎舞。留着黑色鬓角的英国男演员朝我的方向看来。外面,阳光刺痛我的眼睛。我们直接朝排练现场走去。吉尔伯特睡在更衣室的长椅上。

角落里的那个男人似曾相识,但我记不起他是谁。他的小胡子与眼睫毛灰白浓密。他烦躁地抽着烟。我绞尽脑汁,担心他可能是来跟踪我的。他看上去的确像俄国人,没错,但直到他转身付账时,我才发现,他的表情有多狡黠绝望。接着真相大白——他是多米尼克餐厅那个流亡的侍应生。

他没理我,离开了咖啡馆,但推开桌子时,还是闹出不小的动静。他在街角一名表演吞火的艺人面前停住,得意地挥着一张二十法郎的钞票,把它丢进吞火艺人的桶里。

我离开咖啡馆,穿过街道,亲了亲吞火艺人的脸颊(他没有退缩)。那混账的侍应生从远处望着我,最后仓皇落跑,大概是去达鲁街,他可以在那儿与其他人一块哀悼他们可怜的境遇。

事实是:我用张扬掩饰自己的恐惧,包括在演出中。

喝彩声变得比跳舞更令人疲惫不堪。也许有一天会有一出表现喝彩的芭蕾舞。向克莱尔提及此,她说,任何这种努力都会非常的亚陶①。我如坠云雾中——毫无头绪。有时根本没办法掩饰这种无知。她说,没关系,他是法国的实验主义艺术家,她会给我找点他的书,我可能会对他有兴趣,关于残酷剧场的某些理论。

她还答应给我李希特的录音带。带一个便携式的录放机,我就可以在路上听他的作品了。

起先我以为是个玩笑。我差点用四国语言骂她。最后当我意识到的确是玛格时,差点噎死。她说,整件事是预先安排好的。

科芬园外。我摘下贝雷帽,引起一片狂欢。

单纯的排练,没有乌七八糟的干扰。玛格才华逼人。她是发自内心地在跳舞。双人舞部分,她踩着细碎犹豫的步子,将它们像泪珠一样完美地滴洒在舞台上。她让我们看到的不仅是舞蹈,还有舞者眼中的所见。

事后,她带我去她在巴拿马大使馆的住处,炖了一锅小羊肉,

---

① 安东尼·亚陶 (Antonin Artaud),法国剧作家、诗人、演员和剧场导演。

当我把衬衣从头上脱下来、吸着那股香味时,她笑逐颜开。(吃饭时,她开玩笑说她是老绵羊,我是小羊羔,但我们之间二十载的差距,对我而言,根本无关紧要)

她打扮入时地出席在沙威酒店举行的招待会。有人说,非常像圣莫里茨,管他是什么意思呢。当我们入场时,所有人都回过头来。

英国人自诩有文化,那根本是放屁!他们允许记者和摄影师无处不在。他们的问题在于,他们把舞蹈当作开胃酒,而不是生命真正所需的面包。

法国评论家说你在跳舞时是个神。

我不信。

你不信评论家?

我不信法国人。

(哄堂大笑)

我也不信神。

对不起,您说什么?

我说,就这点而言,神灵忙得很,没空理会我或其他任何人。

走入雨中,经过国家美术馆、泰特现代艺术馆。在肯辛顿王宫花园附近,保镖不理解我看见苏联大使馆时的骇惧。

明白过来后,他赶紧挟我离开,手臂环住我的肩膀。

在玛格的住处,她热了热剩下的炖肉,煮了一壶苦涩的英国茶。提托不在,去参加某个巴拿马的宴会了。她穿了一件低胸的丝绸上衣。她的脖子至少可以给达·芬奇做模特。她问起我的家,说她能在脑中想象出母亲的样子,她一定是位很美丽的女人。我不知该如何作答,我从桌旁起身,走进后花园。她出来说,她希望自己没有冒犯到我。

玛格让人架好一个投影仪,数十箱胶片,按日期排序,从一九三八年(!)开始。我通宵未眠,拆开一箱箱胶片,直至找到一些有布鲁恩的。他的舞姿一板一眼,光彩夺目。我走进卧室,睡不着,踱来踱去。

有得寸进尺的人问起古巴。我不会中他们的圈套。《每日快报》上一个特别愚蠢的大标题:该来的总会来。

大象与城堡区①:期望见到一个魔幻的童话王国,却发现只是另一个基辅。

剧院经理、经纪人、会计师——吉莉安称他们是任何一位杰出的表演艺术家人生的圣三位一体。会议结束时,索尔提出,他也许能从德国电视公司那里榨出五千美元。一场二十分钟的演出,相当于每分钟两百五十美元!我假意推诿,看得出他在桌子另一头冒汗。(玛格说:别忽视了舞蹈。)

埃里克抵达沙威酒店的大堂。高挑轻盈。他穿了一身白,连夹克的线脚和拉链的齿牙也是白的。我们寒暄了一会儿,彼此对对方极尽恭维。他刚花了一大笔钱,买了件米罗的作品,

---

① 伦敦一片主要的交叉路口。

话题摇摆在米罗与毕加索之间——其实我们在谈论的是自己（埃里克当然是米罗，我是毕加索）。

喝过香槟后，我们让酒店的侍者给埃里克找来茶和香烟。他坐着一支接一支抽个不停。两点，埃里克道了声歉，带着一脸痛苦的笑意，起身去自己房间。他没坐电梯。我想到，世界上最优秀（第二优秀？）的舞蹈家正迈着一步四级的步伐。

我们一同做了一个小时的扶把练习，然后去上课。阳光透过科芬园的窗户流泻进来。

在泰特现代艺术馆，在特纳的油画《链条码头，1828》旁，他摸着我的肩膀。后来，在萨维尔街，他好奇我们穿西装戴圆顶礼帽会是什么样子。店员假装在忙。我抓起他挂在脖子上的皮尺，对埃里克耳语道，他应该量量我里面那条腿的长度。我们戴着新买的圆顶礼帽，嬉笑着在城里游荡。

走进沙夫茨伯里大道上的电影院。漆黑一片。

沙威酒店的窗户上映出埃里克高挑的身影，外面在下雨。

那位英国鞋匠长得与我预期的很不一样。光头，脏兮兮的西装外套，脸蛋像哥萨克人。他的桌子上方有一幅镶了框的玛格的照片。我在工厂里几乎无法呼吸，生牛皮与一桶桶胶水散发出难闻的味道。但他的工作令人钦佩。他花大量时间制作舞鞋，一丝不苟地检查每个细节。仅仅把鞋套在脚上，就似乎给人一股新的能量。

（卡兹那舍夫街上的鞋匠也许应该学一两手。）

后来，在更衣室，玛格镜子上方的那排灯里有个灯泡烧坏了。她到我的门口，敲了几下，我没有应声，她急疯了：鲁迪，亲爱的，快许个愿！（她十分迷信。有时，她抓到一根掉在脸颊上的眼睫毛，或花瓶里落下的一片花瓣，她相信这会影响一切。）

爱丁堡下起雪，将我带回了列宁格勒。

克莱琳达与奥斯卡（以化名）正在为一家出版社撰写我叛逃的经历，全是胡说八道，但那是人们唯一感兴趣的事。他们说，这会推动书的销量，读者想知道发生了什么，我是怎么叛逃的，等等等等。（我连日期都记不起来，大概是七月十七日，管他呢！）不过我会配合他们，啰唆一通有关自由的长篇大论。

他们位于肯辛顿的家宽敞温暖，他们邀我住上一两个月。她答应为我洗衣、煮饭、照顾我，何乐而不为呢？不花一厘一毫，而且她的学识修养高过用人。

下午，他们喜欢听广播剧，真是地道的英国人。他们泡茶，烤松饼，生起火炉。我躺在熊皮地毯上。夜晚，他们往火里加更多木头，煮热巧克力。克莱琳达爱听我弹钢琴。她说，我很有天赋（十足的谎言，就算对她而言亦然）。我也许有所进步，但我多希望自己的手指可以伸得更远。为我自己伴奏。

克莱琳达找出杂志，有目的地把它们堆在三本万涅斯科的剧本下。我自觉像个顽劣的小儿，但我坚持不松口，什么都不说。

旅馆房间里挤满了助理、灯具、电线、发型师、端着托盘的侍应生。化妆师窃窃私语地说,阿维顿可能会大摇大摆地进来。我望着门,等候。这是一个花招,一条妙计。事实上,他一直在那儿,混在他的助理中间,观察,了解我,在脑中设想角度。他让他们全出去,香槟已经打开。当我脱下衣服时,他说:哇噢,我的天哪。

早晨醒来,我害怕到发狂。吉莉安打电话到他的工作室,威胁说,如果他公开那些照片的话就要告他。阿维顿给我发了一封电报:我会保守你的(大)秘密。

埃里克仰面平躺,沉沉睡去。(我回想起安娜在自己枕头上压出塞尔吉的印痕的事)他不均匀的呼吸中散发出香烟的臭味。《徒步旅行者之歌》。我吻了他一下,然后收拾行李。

加长轿车的司机没有穿隧道,而是想从桥面上层行经而过。他说,我应该看看灯火中的这座城市。护送我的人认为没意思,他们说,那座桥又老又破,但我大喊道:就让我们跨越那座该死的桥吧!司机咧嘴笑起来。

整座城市像一块布满裂纹的宝石。我把头探出窗外。一名护送的人不停地重复道,因为是犹太人的节日,所以亮灯的公寓比平常少。(又一个神经兮兮的犹太佬)

我无法再忍受他们的喋喋不休,于是我转过座椅,与前面的司机坐在一块儿。他受命拉上我们身后的玻璃隔门。他正听着广播里的查理·帕克。他说,他们称他为"鸟",因为他的脚从不着地。

(尼金斯基根本拒绝下来。也许每个疯子都更喜欢留在空中。)

在报摊旁来回徘徊,看人们拿起《纽约时报》,心想:上百万双手臂抱着停在空中的我。那幅照片捕捉到我完美的轮廓。

萨沙!塔玛拉!母亲!父亲!乌法!列宁格勒!你们听见我了吗?我正在从美利坚的大道上向你们打招呼!

下雪,车流不多。毛皮大衣招来笑声与几张微笑的面孔。阿波罗剧院外有个女人认出我,一群人围上来。有人说:演一下萨米·戴维斯!我站在一个消防栓上,做皮鲁埃特旋转,人们欢呼喝彩。

回到圣尼古拉斯大道上的车内。(当我说俄国没有乞丐时,没有人相信我)

上艾德·苏利文的节目,他根本不会念我的名字。

他对芭蕾舞没有兴趣,他自己也这么说。不过他是位名副其实的绅士,举止优雅。每一根头发都梳得整整齐齐。他说,杰奎琳很喜欢舞蹈,因此这些年来,他一直在努力培养自己这方面的真正兴趣。他声称,在电视上看到玛格与我,彻底改变了他的看法(显然是句厚颜无耻的谎话,愚蠢得很)。

他领我们走进白宫的椭圆办公室。他的西装剪裁得很得体,领带微微松开。他坐在椅子上足足晃了五分钟。轻松的对谈结束时,他看了眼我的脚,说我象征了一种纯净无瑕的政治勇气。

外面草坪上徘徊着特工人员。后来,杰奎琳端茶进来,他不得不告谦离开。

在陪玛格与我走向直升机时，杰奎琳把她的手臂钩在我的手臂上，她说，她希望我们能再回来，我们两个是她与她丈夫最敬重的艺术家。我们坐在直升机里，吓得不敢出声，草坪上的人影越来越小。（我时时刻刻都在列宁格勒爬楼梯，警察在追我）

《新闻周刊》：您像是把自己的灵魂植入土中当肥料，浇灌出属于您自己独一无二的阿尔伯特。
（心头突然一惊，想起菜地里的父亲。）
对不起，什么？
您成功地塑造了一个全新的阿尔伯特……
我是一名演员。
但显然您不仅仅是……
噢，拜托，别再问愚蠢的问题了。

在隔壁房间，我能听见她已经醒了。我去向她打招呼。她微笑着，开始拉筋——转动脖子，仔细地按照一定顺序拉伸腿。玛格能够不假思索地把双脚放到脑后，同时谈笑风生。讽刺的是，她声称自己害怕变老。
（教训：要坚持不懈地练功，让身体活动自如。）

登上《新闻周刊》与《时代》的封面——在同一个星期内。吉莉安欣喜若狂。

一九六三年九月二十二日。下午晚些时候，窗外开始传来哭声，但直到六点才有人告诉我们。玛格转向钢琴师，请她弹奏巴赫，但她悲伤过度，手指在琴键上颤抖。我们沉默静坐，后来给杰奎琳发了一封电报。我们的演出取消了。街上都是捧着蜡烛的人。

在俄国茶室餐厅，侍者总管要求大家默哀一分钟，可就是被某个笨蛋搅了局，他把桌上的叉子撞落在地。

收到尤丽娅辗转寄来的一封信，说她离婚了。她没有住的地方。我们这个垃圾国家。

又花了十二个小时为演出《雷蒙达》做准备。奇怪的是，当看见我在排练，或当我在教人时，舞团的人惊讶万分。他们坐在走廊里，抽着臭烘烘的香烟，弄得我真想踢他们的屁股，把他们一脚踢到劳工部去，如果有这种可能的话。他们是群懒虫，双腿软弱无力，向外打开的动作粗糙、缺乏训练，完全不注意脚的姿态，他们个个都需要好好改造。长号吹得像病牛，钢琴师还要糟。更别提那些舞台工作人员，又在威胁罢工，因为那些真的鹦鹉，它们的粪便从笼子里掉出来，落在舞台两侧。那帮可恶的混蛋怨声载道，因为他们得擦地。

玛格几乎说不出话，她的声音不住地发颤。她说，子弹射入提托的胸，从另一面飞出。

在斯托克·曼德维尔医院，探视完提托（躺在床上，一语不发）后，有人带我们在病房区参观了一圈。一个脖子以下瘫痪的十四岁女孩抬起头，说她经常幻想自己变成玛格，这样她的腿就能动了。

一个漂亮的八岁小孩用牙齿画了一幅蜡笔画。画的是我在田野里跳舞，小女孩也画了自己，坐在高高的开花的树上观看。画的反面有颗爱心，中间是我们两人的名字，欧娜与鲁道夫。

我对她说，我会把画挂在我的更衣室里。小孩几乎动不了头，嘴唇上有唾液，但她的眼睛澄澈湛蓝，她的嘴拉出一个勉强的微笑。她说，她别无所求，只希望如果能上天堂的话，她想做的第一件事是跳舞。

（有个混账摄影师拍到我在走廊里落泪。）

提托再也站不起来了，因此玛格必须继续登台演出，支付医院的账单。当然，她的思维方式非常英国化，看不出这其中的讽刺（我不愿告诉她，提托是自作自受）。她在外面把手袋从一侧换到另一侧，拿手绢拭泪，然后再度冲进去看他。

首演当晚收到格蕾丝王妃的电报。相当肆无忌惮：天哪！爱你的，格。还有其他贺电，来自挪威国王、玛格丽特公主等等。房间里有二十束不同的花。窗外的雨仿佛闪着五颜六色的光芒。旅馆的门铃响了——一束玛格送来的花，说一切安好，她希望跳舞的那个是她就好了。

全意大利的人都来了。但名气并不能弥补我表演中的缺失。《雷蒙达》的双人舞，没有她，当然糟透了，然而连单人舞都跳得是一团屎。事后，斯波列托似乎失去了它的魔力，想到旅馆房间让人丧气。我取消了晚宴，打发走所有人，一整夜都留在那儿修补当晚的失误。

舞台工作人员于早晨发现我睡在他们的油布上。他们给我拿来一杯卡布奇诺与一个羊角包。我重新开始排练，找到了感觉，跳舞时头发里像有一团火。

玛格等在大堂。她拿着一个信封。从她脸上就知道有事。门房低着头，假装在忙。很明显，消息已于之前通过电报传了过来。起先我以为是提托。可结果，她满脸泪痕地说，是你父亲。

母亲在电话里伤心得说不出话。后来，由桑德林指挥、由列宁格勒爱乐乐团演奏的拉赫玛尼诺夫的第一和第二钢琴协奏曲，带我回到昔日的时光。父亲的鞋擦得锃亮，他正在刮脸，大衣挂在铁丝衣架上，他的指甲很脏。

埃里克取消了纽约之行。

唯一难过的事是：父亲一次都没有看过我跳舞。

我对吉莉安与埃里克说，不哭，也不悲伤。我们开了一瓶香槟，一起干杯。

在读翻译的索尔仁尼琴，纸上短暂地闪过一道光。想让父亲复活的渴望骤然间如排山倒海般袭来（塔玛拉的信就在我口袋里，像一道伤口）。

米兰的费罗咖啡店外，一个男孩在唱一曲我以前从未听过的咏叹调。埃里克询问咏叹调的名字，可男孩耸耸肩，说他不知道，并继续卸面包。可接着男孩瞥见我的脸，跑到街上来追我，大喊我的名字。他递给我一条新鲜的面包。埃里克把面包喂给广场上的鸽子，可当鸟儿围挤在他脚边时，他又不停地踢它们。

玛格对每个人都极其慷慨，唯独除了她自己。这当然是一种最高境界的仁慈。为操心提托的事她已疲惫不堪。可她还是想办法准备了一个给母亲与塔玛拉的包裹（意识到不用再考虑父亲的东西，让人心头赫然一惊）。她问哪个颜色的围巾合适。我一时间已经忘了她们在我脑中的模样，特别是母亲。我的那些照片全都是很久以前的。

玛格亲自封好箱子，谨慎地通过丹麦大使馆寄了出去。

\*

桌子在窗户与有四根帷柱的床之间，上面摆着一个插了白百合的花瓶。外面的海有种罕见的蓝。风从窗户吹进来，打在身上凛冽清新。鲁迪猜到她的心愿：海景，用熏衣草水洗过的床单，清晨的热茶，托盘上的野花。他把岛上朝东的房间给了玛格，因为她喜欢享受黎明的时光。

昨天下午，只为了她，他不远千里从本土空运来一架钢琴。直升机划破那片广袤的蓝色，在岛上盘旋了两圈，测试风向。钢琴悬于空中，被绳子与缆索绑住，仿佛拥有一道属于自己的航线。网球场上铺了软垫，让钢琴可以轻柔地着陆。七个岛民受雇把钢琴引到指定的位置。鲁迪亲自抓着其中一条琴腿。把自己想象成那架钢琴，被举在空中，玛格脸上闪过一丝笑容。这是个疯狂而大胆的举动，本可以用船把钢琴运来的，可他一刻也不愿等，他不肯听她的。起初她觉得兴味索然,这么破费,可后来,一股剧烈的狂喜出其不意地涌上她心头。

鲁迪穿了一件无袖的汗衫。他甚至比那些岛民还壮硕。从直升机旋转器吹出的风刮掉了他们头上的帽子。后来,他付了钱给那些人,挥手打发他们走。他自己动手为钢琴调音,然后坐下,一直弹到深夜。即便在玛格上床时,她仍能听见流动的音符,高亢、魅惑。她心忖,如果一辈子时时刻刻都像这样,肯定让人无法忍受,但反过来,恰恰因为它不同寻常,所以弥足珍贵。

她惊恐地想到自己四十五岁,而他才二十六岁,他的人生进行得太快了。有时,从他的一举一动中,她自认能觉察出一种鞑靼人与生俱来的傲慢。其余时候——在海滩上散步时,设计舞蹈动作时,调整托举姿势时——他谦恭顺从,完全臣服在她的经验下。

她从窗户望见钢琴摆在网球场中央,盖了一层塑料布,上面覆着露珠。稍后,她要训斥他一下,语重心长地劝他把钢琴搬入屋内,但此刻,她觉得这一幕美妙绝伦,如一团未解的谜,球网软趴趴地被压在上了漆的琴腿下。

玛格挪到床边,在那儿拉筋,先是缓缓地,让手掌碰到脚,然后继续拉伸,变成用手指,触到脚掌时,发觉有硬茧。她放了一缸热水,踏进浴缸,用一块浮石磨脚,以打圈的方式很快就见效果。她检查脚背上被蚊子叮过的一处地方,抚摸那块小小的红色印迹,而后,她跨出浴缸,给脚抹上草本精华霜。他们一直在为巴黎的一系列演出排练,他在地下室铺的临时地板令她脚趾发痛。她把乳液从脚踝按摩至脚趾,并不停地来回搓弄,她感到乳液变得越来越热。

窗外,波浪的起伏几乎难以察觉,一排排泡沫状的浪花,如精美的灯芯绒,在黎明的曙光下转为红色。几只海鸟跳飞在空气的气流上,玛格看见远处有艘快艇,张着黄色的船帆。

一条手臂伸出海面,划破眼前的风景,她的眼睛登时停在这道裂口上。她的嗓子眼一阵发干。她屏住呼吸,但接着又伸起了一条手臂,配合第一条,她吁了一口气——那只是鲁迪在游泳,他的头发在海里变成黑色。她坐到床上,放松身体,开始抓住右脚踝,把它高举至空中,通过一记拉伸,将脚放到脖子后面,这是早晨的一项例行公事。她松开脚,掰弄脚趾,接着又把左腿拉到身后,她在床上调整姿势,然后同时把双腿摆到后面,她的长发垂在脚踝上,感觉凉凉的。

她松开抓着的手,探身到床另一边,打电话给医院的提托,告诉他她想他,她很快就会回去照顾他,但电话响了许久,没有人接。

松开这个拉伸姿势,玛格移到离窗更近的地方。

她望着鲁迪慢悠悠地从水中站起,先是头,接着肩膀、胸,他格外纤细的腰,即使在寒冷的水中泡过却依旧硕大的阳具,他粗壮的大腿,结实的腿肚子,犹如出自米开朗基罗之手的人体雕塑。她以前见过许多次他赤裸的样子,在更衣室,镇定得像个准备洗澡的小孩,假如想要的话,她可以画出一幅他身体的详图。跳舞时,她碰触过他全身每一处。他的锁骨,手肘,耳垂,他的腹股沟,腰背,他的双脚。不过表面上她还是做出抬手掩嘴的动作,仿佛是为弥补自己的见怪不怪。

他的皮肤白得刺眼,几近透明。他身体的曲线清晰分明,轮廓凹凸有致,与提托的差距远得不可想象。

在一阵激动的喜悦中,她望见他从沙滩往礁石后高高的草丛走去，赤脚踩过那些植被。她听见钢琴的塑料罩被迎风扯了下来，听见鲁迪的手指飞快地滑过琴键。当他过来叫醒她时，她躺在被褥下，假装睡着。他用托盘端来热茶，说：你睡过头了，玛格，起来吧，到时间排练了。等他走后，她面露微笑，不是舞台上的那种笑容，没有一丝端庄或克制，然后，她再度眺望大海，心中想着，就算别无其他，至少永远有这段回忆。

\*

《时尚》（*Cosmopolitan*）：全球最美的男子。一个人必须面对容颜改变、身体衰弱的事实，但又如何？享受当下这一刻。全球最美的男子！当我七十岁坐在火炉边时，我会拿出照片落泪，哈！

有人把封面贴在我的镜子上，加了魔鬼的犄角。我不介意，但那些混蛋弄坏了我的眼线笔——可能是打扫卫生的肥婆娘，昨天她泪眼汪汪地离开。

舞迷整夜都睡在外面寒冷的花街上。吉莉安弄了几罐热汤，劝我与她一同去——她说，这是良好的宣传机会。

当我们到那儿时，一片肃静，但随之传来一声尖利的叫喊，带动了其他所有人。他们跑上前，拿出一切东西要我签名——雨伞、钱包、暖腿套、内衣。吉莉安当然安排了摄影师在现场。当我离开前，有个女孩冲上来，企图抓我的裤裆。（我也许真该把暖腿套穿在裆上当护甲才是！）

作为一名编舞者，他不拘一格地四处剽窃，从古希腊到福金到莎士比亚及其他等等。他说：毕竟最后，碰过画家画笔的是许多只手。玛格采纳他的建议，并将它们改造得富有美感，虽然开始时我觉得自己是在把一具死尸拖过地板。

她每个小时都会打电话给提托。受制于他。（既然不能乱搞别人，他只能搞她，折磨她的生活）

心回到巴黎。那儿有某种发黏的焦油。（让克劳黛给新公寓配好家具，要找有四根帷柱的床）

寄来一封信，用红蜡封住。犹豫了一下，可能是苏联人玩的把戏。（他们什么都干得出来，在信封上涂酸液等等）但那个封印属于王室，手书的短笺折得非常仔细。我对女管家说：噢，他妈的，不会又是一封女王陛下寄来的信吧！

新来的保镖（兼任的）曾保护过丘吉尔。他告诉我，他在雅尔塔见过斯大林，并试图解释说，斯大林非常有礼貌。（一辆火车在我脑中呼啸而过，医院，从树上俯望给士兵洗澡的老妇人——这是多少个世纪以前的事？）

在塞纳河边的二手书摊上找到德里达的文稿。在同一个摊上还找到一本论玛莎·葛兰姆的专著，真是太巧了。两本书都遭水淹过，书页粘在一起。我把书的事告诉田纳西·威廉斯（他在德如的派对上喝醉了），他说，这明显是个隐喻，但他没有解释隐喻什么，也许是解释不出。他的手指，乃至胡子都沾了墨渍。他很惊讶我在读他被译成俄语的作品。他把头靠在我肩上，说：噢，多乖巧的一个孩子。他变得越来越烦人,将鸡尾酒洒在我的西装上,我让他吻我的屁股。他咧开嘴笑着回道,他会喜不自胜。

克莱尔带来一盘磁带,上面潦草地写着罗斯特罗波维奇,字迹稚拙细长。第二号小提琴协奏曲的第二乐章让我潸然泪下。有一次,在列宁格勒,我愚蠢地对尤丽娅说,我会准许肖斯塔科维奇去坐冷板凳。

在拉寇特家的厨房里闻到一盘小萝卜。要坐车回去。不得不告辞,令拉寇特大不悦。他在门口摇摇手指。梦见一块白布盖在母亲脸上,惊醒。

也许玛格是对的,她说,我如此拼命地跳舞——太拼命——为的是不去想家。

与任何人谈起母亲都困难重重。当事实细节井然有序时,心情不对。当心情对的时候,事实细节又支离破碎。她在兵工厂工作。她卖俄罗斯套娃。她被狼追赶。有时,在同一场采访中,我忘记自己具体说过什么,于是越发与幻想混为一团。在回答那位奥地利记者时,她不知怎么变成了乌法歌剧院的裁缝师。

我最恨自己的时期,不可避免地正是我舞跳得很糟的时期。在相较暗淡低潮的时刻,我思忖,也许我最佳的表演是在基洛夫剧院。(恍觉希佐娃的腰贴着我的手)

埃里克撞见一位认识李希特的人，那人告诉他，普罗科菲耶夫去世时，全莫斯科买不到一朵花。全都被买去用于斯大林的葬礼了。李希特在葬礼上演奏，之后他走到莫斯科城的另一角，在普罗科菲耶夫坟前放了一根松枝。（很动人，可是真的吗？）

纽瑞耶夫先生，您的舞蹈动作似乎在挑战可能性。
没有什么是不可能的。
例如，当您完成快速剧烈的隆德让继续往下跳时，您有顾及到自己的身体吗？
没有。
为什么没有？
因为我太忙，只顾着跳舞了。

我想安抚记者的愿望，几乎与我想疏远他们的愿望一样强烈。事后，我能感到自己的心脏像气球一样，被歉意充得鼓胀起来。

真正纯正的心灵，必须能够同时接受批评与赞誉，但在《星期六评论》上，他说我做阿拉贝斯克①时手举得太高，整个动作看起来浮夸、缺乏控制。如果让我再遇到他，举得太高的将是他嗓子眼的卵蛋，到时我们要瞧瞧是谁看起来浮夸、缺乏控制。

至于雅克，他是典型的《人道报》的蠢蛋，那群怀着报复心理的社会主义杂种中的又一员。他说我太死板、照本宣科。但他想怎样，让我的腿变成象征符号，让我的鸡巴转出一连串隐喻吗？我想

---

① 古典芭蕾基本舞姿之一，名称源自摩尔人的一种叶片状连续花纹图案。

对他说，去为他的政见做点实事吧——自杀大概可以算一件——但他那头肥猪，可能会重得把房梁拉塌到地上。

沃克斯豪尔的酒吧里有一张我的巨幅照片，用一根细绳从楼梯上挂下来。我问酒保，是不是叶赛宁，但他听不懂。当我与埃里克落座时，吧台旁阒静无声。酒保要我在照片上签名，我签了，签在我的胸口，每个人都拍手鼓掌。

整个晚上他们都期盼闹出点事，闹出点有俄国特色、有纽瑞耶夫特色的事。砸杯子，把酒瓶踢下桌子。我喝了四杯伏特加，然后拉起埃里克的手臂。我们几乎能听见全场人不满的怨声。

又一封死亡威胁信在旅馆等我。警察说，纸条上的字是从一份苏维埃流亡者报的新闻标题上剪下来的。这帮混蛋是谁？他们难道不明白，我可不是他们该死的傀儡？

（玛格说，彻底无视他们，最好的办法是微笑，保持礼貌。把一切宣泄在舞台上，她说。我不忍心告诉她，她是在说废话。所有人当中，她最清楚，我做的一切都已倾洒上我的热血。）

心中的隐愿：一栋海边的房子，孩子们在沙滩上，一组室内管弦乐队在礁石上被巨浪打得浑身湿透。我坐在帆布躺椅里，饮着白葡萄酒，听着巴赫，垂垂老去，不过当然那也会变得索然无趣。

《捍卫青春抵抗爱情的智慧》，查尔斯·梅尼埃：四万七千五百美元。

开始时，他出现在她的面前，起初没有流露出自己的真实情感。他十分清楚自己得用什么样的目光看她，既不赤裸也不保守。他必须把这当成一场感情的轮盘游戏，挑剔苛刻，直至攻破彼此的心防，产生互动（逐步迈向双人舞，并扩展独舞的内容）。

他必须经过重新塑造，否则这个角色就纯粹是垃圾——他只会是个老套不真实的人物，一个没有生命力的废物。

把角色视作主人公内心的想象。最终，他必须承受莫大的痛苦，在全然清醒的状态下，意识到失去了一切。

一场完美的排练！我们下午休息。

他必须留在舞台一侧，久得让每个人都感到不自在，然后从世界的彼岸冲出来，让所有观看的凡夫俗子都吓得魂飞魄散。而她，保持徐缓的节奏。初始，她必须以冷漠的姿态登场。然后由他，用热情将她融化在舞蹈里。她每脱一件戏服，都必须让人觉得仿佛是在迈向未来的自我。最后，她被从他身旁偷拐走，被夺去生命，幽灵踩着对角线，画出移动的V字。灯光（月光）切不可真正照到地面。弦乐渐弱，不让音乐喧宾夺主。

"万一纽瑞耶夫真的退休，显然，他绝对可以当一名编舞。"一九六六年十二月的《舞蹈》杂志。哈！"他不单是在为身体设计动作，而且是在身体之上进行创作。"

依埃里克看，我对母亲日益加深的思念仅仅因为我距她千里之外（仿佛他一开口，那个满头灰发的维京婊子的鬼魂就仍笼罩在他头上）。在我用力甩上车门、走入车流中后，我突然醒悟到，哥本哈根的路我一条都不认识。我只好回去，不过是和司机一块儿坐在前排。

后来,哈姆雷特(他是多么讨厌这个绰号啊!)爬到床上认错。要让他生气是如此困难,但如果不理他,他会变得急不可耐。

在湖上游船。香槟。烟火。戴项链的汉堡女人:你是大草原上的兰波!

母亲的出境许可证再度遭拒,但这次,刽子手让她签署了一份文件,证明自己没有弃逃的动机。

埃里克等在机场,戴着眼镜与帽子,掩饰身份。

不出几个小时,我们就来到舞池。一个男孩穿着一件雪白的丝绸衬衫与银色的厚底鞋。哇噢,皮卡迪利①!我跟着他走到外面。

其他客人在雨中玩马球,马儿的铁蹄踩踏在花园碧绿的草坪上。埃里克走到我身后,把头靠在我肩上,轻咬我的耳朵。

宴会上(小龙虾配荷兰酱、香烤小鸡、沙拉、西芹浓汤),男爵严厉地看着我们。我对埃里克耳语,男爵肯定是位优秀的骑手,但可能缺乏控制马鞭的能力,埃里克笑得太厉害,把嘴里的果汁冰糕吐在桌布上。

他脖子的凹陷处。我们打起盹儿。

---

① 伦敦市中心的一条主要街道。

坐快艇去加利。埃里克、巴勃罗、杰罗姆、坎佐、玛格、吉莉安、克莱尔与我。玛格整个周末都在与提托通电话。我们决定派船载一个管弦乐队来。他们是群乌合之众，我们把他们打发走，但付了一笔优厚的钱，借用他们的乐器。我们轮流演奏到四点，然后把钢琴拖入屋内，以免沾到露水。（埃里克引诵荷马笔下有关女海妖的诗句。香槟四溢。杰罗姆提议，我用蜡塞住每个人的耳朵，把自己绑在埃里克的桅杆上！）

巴勃罗光着身子，坐下弹奏肖斯塔科维奇（弹得很滥），他的屁股在琴凳上留下一摊汗渍。

一大早，埃里克来看我游泳。我从水下游到礁石旁，探出水面，躲起来。他喊我的名字，很快就急疯了。他在沙滩上跳脚，开始尖声呼救。过了五分钟，身穿睡衣的他纵身跳进海里。直到相隔几米，他才发现我，然后操着丹麦语骂我王八蛋。

我告诉他，我之前看见夜空中有颗闪亮的星星在移动，他说那显然是一颗盯梢我的人造卫星，可能是俄国的。他是在报复，但这个想法令人不寒而栗。

我们在床上阅读福楼拜的埃及书信集。外面是咆哮的海浪。

内裤挂在床的帷柱上。一面生机勃勃的旗帜。

空中小姐让我把穿鞋的脚从座位上拿下来时，似乎一脸不悦，我回道，这是头等舱，莫非她更喜欢我把脚放在别处——比如她的德国大屁股上？

一月六日。向玛格许下的新年承诺：我会把心思从一切事情上抽离，只专注在舞蹈上。

瓦伦蒂娜的课：她的动作像教堂里的祈祷者。在她面前，人几近感到害羞。

一堂糟糕的课，一整天都毁了。后来，演出时，灯光太亮，为避免刺眼，我低头往下看的时间比往常多，我的脚缠成一团。亚瑟高声喊道：尽情享受我们的夜晚吧。杯子险些打中他的头。

（在这样的时刻，我痛恨自己。当一个疯狂的天才，这个主意让人烦透了）

聚会上，培根问我为什么跳舞？我反诘，你为什么画画？他抽了口烟说，绘画是他给予自己灵魂的语言，假如他可以教他的灵魂开口说话的话。对！

*

每晚，他等待出场提示，拉伸，十指交叉。台上，玛格的身体像线轴似的转出一长串希奈动作，横扫，下落，纹丝不动。他摸摸左耳，企求好运，在安静过后又等了片刻，然后从舞台一侧冲出来，飞身腾跃，释放。

音乐深入他的肌肉，灯光旋转，他怒目瞪了乐队指挥一眼，节奏改正了，他继续，先是克制的，每一步都仔细精确，各部分开始协调配合，他的身体柔韧灵活，三个转身小跳，注意落地，他延展身体的线条，动作优美，啊，大提琴来了。光线聚拢，衬衫的胸衣影绰不清。一连串皮鲁埃特旋转。他舒展自如，身体与音乐契合得天衣无缝，他的肩在搜寻另一个肩膀，他的右脚趾与左膝盖心意相通，高度、深度、形体、控制，手腕的扭转，手肘的弯折，脖子的倾斜，音符植入他的动脉血管，此刻，他停在空中，强迫腿脱离肌肉的记忆，最后压一下大腿，拉出更修长的身形，挣脱人体的轮廓曲线，他越飞越高，向着天际而去。

观众身体前倾，伸长着脖颈，张开嘴。他下降、落地，又再度起身，朝她而去，风在他耳边呼啸而过，一团混沌连绵的能量向着她等待的地方而去，侧过头。他的双脚稳稳落在她面前，她接受了他，他将她举起，她轻盈婀娜，她总是如此轻盈婀娜，他避免碰到她的肋骨，排练时那儿受了伤。从他头发里洒出一串晶莹的汗珠。他的脸贴着她的大腿、她的腰、她的腹。他们两人都在燃烧，他们的动作合为一体，一座身体的王国。他放她下来，全场倒吸一口气，他们是活生生的人——一群法国观众，好的观众始终是法国人，即便在黎巴嫩纽约布宜诺斯艾利斯维也纳伦敦，都是法国人——他能嗅到她的香水、她的汗水、她的赞许，他移向舞台左边，退场。现在将由她掌控，她的独舞。他站在黑暗处，喘息，用纸巾擦脸，止住淌下的汗水，他的胸脯上下起伏，他逐渐平静下来，啊，这是黑暗的拥抱。

他一边在松香盘上把鞋底磨毛，增加它对地面的附着力，一边等待她收到属于她的掌声。到时候了，抓住机会，把握它，爆发！

当他从舞台一侧重新登场时，身体已在半空中，以四次原地腾跃，跳到另一侧，一直保持颀长的身形，直至配乐跟上，瞬间结合,肌肉一发力,他用身体横扫舞台,占有它,冲破一切极限。八个完美的十次交织击腿跳,不可思议的奇迹,此时观众鸦雀无声。再也没有身体没有思维没有意识,这一定是其他人所谓的臻神入化之境,仿佛各处的门都已敞开,通往其他所有敞开的门别无一切,只有永远敞开的门,没有门铰没门框没有侧柱没有边缘没有阴影,这是我的灵魂在飞升不受重量之限不受时间之限,时钟的弹簧断裂他将永远定格在这一刻,他举目望着迷蒙的项链眼镜袖口胸衣,他知道它们都属于他。

演出结束后,在更衣室,他们用小题大做的埋怨给彼此前进的动力——你换了香水,你汗流得太多,你的希奈动作惨不忍睹,你错过了出场提示,你在舞台上停留得太久,你做皮鲁埃特旋转时像头驴,我们明天要跳得更好鲁迪——然后,他们一同走出后台的门,手挽手,大笑着,笑逐颜开,一大群人在等着,鲜花、喊叫、宴会请束,他们在乐谱、节目单、舞鞋上签名,但当他们离开人群后,舞蹈仍留在他们体内,他们寻找安宁之所寂静之所,那儿没有时间没有空间只有纯粹的舞动。

*

悉尼歌剧院外人声鼎沸,像要挤爆了。一些抗议者喊着与越南有关的口号。玛格与我假意叫了一辆加长轿车,但实际是自己开车到入口处。当众人发现是我们时,欢呼不止。

洛克·哈德森到演员休息室来,炫耀地敞着衬衣。他说,他在某地拍电影,我化妆时,他坐在更衣室里。他欣喜若狂地找到了一间有全世界最上乘的生蚝的餐厅,他说,如果我愿意,他可以在演出结束后等我。我在观众中瞥见他。他的注意力不在舞台上，正透过望远镜在看某个人。

在餐厅，洛克不情愿地付了账单，因为我带了十四个人一块儿去（哈！）。他去了趟洗手间，回来后重新精神大振。

我们在博物馆的咖啡店就阿尔伯特的冲动发生争执。弗雷德里克提出，直觉是一种借口。他试图引用歌德的话——任何东西，一经被艺术家选为其创作对象，就不再属于自然之物——支持他那套垃圾观点。两者其实毫不相干！

我拿起我的咖啡朝他泼去，但后来，在国王路（却是另一条国王路）尽头的索贝尔旅馆，我想，他也许只是被这项宏大的任务吓坏了。我给他发了一封电报，记在旅馆账上。

舞编得棒极了。（最后他吸取了教训）为说明第二幕，他给我们看了一张翠鸟在啄起猎物前先把它抛向空中的照片，鸟（活的）和鱼（死的）在半空中转出绮丽的弧线。

价值一万八千法郎的波斯地毯。店主看我很喜欢，就说它是我的了——免费赠送。埃里克说，我会做的第一件事是在上面搭建火车模型，完全没那回事。店主似乎心头一惊，自己贵重的礼物遭到糟蹋，于是我说，有个《时尚》杂志的记者要来我公寓，我会提到他这家店的名字。他满脸堆笑，郑重其事地掏出名片。

到了外面，我把卡片丢进排水沟。埃里克骇然发现店主正隔窗盯着我们。

按摩池的女人对我的脚提出抗议，说它们有龟裂，任何带开放性伤口的人都不得入内。我告诉她我是谁，她僵硬地笑了笑，从水里坐起来，没多久就走了。

贝克特在咖啡店的柜台旁。他点头打了个招呼。他正在往自己的白兰地里倒咖啡，而不是反过来。

有人说，我应该抽点大麻烟，等我神魂颠倒时，连碧姬·芭铎都可能会显得滑稽可笑。即便如此，我还是没有兴趣。为什么要丧失心智，乃至更糟的，丧失身体呢？

回到家，我在李希特的演奏里找到慰藉。他的苦难。据说他的手指可以跨到十二度。

玛格的韧带撕裂了。安托尼问她感觉如何：不得不说，很痛。

寻找替补。伊芙林被明确告知，她的表演一团糟，她的动作里痕迹太明显，如果要担起巴西尔这个角色，如果还打算跳舞，她必须至少学会做出一个勉强过得去的大跳。她做了整整一个小时的热身，然后在地板上踩着细碎的舞步走出来。她高高跃起，背向后弯，竟然弯至鼻子碰到腿的地步，就像剪刀的刀刃与把手上的拇指圆孔碰在一起似的。她全身上下仿佛没有一块骨头。接着，她漂亮有力地将两腿啪地并拢。我唯有拍手鼓掌。她拾起自己的包（装满了巴比妥类镇静剂？）离开。

她把围巾甩到肩后的动作之优雅，令我主动想提出以后与她永久搭档，可电梯门已缓缓合上，啊，算了（也许我对她的确有些感觉，但其实我们是苹果与橙子）。

吉尔伯特的电话。以死相胁。如果你不赶快回来，鲁迪，我会在地板与我的脚之间留一道鸿沟。他的太太，看来，已悲伤得卧床不起了。

（我对尼内特说，身为鞑靼人，我花了几个世纪思考地板与脚之间的鸿沟。她反唇相讥道，她是爱尔兰人，已经在空中待了几百年。）

高德史道克夫人简直是 B 夫人的翻版，除了她曾与巴兰钦合作过舞蹈以外，现在，她把足尖鞋藏在冰柜里，仿佛自己有一天会重拾舞蹈似的。她带我逛麦迪逊大道，早晨八点，古董店尚未开门。她说，我想要什么她都会买给我，就算是要空运到巴黎而不是海运也可以。

我提出要六十三街那家店里的那张俄罗斯风格的书房座椅。它的售价大概是苏联人四年或四年以上的工资。后来下午收到购买的确认函。她真是个蠢婆娘！三天里她打了八次电话，最后我用排练厅走廊的公用电话，带着法语口音说，纽瑞耶夫先生已带着她的白色卷毛狗跑了，将它煎炒后，供给所有不名一文、饥肠辘辘的舞团成员享用。

（玛格笑得太猛，开始打嗝。）

后来我一时犯傻，把那张椅子劈成了柴火。我打电话告诉高德史道克夫人，事情的原委是有一箱书从架子上掉下来，压折了椅腿。她叹了口气，说她并不幼稚，但没关系，她理解艺术家的冲动。

事实是：我诱他们上钩，然后锁上大门，笑着离去。不是很有人性，但事实如此。另外一个声音说道：这帮狗杂种，他们的钱多得没天理。

吉尔伯特又打来电话，再次以死相胁。产生了回巴黎的念头，先操他一顿，然后借他根绳子。

玛格很开心自己复原了，她一直暗笑，说着，多么温暖的夜晚啊，问我有没有看见前排的那位老人，他是安东尼奥·贝托鲁奇。

慌张失措的蟑螂（毕竟这是纽约）爬过松香盘。我用玛格备用的足尖鞋把它按住。乐队正在调音，将她的尖叫声掩去大半。
但当我把那只死蟑螂从幕布下弹到倍低音弦乐器旁的乐池里时，她还是笑了出来。

古拉米医生说，这样荒唐危险，但我还是发着烧把舞跳完了。令人难以置信，连舞台工作人员都暂时放下扑克，来看那场独舞，许是等着我昏倒，可我跳得比以往更好，我能感觉到高烧从我身上发散出去。事后我的体温几乎恢复正常。古拉米困惑地站在那儿。舞台工作人员给了我一包冰。

肺炎。埃里克在我胸口涂了鹅脂。不到两天就痊愈了。

电话里母亲的声音苍老哀伤，即便当我告诉她鹅脂的事时仍旧如此。她在咳嗽。事后我去散步，沿着门多西诺的悬崖边。海豹正从水里游上来。(后来，索尔打电话来说，他在黄金市场上将我的钱几乎翻了个倍。他把我的沉默理解为高兴)

起先埃里克跳得一塌糊涂，不过后来，他在空中的前后交叉腿做得很美，一点也不失精准，我心想，我们每个人都守着某些秘密，不是吗？在做八次交织击腿跳（敲打八下落地，脚前后换位）时，他在半空中停留了一秒。辉煌瞩目。能感觉到观众都在紧张地往前探身（你可以从人们的肢体反应中判断一支舞蹈完成的优劣）。我第一个站起来喊安可。接着整个剧院都欢声雷动。埃里克微笑着，牵起瓦奥莱特的手，一同鞠躬。

他在后台听李斯特的第一钢琴协奏曲，是李希特与孔德拉辛及伦敦交响乐团合作演奏的。我们喝了伊甘酒庄的葡萄酒。看似是个完美的夜晚，可当他脱下舞鞋时，他表情痛苦，开始粗暴地搓揉他的双脚，接着说，他觉得自己可能在完成一个特别的大双足跳时削掉了脚趾的一块骨头（李斯特曾经在左手有一处轻微骨折的情况下弹奏钢琴，他说，他能真切地感觉到音符在他骨头之间跳动）。

没有骨裂或骨折，但在医院，医生告诉埃里克，他的脚废了，年老时，他可能无法正常行走。埃里克耸耸肩，笑道：啊，好吧，那我就只好一路布列①了。

埃里克说，表演完后，那种与自我的疏离感日益加剧。他独自坐在更衣室，精疲力竭，却仍沉浸在角色中。他更换衣服，对着镜

---

① 指芭蕾中细碎的舞步。

子，看见的只是一个幻影。他必须盯着看很长时间，直到最后认出一个老朋友——他自己——为止。只有到那时他才能离去。

一套罕见的巴什基尔木雕：八千法郎。

想到他们坐在乌法，干面包和罗宋汤，一杯伏特加，母亲在缝补她的蓝罩衫，塔玛拉从市集回来。我涌起莫大的负罪感，但有什么可以做的？

当伊莱娜（她是多么美丽）初到法国时，她靠给比她早来的中产阶级家庭缝制结婚礼服为生。后来她讲起她从基辅坐船到君士坦丁堡的经历——船上满载了逃亡的人，携带着他们最珍贵的家产，稀奇古怪的物品，灯、拆信刀、家族的饰章。途中大部分时间她都弯着腰，直不起身，由于天气恶劣，多耽搁了许多天，接着她说——语气相当愉快——自那以后，她总觉得万事万物中都有水在流动，尤其是历史与小提琴里。

他金发，瘦削，年轻，像个大男孩。有时这样的美貌令我反观起自己，但我无所畏惧，他是坨屎，舞姿笨重得像灌了铅。

当他（如预期的一样）连舞团都进不了时，三番两次地精神崩溃。我还想再安慰他，可我不能一辈子让阴茎牵着走，这是克劳黛说的，诸如此类的意思。喔，不能总这样！怎么让他明白，他需要更有野心，加入舞团还不够，锣鼓里的一粒空气分子，注定只能小打小闹而已。

他坐着，头发垂在眼前，无疑是在模仿。我答应帮他。在排练厅，需要有人说服他相信慢板动作的重要性，落地时要给予足够的控制，仍旧保持利落的姿势。他还是不肯听，直至我爬上窗台，跳下来，落地，纹丝不动（我是多么讨厌那铺了亚麻油毡的地板）。

我看着他一而再再而三地失败。怎么办？他的灵魂里缺少火花或刺激。他最后说：我累了。我告诉他，他现在走的话，等于是在砍断自己所坐的那根树枝，可他还是走了，手指钩着舞鞋的绑带。

他想写一本传记，但我该对他说什么，他是坨屎，他满身大蒜味，他舞带上的腊肉太多，他大脑迟钝，毋庸置疑，他肯定能进猪头博物馆。在向他说明这一切（！）后，他告诉我，假如我腼腆些，有礼貌地倾听，那我会好得多。我回道，没错，其实我盼着等死。

（吉莉安说，我讲脏话的习惯，用英语法语鞑靼语俄语德语等等，已变成一种病毒。）

我带着尤丽娅的信去杜伊勒里公园，坐在一张长椅上。那封信被折了许多次，转了许多道手，先寄给伦敦的玛格，后转给巴黎的奥地利使馆，再从那儿到吉莉安手中。

尤丽娅的信写得庄重迂回。她想写信想了一年，但由于部分原因而耽搁了，这些原因已不再重要。她的父亲，她说，被发现死于乌法的家中。塞尔吉一定知道自己走到了人生的尽头，因为他当时戴着帽子，他从来不在屋里戴帽子的。他手里握着笔，胸口放着一本笔记本。他留下一封信给尤丽娅：不管我们在这个世上感到何种孤独，当我们不再孤独时，这种孤独感一定会得到理解。他说，他毫不畏惧死亡，没有什么可以让他害怕，为什么要怕，他即将与安娜团聚，他对她的爱始终不渝，即使是在那些痛苦黑暗的时刻。

我坐在长椅上,阳光火辣辣地照下来。无尽的悔恨。

在李希特诠释的普罗科菲耶夫的第二号钢琴奏鸣曲第三乐章中结束这一天——行板,布拉格。李希特是以怎样的心情把这份才华贡献给全人类?

上帝,如果他真的存在的话,一定会造访弗吉尼亚这个崭新的农庄。早晨,空气凉爽清冽得让每个人胃口大开。马儿飞驰嘶鸣。日光通透金黄,树木苍老遒劲(这不是我年轻时想象的美国)。

我去骑马。那匹棕色的母马突然拱起马背,把我甩到地上,它立起来,两条后腿一前一后,简直像是在做阿拉贝斯克,接着,它猛然垂下头。它的鬃毛碰到我的脸。我叫它尤丽娅,并无特别的原因。

派对上,喝了太多酒,我突然冒出一个念头,随着人生的进行,每个人,不管是谁,都有一个替身(这也许是因为遭到突如其来的困难所致)。我环视房间,看见塞尔吉正站在自助餐台旁,少了他的帽子。他在与塔玛拉(只是她从未穿得这么考究过)说话。父亲坐在角落。我搜寻母亲,发现某个人隐隐有些相似——来自科罗拉多的李的老朋友,不过母亲现在的头发要更加灰白。一名年老的波兰妇女让我想起安娜(一趟往返于冥河两岸的怪诞之旅)。

当我望见塞尔吉的替身朝安娜的替身走去时,我脖子上的汗毛竖了起来。他把外套搭在手臂上,甚至还拿着一顶帽子。

等到搜寻我自己时,我发现,一个人也没有。

更衣室里：整整一公斤的黑海鱼子酱，十二束花，包括一打百合。塞尔吉，老家伙，我想念你。

欧纳西斯雇了两个年轻人清洗白裤子、白衬衣、白帽子、白袜子、白内衣、白马甲，白的一切。那个黝黑的希腊男孩从甲板上冲我微笑，说他想送一点私人的东西给我当生日礼物，他几乎不敢相信我二十九岁。

庆祝结束后，我借口脱身，来到甲板下。男孩正在走廊尽头等着，只穿了一件T恤，香烟卷在袖子里。

与索尔联系：当我的祖国是个旅行箱时为什么还要交税？

在圣马丁门剧院《青丝》的幕间休息中，她凑过来随口问道，我是否听说了吉尔伯特的事。

他用我的一双旧袜子堵住排气管，开着汽车引擎。他的妻子在车库里找到他，莫扎特放到最响，身旁一个安眠药的空瓶。

雅克表示，他喜欢共产主义的地狱，远大于资本主义的——共产主义者必然会有燃料短缺的问题！

后来晚上，他想出一个点子，一部以柏林墙为题材的芭蕾舞剧。他声称那堵墙是一天之内建起来的（这是真的吗?）。一位俄罗斯泥瓦匠跌进灰浆里，没有被拉出来，因此他的尸骨仍在支撑着那道墙。

他说，俄罗斯泥瓦匠的恋人（叫她卡捷琳娜）沿着墙，抚摸每一块砖，试图找回她死去的心上人的灵魂。她怎么都没料到，自己爱上了墙另一边的一名美国兵。然而,要翻墙到那名士兵身旁,她必须冲破自己俄罗斯恋人的遗骸(用舞蹈表现墙与墙两边的恐惧)。最后,那位美国青年翻墙来找她,跨坐在砖砌的墙头上时被枪打死了。

(没有垂死时的坠落。)

一个荒诞不经的点子,但我们都醉了。

传闻萨沙在列宁格勒发掘了一名年轻的天才。埃里克说我脸色煞白(什么狗屁话)。不管怎样,倘若这位天才真的到西方来,他只会激发我朝更高的目标努力。

玛格去世前,她说,她只企求有一场演出可以供她回味想象,一场完美的演出,惊世骇俗、美丽绝伦到让她能够在脑中重新体验里面的每一步。

她没有说是哪一场,可能甚至是她还没有跳过的一场。迄今,她说,她可能有八到十个的选择。

也许她是对的,若果真如此,那么至少有一场是在基洛夫剧院。我的腿仍能感觉到地板的倾斜。梦见我光脚踩在松香盘里。(萨沙:你会永远向往自己跳第一支舞时的纯真)

\*

她坐在旅馆昏暗的房间里,一名少女走进来,微笑着拉开窗帘。下午好,女孩说,与您约好的会面都在这儿进行。她把一盆插花放在桌上,玛格等待一连串活动的开始。

窗外是另外一座城市，天空、阳光、玻璃，但玛格记不太清是哪座城市。她脚踝的伤好了，虽然还打着绷带。早先，在她与提托通电话时，提托再度提起她是时候该退休了，她已经拖着身体在全世界的舞台上跳了三十五年，现在她应该歇息了，回巴拿马的农场吧。

提托，东奔西走的提托。提托，调情的提托。提托，她仰慕的男人，如今在家里坐着轮椅，只剩下转动眼珠与挥手。

她回想起一个星期前站在楼梯下，他对她说他仍爱她。当她用同样的话回答时，他的脸仿佛一层层剥落，他们在和自己的人生赛跑。在床上，玛格将他的身体摆到合适的位置，让他能依偎着她的脖子。她睡不着，于是起身，在门旁站了一会儿，聆听他粗嘎的呼吸声，不知不觉被他身体的姿势打动。当她把看提托睡觉的事告诉鲁迪时，他深表理解，他能洞察到她会变得多么沉静脆弱——像这样的时候，当鲁迪对她好时，他保护她，他们的舞合作得很顺利。

屋里开始挤满了赞助人、公关人员，还有一位记者。零星的谈话，温雅善意。但一个小时后，玛格宣布她累了——上午大部分时间她都在和鲁迪上课——当房间里的人终于都走光后，她在床上拉起被褥睡午觉。她的梦冷酷无情，里面布满提托的身影，梦到他推着轮椅过河，但水流太湍急，轮椅被卡在一个地方。

一声雾号把她惊醒，此刻她记起：是温哥华，夏末。

就在这时，她听见隔壁房间传来鲁迪与另一人做爱的声音，那响声骇人、猛烈、亲密。她整个人被撞得失去平衡，通常他们从未住过相邻的房间，这是他们之间的一个习惯，于是，她把电视开得很响。

先是越南的报道。接着是一部卡通片。她按按钮，找到一出肥皂剧——一个女人轻松大步地走到房间另一头,掴了另一个女人一巴掌。

节目中断,她听见隔壁一声呻吟,接着是丁零当啷的广告。她在浴室里放了热水,加入花草粉末。最近几个星期玛格练得很辛苦,超出以往的极限。她从日常的举止中感受得到这种剧烈程度,无论是抬手腕看表或把叉子拿到嘴边。她觉得这真不可思议,身体施与意识的,和意识施与身体的,一方说服另一方相信掌握控制的是它。

有些日子,她认出私下埋葬自己身体的墓地,长满茧的脚趾,这么多年向后拉扯头发时引起的头痛,膝盖的坏损,可是,即便年轻时就知道自己将来的人生会怎样,她也不会在乎,无论如何,她都会跳舞。

她躺到浴缸里,把头靠在浴盆后端。隔壁的声音呈现出一种新形态,低沉但强度增加,由于模糊不清而更刺激人心。她在耳朵里塞了两个棉球,于是响声消失了。数年前,与提托在一起时,他总喜欢在做爱时开着窗。

后来她醒来,有人从门框边缘大喊她的名字,玛格,玛格,玛格!她睁开眼,从浴缸里坐起身,周围溅起一片水花。她闻到烟味,立刻知道是谁。

她取出耳朵里的棉球,说:我刚回到自己的巅峰岁月,埃里克。我在做梦。

可结果是鲁迪,不是埃里克,他拿着一件敞开的浴袍走上前。她从浴缸里起身,他把浴袍披在她肩上,亲吻她的前额。鲁迪身后站着正在抽烟的埃里克。她感到一阵暖意,这两个漂亮的男人在宠爱着她。

我们打了电话，埃里克说，他深深抽了一口烟，可没有人接。鲁迪怕你溺水。

*

杰格拼命对我说，观看舞蹈让他有种不真实的感觉——他不想要豪饮，不想要吉他，什么都不要（玛丽安把他带走时，我能听见他腰间发出的尖叫）。

店员看了一眼，摊开手臂，说他有一条红色的瘦腿紧身裤，最适合我。

迪斯科旋转的灯光。我们找了一个卡座，点了两夸脱香槟，我们笑得多么开怀！劳拉是里面最滑稽的人。她明知埃里克的存在，却仍说出我的嘴唇性感到放荡不羁的话！我告诉她，我愿意娶她。她讲了法国护士的笑话：翻个身，先生，我得给你打针。后来，当其他人都在跳舞时，她凑过来，一头长发垂在我腿上，她在众目睽睽下搔弄我的卵蛋！

她的祖父是莫斯科人，但在革命前就移了民，靠卖回形针发了财，她说。（这个疯狂的国家。）现在她拥有四栋房产，而且不同寻常的，有六个游泳池。她轻声说，她喜欢裸泳，好像当我猜不到似的。她醉得说出她想设计一出裸体芭蕾舞剧——奥菲斯降临（!）——幕布拉开，舒缓的大提琴，柔美的月光，接着，到处都是甩动的阳具。我告诉她，我愿意跳这支舞，只是我不想打伤我的大腿。当我解释完这个笑话时（蠢妞），她把酒洒在连衣裙的前襟上。

她说，活着是面包，对，但性（至少至少）是酵母。

罗莎玛丽亚出现在门口。我当即认出了她。红色的绸缎连衣裙，头发上别着白玫瑰。当她张开双臂，从房间一头向我奔来时，埃里克轻推了一下我的手肘。我抱起她转圈，她的脚一时被桌布钩住，但她在还没停下前已非常优雅地把脚解了出来，然后亲了我一下。

当我们向外面的阳台走去时，每个人都定睛看着，特别是埃里克。温暖的夜晚，蝉鸣声声。把你的境况一五一十都告诉我，我说。可她想谈的是我，我的成功，过去的岁月。我苦苦哀求她，在费了许多甜言蜜语的哄骗后，她告诉我，一九五九年她回到智利后，嫁给了一位年轻的记者。这名记者在政坛平步青云，最后死于一场车祸。她搬到了墨西哥城，就这样。她跳了六年舞，直到脚踝撑不下去。她说，她想再与我跳一次舞，只要一次，但她还没有蠢到看不出，就我而言，那仅是出于同情而已。

埃里克走出来，拿着三杯香槟，我们一同干杯。最后，罗莎玛丽亚被一位相貌英俊、头发灰白的墨西哥作家缠上，他把她笼于自己的目光下。我们互道晚安，她拭去一滴泪珠。

他粗哑的男中音，倔强的面孔，头发垂在眼前，他醒来，我叫不出他的名字，但我记得他说，有人可以活得那么卖命，让他大为惊诧。一整天都在做爱、排练、做爱、演出，接着又是做爱（幕间休息时还有一次）。

他下床，满心欢喜地为我沏茶，五块糖，在装有闪亮的黄铜水龙头的爪足浴缸里放好滚烫的热水。他坐在边上，洒下芬芳的浴盐。一丝不苟。事后我随即走了，还是没记起他的名字。

埃里克在旅馆前台留了一张纸条。你这个混蛋，字迹颤抖得厉害。

您有后悔的事吗，纽瑞耶夫先生？

当一切说出做出以后，我不会想拿任何东西去交换我说过或做过的事。如果你回头看，只会摔下楼梯。

这席话很有哲理。

我识字。

第五大道上，一群人的头转得像田野里的向日葵。沃霍尔喊了句该死的，然后招了一辆出租车。他说，那是辆吉普赛人开的出租车，车费贵得惊人。他拒绝给小费。待我们停下时，司机朝窗外吐了一口痰，差点落到沃霍尔的鞋上。安迪是个自以为是的白痴，不过他说，将来有一天他要为我画一幅素描。

他的办公室里有一批情欲蛋糕店放在那儿寄售的蛋糕。他递给我一个多纳圈，然后企图拍照。我必须夺下他手中的照片，他也许会拿去卖几千块钱。他在办公室里乱跑，拼命躲我，穿着他鲜绿色的长裤，疯狂地尖叫。

最后他跑进里屋，那儿地上有两粒巨型的黑白骰子。六个面上分别写着字。第一粒是：你、我、他们、我们、我们、小丑。第二粒骰子上是：操、吸、吻、撩拨、打手枪、小丑。玩的办法是，滚骰子，凑出匹配的词。我们撩拨。你吸。他们吻。碰到小丑，这个人可以做任何想做的事。沃霍尔把这叫作人体扑克。他说有无穷无尽的组合，但至少要八个人才能玩，否则会很无聊。

我说他应该把这个游戏编成舞蹈。他尖叫道：说得对，说得对！然后在笔记本上涂鸦了一通。这混蛋可能会把它放进电影里（不加出处）。

我掌掴她的声音响彻整个画廊，传到外面的第五大道上。毕竟是她在我想专心看画时死缠着要我签名的。画廊的主人过来，但我拒绝让步。我的手足足灼痛了五分钟。其实我真的很想道歉，但就是做不到。

吉莉安说我应该改掉这种不肯低头的臭脾气，该长大成熟起来。我宣布解雇她，她说：又来？她开始给自己的脚指甲涂上鲜红的指甲油。

幸好挨了巴掌的女孩是个有远大抱负的芭蕾女伶，考虑到自己的事业，她不想提起控诉，但吉莉安坚持我们要想办法降低不良影响，以免这件事情上报。

提议的设计方案：

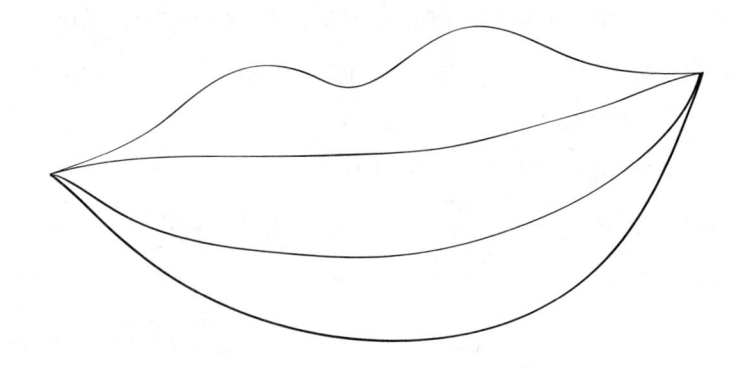

从嘴唇中间跳过时，我需要有六个舞台工作人员帮我减轻下落

的冲击力。《邮报》说那是有史以来芭蕾舞中见过的最令人惊骇的退场。（当然是屁话）照片是某个白痴拍的，正好抓到我背部弯折、身体线条走样的一瞬。不过，这还是令观众看得如痴如醉，他们高声喝彩。（在场的，有波兰斯基、泰特、赫本、亨德里克斯）

评论都赞好，除了克林特，他把这一切称作一种病态的创意。（混账）

八卦版上出现一则故事，附有一张我与亨德里克斯的照片。鲁迪与吉米做皮鲁埃特旋转。他的手指甲因吉他弹得太多而发黑（可能染有暗褐色的血）。在夜总会，他消失在大麻烟的烟雾中，而随后出现在舞池里。我被一打扭来扭去的女人围住。一个高挑的黑人男孩加入我们，他穿着皮夹克与机车靴。我们脱身来到院子里，狂欢开始。

举行了生日庆祝会，结果却什么也记不起。三十一岁。玛格买了一个漂亮的水晶高脚杯，埃里克给了我一块古驰的手表。我唯一想做的是在海滩上散步。圣巴特岛上的星星似乎与乌法上空的差不多亮，我在冰上挖洞钓鱼的情景，恍如隔世。

豹皮靴！长及大腿！模仿崔姬的风格！在后台，有人告诉我他们淘气可人。到了棚吧，在轮番勃起的夹攻下我动弹不得。我看中一个男孩，他仿佛集两类不同的人于一身，双面神，从右侧看容貌俊美，但从左侧看有道丑陋的疤痕。早晨，男孩一直努力把好的一侧脸庞展示在我面前，我感到厌烦，遂把他赶了出去。

母亲说，乌法上空的雪掩盖了所有别的响声。塔玛拉总说，她想要读懂我，读懂我的人生，可她那么愚钝，怎么读得懂我呢？谁都做不到。

埃里克抱怨我每天说的废话越来越多。好像他没有似的。他说，我应该只做那一件我通晓的事——即，在属于我的神圣空间里，在台前，活动。

他讨厌我所持的舞蹈让世界更美好的观点。婆婆妈妈，他说。我想提出一番有关美的论述，可埃里克（他把时间都花在看来自越南和柬埔寨的新闻上）说，对于自焚的僧侣和透过镜头看世界的摄影师而言，舞蹈改变不了任何事。

你会为自己信仰的某些东西而自焚吗？他说。

我问，假如我着了火，他会不会把手指按在快门上不动。起先他不肯回答，但后来他终于还是开了口：当然不会。

我们争执不休，直至闹钟铃响。我告诉他，我早就在放火自焚了，难道他没看出来吗？他叹了口气，背过身，说他厌倦了这一切，他只想在丹麦海边有间小屋，让他可以坐在那儿抽烟弹琴。我啪地关上门，对他说，操你自己去吧。

他在我身后大吼：对，那说不定更讨人喜欢呢。

我回道，他绝对收不到一声安可。

冰袋不是硬的，艾普森浴盐化没了。我真想把那个小冰箱扔出窗户。唯一的阻碍是下面一大群欢呼的舞迷。

玛格继续以退休相威胁。她清楚地察觉到，例如，贝缇娜的影响力，亦有乔伊斯的，甚至是亚历桑德拉的，乃至可能还有埃莉诺的。然而每个舞伴都无一例外地让我重新回到玛格身边,她磁铁般的吸引力。电话里,她说她整个人像被撕裂了。一方面,她说提托需要她。另一方面她需要钱。(而且她怕自己会枯萎)

埃里克是对的,尽管我冲他大吼大叫,摔花盆,险些击中他的头。没错,我可能一直以来都跳得很糟。他妈的!

不过,新来的按摩师也许可以让我好好纾解一下。他曾指出,身体里有扳机点,他可以移除那儿的压力。他把压力巧妙地转到身体其他部位,让其在那儿消散。(当然,在短短十四天跑了六个国家后,我在沙滩上终于感到放松)在我认识过的人里,埃米利奥的手最有劲。

我开始逐渐厌恶餐厅里的起立鼓掌,多么幼稚。

维克托疯狂下流可爱,一个会行走的祸害(丝绸长袍加鸵鸟毛),可没有谁让我笑得如此开心。他组织的派对主题是纽瑞耶夫。他说,全纽约的发型师都被订满了,连戴安娜·罗斯都必须通过贿赂才把头发做好(后来,她对我说,我果真才华非凡)。

昆汀·克里斯醉醺醺地在我耳边低语:我是属于每个男人的男人,属于到无法成为任何男人的唯一(我确信那是他从哪儿剽窃来的句子)。

我告诉她,如果她继续她的事业,那么至少,她可以吻到癞蛤蟆。能听见她在排练厅外啜泣的声音,有人跑去给了她一支烟。吉莉安说，香烟可以让任何人止住哭声。一个念头：应该不顾礼节地把一包包香烟塞进歇斯底里的女人、舞者、恋人、会计师、舞台工作人员、海关人员等等所露出来的任何空的洞眼里。

演出中错误百出。糟透了。动作纯粹是一团屎。他不会编表现拉丁人纵酒狂欢的舞蹈。进场时，我应该像火一样在台上燃烧，仿佛那是真正的天地之始。打开身体的窗户，从那儿构建起神秘的世界。

百老汇，前排。那场戏是垃圾，但埃里克说我们不能走，人们会议论。我假装牙疼，起身离开，但后来返回去参加晚宴。男主角问我牙齿有没有事，我遂咬了一口他的手臂，说没事，看起来已经好了。

整晚，他都带着手臂上的绷带走来走去，把衣袖捋得高高的。

吉莉安问我，做完爱后怎么还跳得动舞，我只能回答，不做爱才跳不了舞。（唯愿幕间休息能更长一些就好了！）

派屈克把针打在脚趾之间，这样就没人能看见那些针眼。上台前，他割破自己的手指，在伤口撒盐（加剧疼痛），让自己从麻木中醒来。

在卡斯特罗街角的酒吧，我把自己吊在阳台上，男孩拉开我裤子的拉链，静静施展他的神功。他与埃里克一样高，也是金发。在阳台上挂的时间太久，害我差点拉伤一侧肩膀的肌肉。我提议我们回酒店睡个友爱的小觉。

卡诺瓦的雕塑：四万七千美元。（高德史道克夫人！）

沃霍尔说，迎接我三十二岁的生日，将宛如罗马帝国的末日。为此他订了一个红色、塑胶制的护身三角绷带，他可以将它妥帖地穿在长裤外面。

我禁不住想到，他会逐渐被人遗忘。他的风头正日趋式微。（与他厮混，如同吸食那些荒唐的春药一样）

在晚宴结束后继续举行的派对上，冰雕开始融化。有一个烤成屁股形状的蛋糕——疙疙瘩瘩的果仁糖浆和富有创意的糖衣。我吹灭三十三支蜡烛（一支代表幸运），谁料，穿着燕尾服的杜鲁门·卡波特跳到桌上，扔掉他的白帽子，把脸扎进蛋糕里，抬起来时模仿出牙齿间有根阴毛的样子。

维克托虚脱昏倒，被急速送往医院。后来，他走进五十四号工作室酒吧时，手臂上还打着点滴。他推着挂吊瓶的金属立架，在旋转的灯光下经过舞池。不一会儿，每个人都在欢呼鼓掌吹口哨。

维克托鞠了一躬，选了最里面一角的一个卡座，调整好输液袋，尽力在自己再度昏倒前请每个人喝一杯。（假如他能看见把他抬出去的人不是别人正是斯蒂夫的话，他会巴不得再昏倒一次）

玛格说：放慢点。

我告诉她,那些数不尽的小魔鬼(性、金钱、欲望),就算联合起来对付舞蹈的天使,我也完全不放在眼里。

萨沙倒在公园,似乎是这样。心脏病发作。今夜,我留到很晚,把每个人送回家,用舞蹈让他活过来。

信步走入一间院子,巴黎最后的铁匠在给当时他的第一匹马钉蹄铁。他允许我坐在墙头上看他。马腿在他手中,脚掌迸出火星。

给谢妮亚的电报与花。

他妈的!脚踝就好像从我身子下滑了出去。(许多年前萨沙说过:什么,你和你的身体不再是朋友了吗,鲁迪?)三个月的恢复期,埃米利奥说。准确地讲,四天后我就可以把拐杖扔进中央公园。

(实际上三天!)

漫长的两周,在圣巴特岛养伤。没有电话,什么都没有。热得要命,雨水在落到海面之前就蒸发了。树丛里飞起密密麻麻的黄蝴蝶。世界如此遥远渺小。

当地人日出而作,打理他们的花坛。埃里克说,老人过得比花儿幸福——他们要做的事更少,可以随心所欲地挪到荫凉处去。(这话说得真奇怪)

晚饭后,他在浴室里呕吐。食物中毒,他说。女佣帮他擦干净。他的随身用品里有多瓶止痛片。我们在床上背对背。他磨牙踢腿。到天亮时,汗水把床单都濡湿了。

塔玛拉的照片。丰满下垂的乳房,矮胖的身躯,短小的腿,她变得多像俄罗斯大妈。

重复二十四次，而不是十二次。埃米利奥增加了负重，他每天测量肌肉的力度。我们在街上行走，我的脚踝上绑着重物。囚犯之行。很快能重新跳舞。他以前从未见过有人恢复得这么快。

每天上午全是做按摩。腰间的伸缩。躯干的旋转。后腿腱。最重要的是大腿与腿肚子。他让我把脚挂在桌尾，防止抽筋，一旦我想在这特殊的按摩台上看书，他就火冒三丈。

他说，不管我在读的是什么，他只要用手摸着我的脊椎就能说出里面的情节。

那条腿也许比以前更加有力。维罗纳的观众在星空下起立鼓掌，持续了二十分钟，即使后来中间下了一点毛毛雨。没有埃里克的消息。《芝加哥太阳报》说他面色苍白，在退出演出时，声明里说的是肠道型流感。

据玛格计算，我们一起总共跳了近五百场，她说，让这见鬼去吧，她要继续跳，她要朝七百努力，一个幸运数字！

埃米利奥治疗失眠的方法：在手腕上浇水，用毛巾轻轻拍干，回到床上，在腋下把手烘暖。

这肯定是我们最后一次争吵。每件瓷器都摔得粉碎，除了埃里克抱在怀里的那个茶壶。他在门口点了一支烟，仍死死抓住那个壶不放。当我转过身时，他把茶壶掉在地上，连一点表情都没有。再见了。一个惨烈的结局。

吉莉安说这是不可避免的。我摔下电话。不需要别人来告诉我。玛格在巴拿马陪提托。无人接听。维克托千里迢迢坐飞机赶来，当我的听众。我感到天旋地转。

试图打电话给母亲，但所有线路都瘫痪了。

二

从围巾开始，在巴克街的米索尼店买的深色款，渐渐的，经年累月，与那些店主混得很熟了以后，他们专门为他在星期天上午营业。围巾的颜色变得较为鲜艳，图案更多，后来，当他名声大振后，围巾成为一种广告，不用付钱，把其中一些偷偷寄回家给姐姐和母亲，她们觉得太花哨俗艳。在伦敦，萨维尔街的一位裁缝为他做了一件高领的紧身短上衣，尼赫鲁式的，与他上学时穿的大同小异，只是质地是开司米山羊绒，他开玩笑说，这正是他内心的感觉，看——是——米（钱），听起来像是三个字不经意地撞在一起。在维也纳，他买了一座洛可可风格、威尼斯慕拉诺玻璃所制的枝形吊灯，有五十五个灯管，二十只备用灯泡。在开罗，他找到一双波斯古董拖鞋。在莱森，他跪在一位摩洛哥盲人为他编织的地毯上，向他讲述列宁格勒那位专心倾听地板声音的编舞者的故事。摩洛哥人深爱这个故事，把它复述给其他客人。于是，这个故事像长了脚，走进千家万户的客厅，在反反复复的转述中改头换面，编舞者变成莫斯科的舞者，或西伯利亚的乐师，甚至变成又聋又哑的匈牙利芭蕾女伶。于是，许多年后，当他听到这个完全走样的故事时，砰地一击餐桌说："胡说八道！那根本就是胡说八道！他是列宁格勒的，他的名字叫迪米特·亚赫门尼科夫！"吓得全场人都噤声。

他买了古老的英式书架和折叠桌。有数百年历史的罗马尼亚玻璃器皿。奥地利的一套皇家餐具。一张阿根廷的折叠书桌。巴伐利亚一间教堂的彩绘玻璃。从捷克斯洛伐克走私出来的铁十字架。梵蒂冈城一位艺术家做的一套耶稣受难十字架。来自智利的一面有精美雕花的镜子,他将它送给一名来自圣地亚哥的舞台工作人员。他得到三十年代为薇拉·奈姆特西诺娃写的乐谱真迹,细心钻研到深夜,教自己怎么读谱,怎么哼着它们度过偶尔失眠的时光。他订购了墨西哥城一名苏联流亡者绘制的地图,巴什基尔共和国岿然位于正中,乌法城终于在地图上为自己找到了一席之地。为每个属于他的家的地方绘制一张地图,最终凑成七,他的一个幸运数字。这些地图挂在镀金的镜框里,用了一种特殊、无反光的玻璃。在雅典他买下一件一世纪的古罗马大理石雕塑,波留克列特斯的《戴王冠的人》,身体的肋骨处有些许瑕疵。在他弗吉尼亚农庄的陈列柜里,摆着来自加纳的珍贵木雕。他买了奥尔嘉·斯帕丝维切娃的舞鞋,将它们拿给自己在科芬园的鞋匠看,他从那鞋上琢磨出一种新的针法。在纽约的麦迪逊大道,他为一幅查尔斯·梅尼埃的油画《捍卫青春抵抗爱情的智慧》讨价还价。他宁可自己把画搬回达科塔的公寓,而不肯多付几百美元的运费。

　　古董手风琴,小提琴,大提琴,俄罗斯三角琴,长笛,提琴类乐器,一架威廉·克纳贝公司的桃心木三角钢琴。

　　在斯德哥尔摩他买了一块装在玻璃盒里的珍稀的菊石化石。在奥斯陆,一个乔治·科福德家具公司制作的橱柜。在罗马,他展开中式的壁纸装饰画,画的是打仗的场面,背景上有鹭鸶、树木、庙宇。这些画被运到他位于卡普利附近的加利岛上的住处。他特意去了一趟尼斯,买回一系列尼金斯基的照片,这样他可以研究那些姿势,重新编排舞步,因为没有书面的记载。他从布拉格一位玻璃工匠那儿订购了手吹的灯具。一名从事图书交易的澳大利亚女子固定给他寄来初版的经典名作,多数是俄国作家的。在新加坡,他从一个商人手中抢救下一座落地式的大摆钟。他从新西兰弄到一批原住民的面具。在德国,他买下一套完整的、曾被一位皇帝用过的餐盘,镶金边的骨瓷。他从加拿大定制了一个雪松衣柜,因为他不喜欢用樟脑丸,他听说那儿有一片特别的树林,里面的雪松是最好的。他让夏威夷的鲜花直接空运到他伦敦家中。在以精通和崇尚模型而著称的威尔士,他得到一套卡迪夫的工匠卢埃林·哈里斯为他制作的玩具火车,仿造得极其逼真,当他把它们摆在地板上时,会偶尔想起自己六岁时坐在山头上对着下面的乌法火车站,等待。

# 第三部

在经过了势不可挡的
喧沸后你必须学会应付
滴滴答答的水龙头。
——吉姆·哈里森,《河流的理论与实践》

一

纽约，一九七五年

　　它是你在这座城市部分地区所发现的那些无情的街道中的一条。日光依旧在与昨夜的黑暗缠斗，才向晚时分已有了宵禁的感觉，白天产生的垃圾无精打采地飘零，鸽子了无生气地栖息在有勾花的护栏网上，交通瘫痪，车流喷出呼呼的尾气，污浊不堪的店面，昏暗，鬼影幢幢，第十一街与C大道，下东城区，随处是海洛因与自杀的人。但维克托轻松地突围而出，身体在人行道上移动，将行走变成一种舞蹈。从肩部的对称转动开始，其完美程度连黑人都难以企及，耸起一边的肩膀，画出长椭圆形的曲线，接着另一边，像被啮合的轮齿连接在一起，先左边后右边。但不止肩膀，这种转动还下移至胸口、肋骨，传遍身体余部，直抵脚趾——上帝把我造得那么矮，让我可以在膝盖不受损的情况下把篮球运动员撞飞！——接着再度往上，在腰部稍作停歇，没有一丝张扬的痕迹，无需惹人注意。走路仅仅是在向他的裤裆致敬，因此，假如你正坐在褐石门阶上，不管是嗑了药还是宿醉，或两者兼有，你抬起头，透过垃圾、尘垢，以及其他上千种日常生活中严重到难以启齿的苦痛折磨，望见维克托一路走来——他看起来像是历史上第一个吹口哨的人——穿着他的黑色紧身裤与亮橘色衬衣，一头黑发梳向后面，雪白的牙齿掩在一簇黑色的小胡子底下。他的身体处于一种既非爵士亦非放克、既非狐步亦非迪斯科的扭动中，它从头到脚只属于维克托，一定是他生来就掌握的一门技艺。他边走边笑，咯咯咯的笑声先扬后抑，一种维克托式的笑法，突如其来，好像身体刚对他讲了一个有关他自己的小笑话。你注视着他，一整天的光阴在不知不觉中溜走，闹钟停止，吉他齐声合奏，空调发出小提琴似的哼鸣，垃圾车的响声宛如长笛。你坐在台阶上，像生了根，维克托朝趴在窗口的其他扮装皇后①挥手。满目是假发、羽毛，欲望横流。他拧碎一支香烟，或系好鞋带，或在玻璃窗上轻叩几下，用的是一美元的硬币，故而响声富有穿透力，回应他的是口哨与嘘声。

维克托在六年前就名声大噪，甚至盖过现在。一九六九年的谢里丹广场骚乱，他因暴力和裸体而被捕——裸体的暴力！——但事后，他成功地在第六区车站让一名高大的金发警察给他手淫。由此，维克托成为人们津津乐道、取笑逗趣的对象，在这座城市的酒吧澡堂密室受到欢呼喝彩。

他继续前行，沉浸于自身的王国中，在窗台前做了一个鞠躬谢幕的动作，维克托从他的好友鲁迪·永动机②身上学会了鞠躬的一招一式，弯腰，弓背，把手臂划向空中，定格一秒，咧嘴而笑。接着重新上路，从阳光下到阴影里，转至街角的香烟店，与俊美的波多黎各男孩一块儿大口地抽起一支大麻烟，他们用一块白色的印花大手帕擦拭维克托的皮鞋，而他则光着脚走进去对店主说，老兄，谁给你剪了这个头，他们真该把那杀千刀的抓起来。他自己的头发浓密顺滑，在商店的霓虹灯下闪闪发亮，他给自己买了一包好彩牌

---

① 男扮女装的男同性恋者。

② 此处把纽瑞耶夫 Nureyev 的拼写变形成 Never-off，意思是永无停歇，也可以理解为永不下台。

香烟，他的一生即是一连串的好彩，从加拉加斯的街道到新世界的黎明，从一名木匠，到侍应生、皮条客、房屋粉刷工，然后，石墙事件后，变成室内设计师，对，我会帮你做内部设计哦！不多接业务，只要够满足他的生活所需，深悉工作越少报酬越多的道理，纽约市一条简单的规律。多年来维克托向自己证明了诸多这样简单的规律，他最爱的一条是，假如你一辈子不坠入爱河就可以得到每个人的爱——爱与操之间的伟大定律之一——取走你所得到的，即刻撤离，莫回头。因此，连那些门阶上的波多黎各男孩也留不住他，在分享了他们的半支大麻烟后，他再度出发，去为下一条街增光添色，再下一条，一路摇摆扭动，接受人们的欢呼。药头伸进他们黄色的紧身裤内，掏出两片安眠酮，免费的，说，维克托我的哥们你去告诉那些贵客真正的好货在哪里。所有的药头都盼望那晚深夜能做维克托的生意，因为维克托的生意是好生意，维克托也许会好心地带一大伙人到你门阶前，这样，当你明天勾着自己的甜心醒来时，心里就会乐开花，枕头下厚厚一捆二十块的钞票。维克托笑着收下药片，说了声 Gracias（谢谢）——他所用的两个西班牙语单词之一，gracias 与 cojones（睾丸），都是由三个长音节组成——那一刻，他仿佛正咀嚼着委内瑞拉给他的童年回忆，垃圾，狗，朝下水管道滚去的足球。

　　维克托八岁时，据说有座雕像沉入离加拉加斯不远的拉瓜伊拉港口，是座圣母马丽亚像。故事传得绘声绘色，使得镇民们找了采珠人去潜水搜寻，一无所获。他们相信圣母会在他们乐善好施、丰饶富足的年份出现，所以，当维克托被人从水里拉出来，气喘吁吁，抱着古老肮脏的雕像不放时，金钱与礼物如雨点般落在他身上。他带母亲与几个兄弟去了美国，留下四分之一的钱给为他凿刻雕像的工匠，一个完美的骗局。因此，即便那时维克托就已经知道，欲望只是通往更多欲望的踏脚石。

他继续向西，穿过格林威治村，经过一个身着热裤、扭动腰肢的妓女身旁，她的身体像安装了铰链似的；经过头上包着印花手帕、在兜售他们最后一批印有"西方之死"的T恤的流浪汉；经过坐轮椅的乞丐；经过靠在圣马可广场围栏上的黑人嬉皮士；经过初尝安非他明而神魂颠倒的农家男孩。——全都是美利坚的废物和弃儿。在第二大道，维克托在一个年轻的瘾君子的杯里放了点钱，她抬头对他说，她从未见过一件比这更老土的衬衫。她眼睛下两汪黑色的睫毛膏，他在她的泡面杯里又扔了一美元。然后跳过消防栓喷出的水花，横穿第三大道，走下阿斯特广场的楼梯，蹦蹦跳跳，两级一级两级三，无规律可言。朝亭子里的检票员挥挥手，然后单脚跃过闸机验票口，检票员大喊，嗨老兄，你他妈的没买票！维克托上了车，朝乘客点点头，又是微笑又是眨眼。对维克托而言，这个城里没有一处冷清之所，甚至包括在地铁里。他一路都没有坐下来，也没去碰金属横杆或垂下的皮吊环，他两腿分立，保持平衡，像是在提前为夜晚做准备。到了中央车站，跳下六号线，在橡树屋买了四支香烟和一杯鸡尾酒，伏特加加西柚汁，给了酒保两块钱小费。钱是用来滚的，所以他们把它制成圆形。接着，他在车站上下班的人流中穿梭，转来转去，一会儿往这，一会儿往那，走下垃圾满地的台阶去中央车站的洗手间——维克托不会嫌任何地方太考究或太肮脏——茶房①的空气里已弥漫着尿液的臊臭，维克托用某种从杂志上学来的沉着镇定的态度自报家门。他噘起嘴唇，香

---

① T-room，"同志"间用语，指用来发生性关系的男厕所。

烟夹在指间，举得高高的，经过长方形的镜子，一打男人整齐地排在那儿，像一列开胃菜。维克托朝一个面色苍白的男孩与一个黑人点了下头，他们脸上的表情战战兢兢，犹豫不定，他有可能是警察或恐吓者，或持刀行凶的人，近些年发生了好几起捅人事件。可维克托把手伸进口袋，递给他们每人一片安眠酮，他们放了心，面露微笑，吞下药片，然后三个人一同钻进一个隔间。不久他们哈哈大笑，抚摸、亲吻、做调羹状，松开调羹姿势，直到二十分钟后，维克托出来，用水冲脸、清洗脖子和腋下。其他男人在一旁观望，有关维克托的传闻在他们中间激起涟漪，一排镜子里照出的是欲望与嫉妒，因为若能得到维克托给自己口交，就会在这座城市里很吃得开，相当于一枚勋章，一个签名，夜总会前的拦绳会立刻拉起，嗨，我是维克托·帕雷西的朋友。可等你四下寻找维克托时，他总是不见了踪影。这样的男人，你需要他，恰是因为他的不在场，随时动身去另一个地方。他的心脏仿佛被串上了氪原子，所有的阀门都打开，把他驱向别处，脱离你的范围。

可能是去安维尔地下的房间，或是举办盛大的古柯碱派对的伊朗使馆，或是蛇洞后的地下室，或是广场酒店面朝公园的房间，或坐幽暗的电梯去盥洗室夜总会，或去阿耳冈昆喝茶，或是三角区的香猪雅座，或在克莱德氏的某张桌旁，或是西城高速公路边破败的码头。这座城市，无论贫民窟还是富人区，统统是维克托的地盘。他熟悉每条街、每条路，熟悉那儿的看门人、酒保、保安，熟悉从一处声色场所点走到下一处的时间，并知道何时该走。维克托从不戴手表，可他对一天的时间掌握得一清二楚，精确到每分钟，不管他身处何地，在与谁交媾，在喝什么，不管有多醉、多累，不管聚会的那帮人有多出名。也许是到了该继续前进的时候，蛛网开始在你身上缠结，谁知道街区另一头可能正在发生什么，世界的中心不断转移变换，亲临其中是维克托的任务所在，我是同性恋国的格林威治标准时间！

他出发，乘上快车，四号线，到五十九街与列克星敦大道站，走过上东城区，犹太贵妇牵着她们的卷毛狗，或卷毛狗牵着它们的犹太贵妇。他永远分不清是谁牵谁，维克托放肆地扭着屁股，在人行道从她们身旁经过，撞到行道树垂下来的枝叶——多么富有田园风味！天色渐暗，闪烁不定的路灯焕发出生机，他一支接一支猛烈地抽烟，喷出的团团烟雾飘在他头顶，耳后还夹了一支，随时准备点燃。他朝戴白手套的门卫微微一笑，心想他们的制服上也许可以弄点新的时髦花样——维克托，看门的妓女，维克托，脚边的男人，维克托，邀你进来的男人！他跳着经过一段大理石铺的走廊，颇不雅观，他心想，乘电梯到顶层的豪华公寓，当晚的第一场鸡尾酒会正在那儿进行得热火朝天。芭蕾演出前的一项活动，并非真正属于维克托的节目，这么早，他通常还没出门，但这间屋子的主人有可能成为他的客户，鲁迪推荐了他，他已经给了他们一个报价。故而他漫不经心地走进全是桃心木家具的房间，在巨大的枝形吊灯下立了一会儿，试图想用沉默宣告他的到来。可是房间里波澜不惊，没有人把酒杯放在嘴边窃窃私语，没有惊叹，没有哗然，真让人沮丧！于是，他将自己鲜艳的衬衫挤入黑礼服与蝴蝶结领结中，俯身送出一个夸张的飞吻，握一下手，从银盘里取了一点开胃小吃。侍应生看到他，有点茫然不知所措，搞不清维克托是不速之客还是明星名流——是那种可能会从宴会底下把脚手架抽走的人，还是其本身就是那座脚手架——然而，当维克托在屋内游走时，有几个脑袋朝他的方向转来，他受到鼓舞，踮着脚掌，朝女主人蹦去。

她的尖叫声,大得连自己都吃惊,亲爱的!她越过三位打着蝴蝶结领结的男士的头顶打了个榧子。酒水以出奇快的速度端到面前,伏特加加西柚汁,大量冰块,她拉起他的手臂,带他周旋于人群中,向别人介绍,他是大名鼎鼎的维克托·帕雷西,鲁迪的朋友。每个人见到他都很高兴,他仅仅与他们对望一眼,或握握手或拍拍肩膀,一种真诚的问候,但转瞬即逝。因此,他的友善不给人负担,没有人必须被迫与他交谈,可他们还是交谈了。

每周至少有三十份请柬寄到他下东城区的公寓,连邮递员——她带着浓重的哈莱姆区口音,有种粗犷的美艳——都调整她的班次,让自己的午餐时间与给维克托送信的时间撞在一起。她喜欢与他坐在他明亮的厨房里,一同拆信,浏览,丢弃。维克托亲爱的你收到的信比圣诞老人还多!维克托笑着回答,噢,不过那是因为我知道所有的坏男孩住在哪儿。

而维克托更感兴趣的是宴会里远离人群的角落,他知道那儿会有一点小刺激,他从女主人处脱身,离开时吻了一下她的手,接着朝一小群人步去——一位上了年纪的作家,一名无聊的年轻艺术家,一位身材发福的芭蕾女伶——他们微笑致意。他坐到地板上,旁边是张玻璃矮桌,他说,请见谅啊,我要给自己提点神!他从口袋里拿出一个小塑料袋,仔细打开,把内容物倒在玻璃上,然后用一把随身的折叠式小刀切出两条白粉线,卷起一张五十美元的纸币,把两条东西深深吸入鼻子,抬头仰望天花板,谢谢!接着又切出六条白粉线,把卷拢的纸币放在桌子中央,女士们,先生们,开动吧!那位年轻的艺术家立刻凑过来,把第一条吸得干干净净,接着是那位作家,继而是芭蕾女伶,她虽有些腼腆,但最后吸得比谁都多。与此同时,宴会上喧声不断,女主人放眼望去,说,噢,维克托在那儿！没多久，屋内大多数人的目光都朝他的方向投来，美滋滋的臭名远扬，他站在桌子的金属边缘，鞠了一躬，声音乐得发颤，一股小小的能量即刻流遍他全身，他差点在桌上失去平衡。他笑逐颜开，最后跳到地上，赢得一阵短暂的掌声，他明白自己已让宴会的气氛变得足够轻松，单凭这次亮相的威力，这个神话就将持续下去。但维克托希望如果鲁迪能在这儿就好了，世界上没有人能做出百分百像鲁迪那样的登场架势，一切都有可能迅速绷紧，蓄势待发，像通了电，鲁迪逐步调高他的音量，以致达到其他人的两倍之响。

夜晚，鲁迪把自己赤裸地吊在价值百万美元的枝形吊灯上，他在宴会中用安迪·沃霍尔的剃刀给自己的生殖器刮胡子，沃霍而后来把那把剃刀卖给了出价最高的竞标者。那天，鲁迪为他的朋友们准备了一桌筵席，他在荷兰酱里混了一点精液，称那是俄罗斯的秘方。画廊开幕前，鲁迪和三个小男生在一个堆满光滑如丝的大理石雕像的浴缸里做爱。

每个人都有一则鲁迪的故事，一则比一则劲爆——也可能是假的——因此，鲁迪是个活着的神话，与维克托不无相似，都得到造神者的关爱、宠幸和保护，过的是一种无需思考理由的生活，只要顺着光的方向，或没有光的方向，像一粒种子在自己的壳里膨胀。他们俩都需要不停地迁移，因为假如在一处停留得太久，他们会像其他人一样扎下根。因此，维克托有时觉得自己也是在跳舞，不停地拍脚，或摇头晃脑，手指捻弄着黑胡髭的末梢——先生们，我留胡髭的原因是为了能够嗅到昨夜的罪孽！——在你没意识到前他已经出发，维克托的身体领先于他自己，仿佛在说，噢，瞧，我在那儿，没有人能够填进这张拼图里，虽然传闻说他所有的动作都是从鲁迪身上学来的,他坐在排练现场,不停地观察,又是一个谎言,不过是维克托默许的一个谎言。因为那意味着人们在谈论他,他们想与他搭讪,留住莽撞的他过夜。维克托协助配合,心不在焉地当听众,但眼睛始终盯着门。当他看见仆人抖开皮毛大衣,听见丁零作响的碰杯声,种种编造的优雅借口,维克托明白,是时候该走了,他的规矩,永远在第一批离去的人之列,走楼梯,不等电梯。外面,湿润的夜晚,维克托跟着一对夫妇上了他们黑色的加长轿车。当他紧随其后钻入车内时,这对夫妇大为错愕,他在吧台桌面上切出一条白粉线,女的惊惧不已,男的试着保持镇定,晚上好,您是要去纽瑞耶夫那儿吗?对此维克托眨了眨眼,当然不是,芭蕾舞会让我打瞌睡。那名男士得意地咧嘴一笑,噢,可这是现代芭蕾。维克托回道,依旧是玻璃和女伶,不是吗?男士吓得退缩,想知道是何种怪物爬进了他的生活,什么玻璃,什么女伶。而维克托,慷慨到底,把第一条粉送给那位女士,但她瞪着他,她的丈夫也谢绝不要,尽管没有到连眼皮也不眨的地步。于是,维克托自己把古柯碱吸了,咧着嘴笑了笑,在一面有手柄的镜子上放了一些,连人带着皮椅转过去,探身把它递给司机,司机摇头,困惑地说了声谢谢,不用。维克托戏剧性地用手掌一拍脑袋,喊道,噢!我真是孤苦伶仃啊!可接着,他踢掉鞋子,把脚搁在对面的座椅上,说:不过假如你们见到鲁迪,请向他转达我的问候。男子以为是个玩笑,发出一长串咯咯咯的笑声,引得维克托怒目瞪他。瞪了好一会儿,直至那男的不自在地说出,这是我们的车,你知道。维克托说,当然是啊!接着他转向司机,大好人!请把我扔在黑山丘!司机一头雾水,最后在指引下驶到可以俯瞰中央公园的达科塔公寓,那对夫妇目瞪口呆,与其说是因为那知名的住所,不如说是因为维克托本人，那股气场，他在空气中留下的味道。他递给司机一张十美元的纸币，跳下车，感觉全身上下灌满了可卡因，上蹿，喷涌，充填，他挥手向加长轿车道别，径直朝镀金的大门走去。

他第一次来达科塔，是好几年前，身穿制服、佩戴肩章的门卫把他领到维修处的入口，维克托大闹了一场，直至鲁迪在对讲机里冲门卫咆哮道，立刻让他的客人上来。但翌日，当维克托二度来访时，那名门卫板着脸朝他点点头，放他通过，于是，他直接朝维修处走去，头垂得很低，迷惑门卫，维克托的风格之一。因为，诚如鲁迪所言，保持神秘是唯一真正让自己出名的方式。

当他上楼抵达鲁迪的公寓时，准备工作正在进行中。当晚是鲁迪《路西法尔》的首演，在这个七居室的宽敞空间内将举行一个惊喜派对，鲁迪永远想不到的地点。维克托免费出力，策划晚上的节目，把花折断，让它们从花瓶里挂下来，把鱼子酱的碗放在刚好够得到的中心位置，改变灯泡的瓦数，把椅子四散拉开，这样不会挤作一团，抚平天鹅绒沙发上的皱褶，调整窗帘，以便望见中央公园的风景，叠好浴室里香味蜡烛旁的餐巾纸，在手绘的中式装饰壁纸上打上幽微的灯光，全照当晚的仪式要求，这样，派对会给人一种嗑药或做梦的感觉，或两者兼有。维克托快速扫了一眼雇来的、身穿正式礼服的工作人员，接着朝另一拨人走去。那些发起组织的人，都是社交名媛，珠光宝气，人到中年，有财富，有权力，昔日的美人，皮肤晒成烟草一般的褐色——多么像一排优雅的好彩牌香烟——她们围在一起，郑重地检查各项安排。当维克托闯入其中时，她们的表情变了，既有厌恶又松了一口气。这些女人忧心忡忡，担忧得不得了，因为名誉悬于一线，维克托的无忧无虑正是她们永远都达不到的，尽管她们想竭力从他身上汲取。与此同时，维克托大声喊道,没有特别冲着谁,来人,请带这些美女去喝点镇静剂!那些女人哈哈大笑,但维克托知晓,她们不止是在笑,她们的笑声里有另一层信息,这些妇人刚刚卸下了防线,她们向维克托倾斜,已成为他手下的兵卒——他必须同时摆出王者与恶霸的姿态,好好利用她们——于是,他指挥她们去厨房。冰箱里已塞满了香槟,吩咐她们用杯子为他搭一个香槟塔,高举着手把杯子倒满,嘴里说道,让我们开始狂欢吧!女人们被迫碰杯,把过去的罪恶全抛诸脑后。谁办过更大型的派对,谁坐得离乐池最近,谁的手被奥斯卡·德拉伦塔吻过,一切都无关紧要,因为现在主事的是维克托,他运用手中的权力告诉她们,她们看上去多么明艳动人,哈尔斯顿的礼服,耀眼的蒂凡尼首饰,完美无缺的妆容,我愿烧掉一千艘船,只为留在你身旁!接着,他命令她们监督雇来的帮工,留意侍应生,警惕银制的餐具被偷,还有——此刻凑得如此之近,近得她们能看到维克托瞳孔的黑色轮廓——他像是要透露某个惊天的秘密,但他停顿了一下,然后说,女士们!宴会桌需要好好布置一番!

当维克托初次踏入鲁迪的圈子时,他惊讶于这些挤在周围的上了年纪的女人,她们什么都愿意做,有的甚至把头发剪成假小子型,带着渺茫的希望,想迷住鲁迪,虽从未成功过。但她们仍继续期盼着,纵然岁月正在蚕食她们的容颜,她们却想找一个麟儿来溺爱蹂躏,这令维克托想起自己晚年的母亲。他心头的一个遗憾,没有在她临终时陪伴在侧,她身陷在布朗克斯,死于一种奇怪的肝病。那时,维克托崩溃到无法将她带回委内瑞拉。直到数年后,在与鲁迪的一次旅行中,他们中途去了加拉加斯,乘出租车上山,把她的骨灰撒在阿维拉山脚下。望着她灰飞烟灭,维克托公然大哭,这是少有的几次之一，他坐在地上，把头靠向膝盖，默默地流泪，然后发出一声哀号，站起，向母亲道别。这让鲁迪吓了一跳——如此近距离地面对这种惨烈的悲伤——翌晚，鲁迪把自己在加拉加斯的演出献给她以表怀念，中间跌了一跤，但以一种优雅激烈的方式再度起身。在歌剧院后台的维克托觉得那是他母亲人生的美丽翻版，那支舞蹈，摔倒，愤怒，掌声，安可，在她尚能跛着脚朝舞台一侧走去前降下幕布。

维克托假装生气地走出厨房，朝雇来的穿着劣质无尾礼服的帮工打榧子，命令他们集合。他如履薄冰，因为虽然他喜欢他们，同情他们，甚至尊敬他们，但他清楚自己必须说什么。不一会儿，所有帮工都拥进厨房，一共十二人，毛发浓密，衬衫的衣袖下藏着刺青。维克托没有凑上前，而是退后几步以示威严。他指着那些女士说，那帮臭娘们骑到我们头上来了，不带一丝委内瑞拉口音，但说话声中仍有一种西裔区人虚张声势的口吻，仿佛这是他们有生以来做过的最重要的工作，如果他们干得不尽力，他甚至会在鲁迪回来前就把他们解雇。因为他知道他们要的是什么，那是每个人都想要的，就是想接近鲁迪，就是想说他们摸过他。但同时，维克托也把暖气的温度调高了几度，深吸一口气，盯着他们每人的眼睛，说，如果工作完成得不好，他会一个不留，把每个男的拖出来，用他小不拉叽的鸡巴把他挂在天花板上，当成白白胖胖的彩罐来暴打——你们不信我？——接着，他会把每个女的拖出来，用自己橙色衬衣的衣袖穿过她身上的洞，无情地将她甩过树梢，扔进中央公园，那儿会有一打黑小子在等着轮奸她。帮工们顿时瞪大了眼珠，直到维克托以一声长长的大笑打破紧张的气氛，那笑声变得温和、亲切，充满柔情蜜意。他说，如果他们干得好，会多给每个人二十五块钱，可能还有一些吸吸的糖果①。此刻，维克托察觉到他们已完全晕头转向，这样他就能将他们控制在自己的股掌间。整晚一切安排妥当，宛如一件优质的木工作品，桩头敲紧，支脚立稳，心里其实在想，完成了一件如此出色的工作，也许可以有时间冲进公园，逗留十五分钟左右，去一趟兰布区②。

噢，兰布区！所有叉开腿走路的男孩在黑影中列队行进！所有的野草被践踏在脚下！所有的脸被推搡进带刺的灌木丛里！所有的印花手帕藏于身后的口袋里！所有的迷药在体内发酵！一个多么美妙的人体糖果店！所有的马鞭阳具环润滑剂与其他令人回味的欢愉！所有蜿蜒曲折的小径！泥土里膝盖碗形状的凹坑！月亮在一打不同品种的树木后露出脸！草地上强尼·雷蒙与他长长的身影，噢，弯曲的身子绷得如此之紧！啊！维克托与兰布区彼此谙熟，不止是享受大自然的散步，他还陪鲁迪来过一两次，因为鲁迪有时候喜欢野一点的男孩，吵吵嚷嚷那种，来自布朗克斯和哈莱姆的性感肌肉男。

可维克托没有去兰布区，而选择了另一种提神的方式。他钻进厕所，用湿纸巾擦干净水箱表面，切出一条白粉线，吸入鼻中，甩甩头，跺了一下脚，他又出来了。对讲机发出刺耳的嗡嗡声，他接起，说，让他们上来！不一会儿，负责备办宴席的人就带着数十盘食物到了门口。他指示把一部分放到厨房，其余的，由他动手，整齐地排列在宴会桌上。各式精美的餐点，多数是俄罗斯风味的，切片的鲟鱼，装在冰碗里的白鲟鱼鱼子酱，马肉酱，8字形椒盐卷饼，

---

① 指古柯碱。
② Ramble，原意漫步，这里指纽约中央公园内一片供人漫步的林区，因位置隐蔽，成为很多同性恋约会的地方。

饺子形馅饼,黑海牡蛎,肉片沙拉,俄式炒牛肉。他身旁的女人们大惊小怪,乱作一团,他安抚她们,用指尖尝了一小口鱼子酱,好得足以呈给女王!接下来的一个小时,他用来检查他分配的工作,那些女人负责监督帮工,帮工监督那些女人,一切琴瑟和谐。因此,维克托可以安心去做他需要做的事,把客厅的画斜过来,只是稍微歪一点点,特别是梅尼埃那幅,属于他自己开的一个小玩笑,《捍卫青春抵抗爱情的智慧》。他把面窗的长沙发转过来,这样就不会被某些扫兴的笨蛋霸占。把烟灰缸挪到与精美的沙发有一定距离的地方。调节灯光的亮度。把波斯地毯的流苏展成扇形。排列好唱机里唱片的顺序,贝多芬后面接的是詹姆斯·布朗——来点音乐上的混搭吧!时刻盯着闹钟,整个夜晚被降解到最微小的细节。餐巾纸的折叠,枝形大烛台的位置,钢琴的角度,蘑菇酱的温度,搞得维克托不耐烦起来。他拍着脚,试图估算舞跳到了哪一步,如果鲁迪已经跳完,会有多长时间的喝彩。直到对讲机的嗡嗡声响起,当晚的第一批客人登门抵达,维克托遂向组织派对的女士们大方地一鞠躬,应允给她们奖赏,最后一次朝还没把酒杯擦亮到令人满意程度的酒保咆哮道,小心,我会回来的!那是维克托的另一条规矩,绝不做派对的首个来宾,即便他是负责人,他没有乘电梯,而是走楼梯下楼,闪过片刻的忧郁,几乎有些哀伤。那是维克托与维克托独处的时刻,他把头靠在芥末黄的墙面上,深呼吸,感到放松的心情滋入他体内,流至他的脚趾。是时候安静地喝杯鸡尾酒,找个昏暗无名的地方,不要"同志"吧,不要夜总会,也不要兰布区的鸡尾酒!某个可以让他暂时休息的地方,为当晚接下来的节目储存能量。他在七十四街与阿姆斯特丹大道的交汇处找到一间下三滥的小酒吧,看了看自动点唱机,心中好奇,不知鲁迪对家里遭到入侵会有何反应。

事情要追溯到一九六八年,当时,维克托陪伴的一位贵妇带他去看芭蕾,他坐在最好的位置看《罗密欧与朱丽叶》。起先觉得很无聊,穿着昂贵的外套坐立难安,两条腿不断地反复交叉,想知道要持续多久,自己多快能脱身。但接下来发生的事,芳登给了鲁迪一瞥,那种像是改变一切的一瞥,鲁迪举起她,芳登的脸在灯光下光彩照人,两位舞者像是彼此融化在一起。维克托意识到,这超越了芭蕾,超越了戏剧,超越了壮观的表演,这是一种相爱,一种公开的相爱,两个恋人仅仅在舞台上爱着对方。这让维克托有了想从座位上站起来表演的冲动,不是跳芭蕾,而是狂野自由地舞动身体。望着如此唯美的情景而不参与其中,让人痛苦难忍。他憎恶鲁迪脸上的表情,憎恶他的活力、他的控制力,因此,当幕布落下时,维克托感到一种难以名状的恨意,他想走上舞台,把鲁迪推进洞里。但他坐着一动不动,震惊于这个世界竟能展现出如此不可思议的事——这是芭蕾,芭蕾!我的天啊!——这让维克托想知道自己还错过了什么,自己的人生中还缺少什么。演出结束后,在门厅排队为自己的女伴取回毛皮大衣时,维克托满脸绯红,觉得一阵热一阵冷。因此,他一边哆嗦一边冒汗,他不得不走到外面夜晚的空气里,一群声势浩大、穿着喇叭裤的女孩,高喊着,鲁迪,脱掉!鲁迪,脱掉!我们要裸——露的鲁——迪!其中一些舞迷把鲁迪的照片紧紧抱在胸口,吵吵嚷嚷地抢位置,希望得到签名。维克托不得不抛下自己上了年纪的女伴,他跳上一辆出租车,到市中心去跳舞,把一切抛之脑后,到一家旧工厂八楼的夜总会去。强烈的灯光,嗑药的男孩,知名的演员闻着泡过氯乙烷的布片,亚硝酸戊酯的气味,镜子前闭着眼睛的男子,穿着海盗衬衫,绑着发带,尖头靴，脖子上挂着口哨，音乐震耳欲聋，有些男孩四处走动时鼓膜里流出血。一个小时后，维克托感觉好了些，恢复了清醒的神智，大汗淋漓，被渴望他的男人团团围住。可后来，当他坐下来与一位富有的时尚设计师一块儿喝香槟时，鲁迪突然加入那张桌子——嗨，鲁迪，这是维克托·帕雷西——鲁迪看着他，维克托感到胃里有一种绝望的空虚。他们当即对彼此产生排斥，他们看得出那份骄傲自大，但也看得出那份怀疑和不自信，那种捉摸不定的混合，火焰与真空，两个男人都清楚他们是同一类人。他们的相似之处让他们感到羞辱恼怒，都是从肮脏简陋的棚屋世界走出来，进入富贵人家的起居室，他们属于硬币的边缘，不管把这枚硬币抛多少次，他们始终停留在边缘。富人不理解这一点，穷人也不理解，这一切让他们的敌意变得清晰可触，直到他们离开桌子、朝夜总会相反的两端走去，气氛才有所缓解。但过了一会儿，他们开始满舞池地轧舞，看各自能吸引多少男孩。唯有维克托能与鲁道夫·纽瑞耶夫一较高下，因为这是维克托的地盘，尽管维克托是个五短身材、又黑又土的委内瑞拉人——身体是短，没错，但所有别的地方够大！他在舞池里受人崇拜的时间远早于在床上。他臀部的转动，夸张到两条腿像是与身体脱了节，他卷起衬衣，打了个结，炫耀出平坦黝黑的腹部，这变成他们之间一场奇怪的战争。在回旋的灯光下，气氛大热，鼓声、吉他声、人声，都开足了火力，直到灯火管制，连一丝电流的嘶嘶声都没有，而是唰的一下子陷入黑暗。其他客人以为这也许是惯例中的一部分——通常关掉灯让男人们可以做爱——但维克托在等待管制结束，拧干衬衣边缘的汗水，在黑暗中享受那份健全完整、坚不可摧的感觉。听见周围全是摸索声笑声插入声，维克托为自己的坐怀不乱感到自豪，当房间里充斥着呻吟与尖叫时，一种禁欲的光荣令他面泛红晕。直到灯光再度亮起，刺目，繁乱，舞池另一端除了鲁迪还会是谁，静默威严。当音乐骤然复活时，他们咧开嘴，相视一笑，那一刻，他们认识到自己已不知怎的跨过了一条鸿沟，此刻他们站在分水岭的同一侧，确定无疑地知道他们绝对不会碰对方，无论是交媾、口交、手淫还是舔肛，都不会，也肯定不会接吻。这种领悟像香脂，像药膏，像一项心照不宣的约定，他们不需要对方的身体，但他们还是被一种解不开的联系绑在一起，不是金钱、性爱、工作或名声，而是他们的过去。现在，在一股侧风中相遇后，他们将摆脱它寻找避风港。向舞池另一端走去的人是维克托，他一路盯着鲁迪，舞者伸出手，他们握手，齐声大笑，走到一张桌旁，点了一瓶伏特加，聊了好几个小时，聊的不是他们周围的世界，而是他们的故乡，乌法与加拉加斯。突然间，他们发现所聊的事是他们多年来不曾谈论过的，瓦楞屋顶、工厂、森林、黄昏时空气的味道——我住的那条街，中间污水成河！我的那条街甚至算不上街道！我的那条街闻起来像是两条湿淋淋的狗在做爱！——他们有可能是在对着镜子说话，在彼此身上找到自己，夜总会被抛在脑后，变成纯粹的布景。早晨六点，他们动身离开，迎着其他人的怒视与妒火，他们走上街，一同在克莱德氏吃早餐。维克托转着肩膀，鲁迪敲着脚跟，饱满赤红的太阳奋力爬升，照在曼哈顿西城的货栈和屠宰场上。

待维克托离开酒吧，唱着请把我带回黑山丘，返回达科塔时，派对正进行到高潮。他走入人群的旋涡中——大使、芭蕾舞行家、编舞者、医生、工程师、电影明星、环球旅行者、高雅艺术家、形象代言人、瘾君子、首脑、食客、百万富翁、夜猫子、怪咖、制作人、江湖骗子、王室贵族、性感偶像、演员、下属、荡妇、爬墙的人、崇洋媚外的人、唯唯诺诺的人、狂热分子——所有人都为演出或有关演出的传言而兴奋雀跃。一大堆人在角落里围着玛莎·葛兰姆，告诉她棒极了！多么令人振奋！多么富有想象！多么大胆！多么新颖！多么奇妙！多么具有绝对的开创性！葛兰姆脸上的表情像是在说，如果她挥舞一只猫，能砸中一百个饭桶，维克托整装待发，俯身亲了一下玛格·芳登。她神采奕奕，冷静严谨，对维克托总是很友好，虽然她不太理解他。相对她的善良明媚而言，他是一个幽灵般的存在，他对她说，她看起来秀色可餐！对此她咧嘴一笑，仿佛对源源不断、超出负荷的恭维感到不胜其扰。维克托转圈离去，向角落里的贾格尔打招呼，用嘴皮子与所有人打成一片，与一名金发女郎聊天，她头上的头发仿佛摇摇欲坠。挨着他的罗兰德·佩蒂冲一群年轻的舞者招手。佩蒂对面是高出人一截的维塔斯·古库拉提斯，网球运动员，活力四射，开朗豪爽，与一群英俊迷人的小青年在一起——把你们自己从头到脚洗干净，维克托喊道，然后到我的帐篷来！接着，他无所顾忌地朝每个人点头眨眼，不管是谁，世界上姓福特的、姓哈尔斯顿的、姓阿维顿的、姓冯芙丝汀宝的、姓拉齐维乌的、姓吉尼斯的、姓艾伦的、姓鲁贝尔的、姓卡波特的，统统在内。维克托闪着他高瓦数的笑容，走遍公寓每个角落，可鲁迪呢，他到底在哪儿？维克托快速地扫视房间，出自设计师之手的破布烂衣，觥筹交错的香槟酒杯，他究竟在哪儿？他继续与人握手、飞吻，时刻都在找寻鲁迪，他妈的，他到底在哪儿？维克托朝后面的卧室走去，有种强烈不祥的预感，派对的组织者守在房门外，像外交官似的，说话的语气严肃谨慎。维克托凭直觉猜到问题所在，疾步从她们中间穿过，尽管那些女人试图拉住他，但无济于事。他按下镀金的门把，用力把身后的门甩上，锁住，花了一刻时间让眼睛适应屋内的黑暗。维克托说，鲁迪？可没有人应，这回维克托说的是，嗨，鲁迪！语带一丝怒意，他听见窸窣声，接着一声大吼，他妈的给我滚出去！一只卧室穿的拖鞋朝维克托脑袋飞来，他闪躲开，而后发现床上有团愠怒的闷火。维克托竭力盘算该怎么办，站在什么位置，说什么话。可鲁迪突然从床上下来，站起，咆哮道，他们对我说做得好？狗屁！他们满嘴屁话！做得好是用来形容牛排的①！他们搞砸了音乐！搞砸了幕布！搞砸了一切！别跟我讲什么做得好！别管我！这儿是停尸间！滚！谁弄的这个派对？我从未见过这么荒唐的事！操！滚！维克托听完这通愤慨的长篇大论，暗自偷笑，但他清楚现在还太早，不能笑出声，他竭力让自己看似平静，不表露出脑中飞转的思绪，把无穷尽的排列组合通盘考虑一遍，当晚的起伏转折、争吵、喝彩、闪失、评论，各种可能的伤害的深度。最后，他对鲁迪说，是啊，我听说你今晚状况很糟。鲁迪一听，猛地朝他发飙，大吼，什么？维克托耸耸肩，继续在地板上拍着脚，说，喔，鲁迪，我听说今晚你是一坨屎，我听说你的表演真的很滥。鲁迪说，那是谁说的？维克托答，每一个人！鲁迪说，每个人？维克托回道，该死的——每一个人。鲁迪的脸狂烈地扭曲，但他一言不发，只是嘴角露出一丝笑意。于是维克托明白奏效了，形势将出现转折，他连等都没有等，就打开门，又轻手轻脚地把它关上，回到派对中，悄悄对那些组织的妇女说，没有致命伤，亲爱的！重返战斗岗位吧！随后，他看见一名男子从一扇门里走出来，手捂鼻子，颌骨磨得嘎嘎作响，熟悉的情态。没多久，他就与维克托躲起来，尽情分享古柯碱。

---

① 句中"做得好"的原文是 well done，它在英语里有两种含义，一种指事情完成得好，一种指（肉）完全煮熟的。

维克托曾见过一位医生，那医生惊讶于他还活着，更遑论是活得健健康康，他好几年前就应该死了。维克托对他说，一个人，如果过的是美好的生活，会活得比他本身的寿命更长。医生对这句话喜欢得不得了，把它钉在自己位于公园大道的诊所墙上，免费给了维克托两百张空白的药方。

不久，维克托出了洗手间，四处乱窜。接着鲁迪也现身，走出卧室，仿佛什么都没发生过，游刃有余地穿梭于客厅中，身穿一件美丽的白色高领衬衫，紧身的白色牛仔裤，蛇皮鞋，连一个笑脸也不给维克托。但维克托不在意，他明白，现在什么事都有可能发生。所有的脑袋都追随着鲁迪的步伐，鲁迪看上去像一个刚刚领悟了什么是快乐的人。他一甩头，把眼前的头发拂到后面，房间里突然有股磁力，鲁迪仿佛把每个人都吸附了过去，维克托是少数几个站着、置身局外的人之一。他暂时安静地驻足不动，望着鲁迪把一群人召集到他周围，就实验性舞蹈展开一番论述。它的所有冲动是创造一次冒险的必要条件，每一次冒险的结果是产生一种新的冲动，驱策更多的创造，作为一名舞者，如果要跳得好，鲁迪说，他必须跨越时代！他一定要把旧的元素注入新的里！对此听者们颔首赞同，陶醉在鲁迪的话里，还有他的口音、他发错音的单词。这种场面，维克托以前见过很多次，连在舞台下鲁迪也能镇住众人，他在肤浅与深奥之间来回摆荡。我的老天，他不仅长得美，而且也很聪明！维克托爱看鲁迪大步流星时人们的表情，那是维克托人生中少数静止不动的时刻之一——观看鲁迪行云流水的表演——果然，在不漏掉一个拍子的情形下，鲁迪接连往壁炉里砸碎了六个酒杯，然后开始到三角钢琴上弹奏起肖邦，一支练习曲。全场肃静，受制于他，弹完后，他高喊，别拍手了！每个人都明白，鲁迪需要表扬，可同时又痛恨它，对他而言，人生是一连串不断的失败，唯一坚持下去的办法是相信自己永远都尚未做出最好的。鲁迪以前说过，不，与其说是我爱挑战难度，不如说是难度爱我。

有一次，在《海盗》的演出前，维克托看见鲁迪在他巴黎的更衣室，由他的按摩师埃米利奥为他做热身按摩。鲁迪趴在按摩台上，身体宛如一尊完美的雕塑，结实、白皙、曲线分明，说不定会让你下意识地注视起自己的身体来。但令维克托吃惊的不单是身形体格，还有鲁迪在按摩台前架了一个特别的小台子，他在读一本有贝克特亲笔签名的书——赠鲁道夫，致上一切美好的祝愿，山姆——鲁迪正在把书里大段大段的话默记下来。那晚晚些时候，在奥地利使馆的晚宴上，他站起，做了一段把石头放进口袋里和把石头放进嘴里的表演，引用的话一字不差，一个音节接一个音节，赢得热烈的掌声。再后来，回家途中，他加快步伐朝塞纳河走去，谈到他已如何开始相信，艺术里不应该有统一和谐。绝对不行，完美令其永垂不朽，必须有某些撕扯，一道破碎的裂口，像波斯地毯上一个编错的结，因为那才让生活变得有意思——没有东西是完美的，连你也不是，维克托！——在河堤的围墙旁，鲁迪抓起一把鹅卵石，借了维克托的外套，晃悠悠地站在堤坝上，又一次发表演说，张开手臂。维克托好奇，万一鲁迪失足跌进水里会怎么样，是不是连塞纳河也会跳起舞。

维克托很高兴，眼见此刻派对进行得顺顺利利，大家又吃又喝，公寓里闹哄哄一片。鲁迪扮演着无可挑剔的主人，周旋在桌旁，与客人寒暄，不时招呼大家敬酒干杯，敬与他共事的舞者，敬玛莎，敬玛格——敬跳舞本身！——维克托知道，他必须继续担当派对的催化剂。他赶紧一蹦一跳地穿过房间，把一张诱惑乐队的唱片从封套里抽出来，放到唱盘上，安上唱针，调好各个控制按钮。然后快速冲进厨房，朝帮工们吼道——我要求，五分钟内，把每一个盘子都收拾回来！把该死的整个场地清理干净！给鲁迪一杯酒！给我一杯酒！给每个人一杯酒！——音乐洒满房间，夹克衫丢在沙发的靠背上，脚从鞋子里脱出来，衬衣的纽扣一一解开，在酒精的助兴下，沉默的氛围正在溶解；一名胖乎乎的男子，戴着浅顶软呢帽，在立体声音响附近轻摇他的肥肉；一名靓丽的女演员提起自己的裙边；米克·贾格尔为看得更清楚，在琴凳上扭过身；芳登仰头大笑；泰德·肯尼迪解除领带；安迪·沃霍尔穿着鲜红的长裤进来；约翰·列侬从他楼上的公寓里走下来，一手搂着小野洋子。维克托能感觉到当晚的电力，身体在流汗，分享酒水，暗示性地舔舐雪茄烟蒂。没过多久，空气里有了性的私语——喔，那真是让人谢天谢地！——仿佛这地方已不知怎的中了西班牙芫菁的毒。不认识的人相互靠近，女人之间偷偷抚摸彼此的手臂内侧，男人们互蹭肩膀。这一刻大大刺伤了维克托。他望见鲁迪像花蝴蝶般在人群中飞来飞去，点燃他们的欲火，是男是女，无关紧要。鲁迪把这当作一种健身操，为接下来的数小时做准备。

十八个月前，在巴黎度假时，一家名为陷阱的夜总会，楼上的房间里，只点了红色的灯泡，维克托目睹鲁迪连续给六个法国人口交，每次中间停下来喝一杯伏特加，不料却听说维克托胜出他两个，这么精美的法国大餐！如此可口鲜嫩！因此，鲁迪把他最先能找到的三个男人拖进来，让他们靠墙排好，一列名副其实的行刑队！干他们的样子与他跳舞时一模一样，集优雅与狂暴于一身，他在性爱方面的名声与他跳舞的声望几乎不相上下，鲁迪甚至以在表演中间抽空去快干一场而著称。有次在伦敦，他在幕间休息时离开剧院，把大衣罩在舞蹈服外，换了鞋，跑上街去公共厕所，他进了一个隔间，因为勾搭警察被捕，可你不能抓我，十分钟后我得上台表演。对此警察窃笑着说，真是会演。幕间休息延长到四十五分钟，直至他的经纪人吉莉安找到他，对警察大吼道，整个英格兰都在等着呢。警察嘲笑她的装腔作势，但给鲁迪解了手铐。鲁迪拔腿往回跑，从侧门冲入，跳到台上，整个人如着了火一般，跳得极为出色。报纸说，这是他有史以来最完美的演出之一。在安可声中，鲁迪发现那名警察站在离演出厅后排不远的地方，笑得合不拢嘴，吉莉安温柔地摩挲着他的翻领。

夜晚的气氛进一步向欲望倾斜，鲁迪朝房间对面的维克托点了下头，维克托也点头回应，一种暗语。于是，鲁迪开始逐一问候派对上的每个人，向来宾表示感谢，热情、亲切、交头接耳，达成交易，握手，来回走动。亲吻列侬的脸颊、洋子的双唇，拍拍沃霍尔的屁股，爱抚芳登，亲吻葛兰姆的手——再见，再见，再见！——说他深夜在俄国茶室有个约会，不好意思，他必须赶紧走，请见谅。显然是句谎话，但算得很准，开始让狂欢的人逐渐散去。维克托负责幕后的清洁工作，又多给每个帮工三十美元小费——小伙子小姑娘们，给自己买点好东西吧！——派对开始散场，人们继续去其他派对，去夜总会，甚至是俄国茶室。客人们希望再享受一次见到鲁迪的美餐，但他们实现不了，因为他与维克托另有打算。他们走下楼梯，吹口哨招了一辆出租车——夜晚潮湿的空气一时间让他们觉得憋闷——很快，他们为自己找到一片新天地。在二十八街与百老汇路的交叉口跳下车，踩过刻在人行道上的"澡堂"字样，鲁迪调整那顶破旧不堪的皮帽子的帽檐，维克托咚咚敲了四下门，像是一个暗号，接着朝开门的青年喊了一句恭喜发财！他们把钱推过柜台，拿了浴巾，沿着嵌有松木板的走廊，穿过明暗不定的灯光，朝储物箱走去。他们在那儿换好衣服，满场嘈杂的声音开始将他们卷入其中，光脚丫子的拍打声，滴滴答答的水声，蒸汽的嘶嘶声，远处的喊叫声与咯咯的嬉笑声。鲁迪与维克托只裹了浴巾，把储物箱的钥匙套在脚踝上，朝埃弗拉德澡堂的心脏地带走去，这本身就是一支芭蕾舞——城里部分技术最高超的屁股工正在这儿从事他们的交易——戴耳环的小子，穿高跟鞋的小子，涂眼影的小子，穿着礼服、像刚下了《乱世佳人》片场的小子，仍穿着印有"越南"字样的汗衫的小子，戴飞行员眼镜的小子，身上抹了油的小子，看似女孩子的小子，想变成女孩子的小子，有的升了半旗，有的升到顶，有些倒霉的一点都没升起来，有的蹲在喷水器上快速灌肠。淋浴房传来一声尖叫，每个人都在交媾，人肉三明治，在房间里交媾在喷水池旁交媾在淋浴间交媾在桑拿房交媾在锅炉房交媾在笤帚间交媾在厕所交媾在浴池交媾，用拳头交，用脚趾交，用手指交，群交，更遑论舔交，一场定期的交媾盛宴，仿佛维克托与鲁迪在水里放了情欲丸。哈利路亚，向交媾药片致敬！下来吧！加入吧！不管你是谁！又矮又胖！又高又瘦！或富贵或贫穷！或小或大！（更中意大的！）到永立不倒①来吧！维克托看中一名男子，灌了太多肾上腺素与安非他明，只戴了一只拳击手套，掌心涂满润滑剂，嘶喊着，来上啊，来上啊，我是左拳手！另一个安静地待在角落，只在一旁观看，戴着婚戒，与那帮杂种完全是两个阶层。维克托讨厌那些已婚的人，他们鬼鬼祟祟、厚颜无耻，事后又回家，回到妻子身旁。但管他呢，谁要他们，谁想上他们，人多得是，玩一个来回都

---

① 前面提到澡堂的名字叫埃弗拉德 Everard，把 Everard 的拼写变形成 Ever-Hard，意思是永远坚硬不倒，带有性暗示。

绰绰有余，他转身对鲁迪说，都归你了！因为他们从来不一块儿行动，他们保持距离，位于光谱不同的两端。转眼鲁迪就出发朝走廊另一头走去，而维克托则在自己的地盘上游荡，探测气氛，扫视一张张脸蛋，最初十分钟总是用于例行公事的踩点，专注认真。维克托从不曾真正确定该从哪儿下手，一项实地调查的任务——他明白，直接一头扎入战场是不可能的——他用水管里滴出的水洗了把脸，然后抄近路穿过蒸汽，腰上始终绑着浴巾，像个冲锋手，垂下睫毛说，不，我不要你，我永远都不要你，就算你是地球上仅剩的第二个人也不要，或定睛说，也许要，或瞪大眼睛说，要、要、要。维克托把注意力投向淋浴中的一条腿，或背部的凹槽，或胸骨的曲线，或嘴巴的弧度，或腰肢的扭动，他徜徉徘徊，直至感觉身体骚动兴奋，热血沸腾，欲望上升。蒸汽正笼罩在他头顶，要要要要，他朝一名留着胡子的高个金发男孩点了下头，他独自站在一间房间的门口，蓝眼睛，表情严肃。不出片刻，他们就在红彤彤的灯光下搂作一团，无视地板上专供做爱用的深色床垫，他们使劲往墙上靠，肌肤的摩擦与欲望的撞击。维克托任其摆布，男子的呼吸让他耳根发热，他伸手到后面撩拨情人的卵蛋，一种相当平淡无奇的操法。他想，作选择的人永远不能当乞求者。等那名男子完事后，维克托平抚心情，谢谢！然后朝更多出发，他决定，今晚剩下的时光里将由他坐在驾驶座，因为那是他最喜欢的位置，马力开到最大，加油！加油！加油！性事如一股滔滔涌来的潮水，冷酷无情，先是一个男孩，然后是一名男子，接着又是一个男孩，他的肩胛骨绝对是维克托见过的最漂亮的，他格外喜爱肩胛骨，喜欢用舌头舔舐背部上方的凹坑，然后把嘴往上移，顺着他们的脖颈，伴着这些男人的战栗呻吟，或用牙齿滑过他们的脊柱。维克托从未厌倦过做爱，他希望自己永远都不会——他有几个"直"的朋友，特别是已婚的几个，不相信他竟能够做爱做上一整天，第二天还接着继续做。当他说他有过的男人比吃过的热餐还多时，他们认定他在撒谎，但那是真的，是赤裸裸的事实，热餐的数量，我的朋友，还是被大大高估了呢。他继续，从一具身体迈向下一具身体，直到最后决定小憩一会，暂时地歇息，他朝浴池走去，愉快、心满意足，猎艳行动暂时中断。他穿过蒸汽，踏入舒适的水中，泡在里面，周遭的体操活动仍在继续——很久以前公共澡堂是属于意大利人和爱尔兰人的，但自六十年代后期以来，那辉煌的六十年代后期，当肉体变成时尚后，澡堂已然成为维克托们的世界，胜利的人们①，一项有风险的生意，不时遭警察搜捕，维克托在狱中待过数晚，澡堂的传统甚至在那儿得以延续，多么伟大的"同志"情谊！如此亲密友爱！摇撼拘留所！——此时，他将整个人沉在舒缓身心的温水中，维克托好奇鲁迪的战况如何，但他知道无需担心，鲁迪是人体捕蝇纸，男人们悬浮在他的气场中停住不动，牢牢抓住那一刻的回忆，在未来的岁月中喃喃念叨着，喔，我为冷战出了一份力，真的，我被鲁道夫·纽瑞耶夫干过！还有，我告诉你，他那把镰刀敲起来可真带劲！故事会一传十十传百，鲁迪鸡巴的大小，他心脏跳动的节奏，他手指的触感，他舌尖留下的余香，他大腿的汗水，他嘴唇的印迹，乃至可能还有他离去时他们自己的心脏在肋骨底下碎裂的声音。

　　维克托经常对鲁迪说，爱一个男人是不可能的，他必须爱所有的男人。可鲁迪时不时因为失恋而伤心发怒，那完全不是维克托

---

① 维克托（Victor）这个名字，英语原意是"胜利"。

的风格。维克托相信风水轮流转，相信冒险，他不太理解鲁迪是怎么坠入爱河的。过去，他怎么竟然能够对一个男人倾心，把自己的心献给他。诚如鲁迪与埃里克·布鲁恩的多年交往，两个世界上最杰出的舞者，彼此深爱对方，这简直匪夷所思。他朋友说话时的口气，让维克托感到恼火，仿佛有上百万只叉子同时在一瞬间戳进鲁迪的胸膛。维克托讨厌听到有关这两位舞者在世界各地共度的点滴时光，在游艇在客厅在豪华的旅馆套房在远在丹麦乡间的健身温泉浴场。维克托无法理解，他觉得布鲁恩代表的是生的对立面，高挑金发忧郁，冷漠无情，一丝不苟，那个该死的维京人！从维克托的角度而言，这并非出于嫉妒，抑或他自己这么坚持，他更多的是担心鲁迪会心碎，担心鲁迪会为爱痛不欲生，他会失去一切，如同已婚男人消失在妻儿脚下一样。维克托害怕像那些人一样，突然遭鲁迪抛弃，被迫背负着曾经是他朋友的沉重过去。但他其实不必担忧，因为到头来是鲁迪离开布鲁恩。维克托清晰地记得他们分手那晚——不是第一次但是最后一次——鲁迪在电话里哭得泣不成声，连维克托都感到难受。最后终于搞清，原来鲁迪去了哥本哈根——这儿冻得要死——但他正要回巴黎，他与布鲁恩分了手，要维克托过去。维克托立即整理行李，赶往机场，那儿有张头等舱的票在等着他。对于这趟旅程的尊贵享受，维克托脸上不禁泛起笑意，尽管鲁迪正心如刀割。他靠在舒适的座椅上，思考自己该对鲁迪说什么，他能想出什么应答的话。然而，当他抵达位于伏尔泰堤道的公寓时，那儿一个人也没有，除了法国女管家。维克托坐在窗边，一时为鲁迪的痛苦感到高兴，因为那意味着又多了一出戏。可当鲁迪进门时，他拉长着脸，上面刻满忧伤，形容枯槁，维克托感到强烈的懊悔与自责，他能看见鲁迪脸上暗淡的泪痕。维克托紧紧抱住自己的朋友，他并不经常这样。他泡了茶，放了六块糖，然后拿出一瓶伏特加，拉上窗帘。两个男人坐在黑暗里，饮酒，绝口不提埃里克——这令维克托感到意外——也不提分手，不说伤心，或失意的事，而是谈论他们的母亲。起先感觉怪怪的，像是老掉牙的一套，两个大男人回首寻找母爱的慰藉，但过了一会儿后，对母亲的渴念变得极为真切。鲁迪对维克托说，有时候，维克托，我觉得我的心像被软禁了起来。这句话令维克托浑身打了个寒战，他知道多年来鲁迪一直在积极为她争取申请签证，即便只有一天也好，这样，法丽达就能再看一次他跳舞，分享他的世界，无论多么短暂。有时对鲁迪而言，不去想比开心更难，他时时刻刻思念着她，鲁迪与各式各样的人接触过，总统、大使、总理、女王、参议员、众议员、王子、王妃，但都无济于事。当局者不肯让步，他们怎么都不肯发给他母亲通行证，当然也不肯给鲁迪签证。鲁迪担心法丽达撑不下去，他愿意用世界上的任何东西交换，只要能再见她一次。维克托又灌下一杯伏特加，说，他这一生也希望能再见到母亲就好了，用某种方法让她复活，但求回到加拉加斯说出他爱她，只要能把这三个字一起挤出来当作致辞。这番对话拉近了鲁迪与维克托的距离，让他们得以在沉默中静坐了一个小时，比性爱更加亲密，没有欺骗，没有玩笑，深切真诚无奈，一句也没提到埃里克，相反，回想起的是更快乐的时光。最后，两个男人在窗边睡着了，一直睡到被女管家奥黛尔叫醒，她端来咖啡，然后不去打扰他们。维克托对鲁迪说，也许你该打个电话给埃里克，你可能需要和他谈一谈。但鲁迪摇摇头，不。那时维克托明白他们是彻底完了，布鲁恩将成为又一个里程碑。在他们开始新一天的生活前，鲁迪走到壁炉台，拿起一张法丽达的相片，她站在工厂里，头上戴着一顶白帽，有种强颜欢笑的悲伤。那张照片在公寓的一堆名画与家具中显得格格不入，鲁迪把照片紧紧抱在胸前，像是把自己埋入过去。后来，当两个男人出门、走入清爽的白天中时，他们在阳光下为黑暗中所发生的事感到有点难为情，瞧我们，鲁迪，我们哭成了泪人儿！不过他们知道，早晨，正当塞纳河边的车流喷出股股烟雾之际，他们已不知怎的触碰到心灵深处那团最原始的乱麻。

此时，蒸汽在维克托周围升腾，他暗想自己不应该按下停止键，这让他撕心裂肺，这些回忆。他向一同泡澡的一个人要了一支烟，还有打火机，享受吞云吐雾的满足感。他听见一声咕哝，看见鲁迪下水来到他旁边，肚脐以下有一排毛，他的腰格外纤细有型，他一点都不害羞，长长的阴茎带着一种满足感，软趴趴地挂在那儿，像一位长途跋涉的旅人。这把维克托逗乐了，他需要乐子，想到全世界所有的鸡巴都在征途中，有的跟团旅游，有的在英国花园，有的在闷热的地中海的房间里，还有的在西伯利亚的快车上，但有的，噢，千真万确，有的甚至是贝都因部落的吉普赛人，哈！走过每个地方后又回来，无特别目的，只为追求人生的自我实现——嗨，鲁迪！你和我！我们是贝都因男孩！——他把这个笑话解释给鲁迪听，两个男人靠在边上享受这一刻，一边笑，一边聊达科塔的派对，谁穿了什么，谁和谁在一起，半个小时下来，他们任水将他们包围，沉默，亲近，直到维克托咧开嘴笑着说，嗨，鲁迪，我们下半辈子怎么过？鲁迪闭上眼回答，他得赶紧走了，要早起，他有一堆接一堆的排练。他的人生宛如一段为追求精益求精而永无停歇的练习，他即将有一系列的大活动，都非常重要，两场慈善演出，要拍五套照片，一打电视采访，要去悉尼，去伦敦，去维也纳，更别提还有一个电影试镜，一切像是永无终结。有时，鲁迪奢望如果他能把这一切冷冻起来，暂时走出现有的生活就好了。要做的事太多，耽误了舞蹈，他希望自己可以只专心表演而无需顾虑其他任何事。维克托站起，叹了口气，举起一只手臂喊道，噢，用马提尼把我淹死吧！为我买一个蒂凡尼的绞架！在马克西姆为我准备最后的晚餐！把我电死在按摩池里吧！把我的柏金干手器扔进浴缸！鲁迪莞尔一笑，他明白自己不能和维克托玩这种游戏，他朝此刻站在浴池边缘的维克托点点头。维克托鞠了一躬，鲁迪遂抓住他的腿，把他拉回水中，在水里扎了个猛子，瞧我的发型！他们哈哈大笑，笑到虚脱，气喘吁吁地趴在浴池边，两个彼此吸引的小男生。突然，鲁迪眼中又闪过一道邪恶的光芒，他出了水，把浴巾挂在脖子上，他的身体重新注满活力。他说，他准备最后干一轮，威廉·布莱克会准许的——维克托，放纵是通往智慧宫殿的大道——澡堂里响起另一片喃喃低语声。维克托算了下自己的心理时钟，想着接下来去哪里，哪里可能有最好的药、最好的音乐，哪里的再一轮自发式性爱可能会助长内心的需求，他也从水里起身，但走的是相反方向。不理一对投怀送抱的俊男，实乃一种牺牲。他回到存放衣物的地方，坐在木头长椅上，穿上自己的黑裤子与橙色衬衫，离开鲁迪的视线——享用另一剂起死回生药的时间到了！——吸完白粉后，他套上鞋子，朝走廊的人点头致意，四处找寻鲁迪，可遍寻不获，他可能正藏在某个角落，或躲着，或已经不辞而别，这当然不罕见，是意料中的事，鲁迪拥有全世界，为什么要对其中的一部分说再见呢？把澡堂搜了个遍后，维克托仍没找到鲁迪的踪迹。于是，他走到街上，左顾右盼，甚至小跑到街角，但整条大道出奇地安静，暗藏凶机，黑魆魆一个人影都没有。危险时期，发生过同性恋男子遭殴打的事，可是，当你在主宰自己的人生的同时，人生也在主宰着你。因此，维克托开始上路，再次转动肩膀，向前向上——我的朋友们，不管是谁把我带到这里，都必将付出代价！——他招了一辆出租车，开车的是个英俊的墨西哥小伙，维克托冒出请他去市中心某家夜总会喝一杯的念头。可当他看到仪表板上上下振动的塑料耶稣像时遂打消了主意，宗教对维克托而言无非是一种世俗的栓剂。他摇下车窗，望着掠过的曼哈顿，它的声色犬马，俗丽的霓虹灯，西城，闪烁着红橙黄绿的奇想之地，皮条客嫖客赌徒妓女，嗑药嗑得东倒西歪的少男少女，维克托朝他们挥手，他们对他竖中指，于是他又多挥了几下。出租车往南朝安维尔驶去，此刻那儿正热火朝天，凌晨三点半的时候格外热闹，旋转的迪斯科灯光，穿着铆钉皮衣的男子，穿着屁股上剪了洞的牛仔裤的男子，打扮成乡村风格和西部风格的男子，给拉链装了钢铁螺钉的男子，一名扮装皇后在一块小小的舞台上表演，拿着一条六英尺长的大蟒蛇，一群脱衣舞男从绳子上吊下来。维克托在酒吧里搜寻了一遍，为怕万一鲁迪在这儿，但他不在。当他扫视全场时，维克托发现酒吧里几乎没有一个人是他没有上过的，更别提他们的兄弟，还有不少人的叔伯，我的天啊！他们中没有一个人对维克托怀过怨恨，因为在这儿，做爱像呼吸一样必不可少，可能甚至有过之而无不及，做爱是生存的面包与水。这间酒吧是热闹中最热闹的场所之一，舌头伸进耳朵，手在腰带下游走，手指绕弄乳头，连空气本身都像有了性的味道。在维克托尚未意识到前，六杯伏特加加西柚汁已从吧台那头推到他面前，脏兮兮的杯子，来自不同的源头，像夜晚的火炮，他一鞠躬统统笑纳，请多加点冰，先生们！他分发了最后一批免费的安眠酮，但仍给自己留了点白粉，一个人必须存一点贪念。他开始跳舞，后面跟了一伙崇拜者，夏日所有的圣歌流淌过他们的身体。维克托重新精神焕发，像一只候鸟飞到了最后一段旅程，不管当晚可能会遇到什么样的逆风，都奋力冲破其中。心里想着鲁迪究竟可能会去了哪里，是不是真的回了家，他俩何时会再重聚，有最后一个地方，维克托对那儿很熟，离这不太远，是个理所当然的夜间栖息处，卡车！臭名昭著的卡车！那些十六轮上的黑屋！对！那些卡车！

一个鲁迪同样喜欢的地方，漆黑，无人认识，危险，一道欲望的壕沟。

维克托在做心理斗争，要不要过去，到肉类包装区那排夜间的车辆中去。的确，那儿挤了很多肉，夜晚最后的舞台，维克托——放眼朝舞池望去——注意到潮流的转向已经开始，他寻思自己可不想变成纽约的潮红皇后之一，感慨自己现在上的是岁数比他小一半的男孩，不，不是那样，不是永远那样——*我签了人生的特许状！我要继续！我要滚滚向前！我甚至要翻筋斗！*——他手一挥，娴熟地低语了几句，*只带五千个我最亲密的朋友噢！*他召集了一伙人，吸毒成瘾的男孩，此刻如同被毒瘾拉扯到极限的橡皮筋，他们的眼睛深陷在眼窝里，但一股狂躁的劲头依旧还在。他们拖着脚步跟在伟大的维克托身后，一支黄色出租车组成的车队在街上等候。这个钟点，曼哈顿仅有的几个保证让出租车司机赚到车费的地方之一，维克托打着榧子，同时亦亲亲保安人员，向他们道晚安。他与他的一群追随者跳上出租车，有些人倚在车窗上，像踏上都市之旅的牛仔，向西城驶去，*去和套索女孩约会！告诉司机他们刚从得克萨斯来，他们在寻找安放他们马鞍的地方，牛仔会是更好的情人，我的朋友，只要去问问公牛就知道！*哈德逊河的气味飘进打开的车窗，鹅卵石因新近的一场雨而闪闪发亮，油桶里冒出火光，是流浪汉在那儿分享香烟。夜晚的空气也许依旧冷冽，出租车绕来绕去，直到那些卡车如海市蜃楼般出现在眼前，银色的外壳，巨大，富有光泽，一切正进行得如火如荼，男人们处在不同程度的狂喜与虚无中，有的纵声大笑，有的呜咽啜泣，有一对企图在人行道上跳华尔兹。每个人都濒临一文不名的边缘，故而索性大方地把最后一点药拿出来分享，药丸亚硝酸戊酯白粉，他们存着留待夜晚最后享用的，卡车间叫唤着名字，小杯装的菜油，一罐罐凡士林霜，传来递去。一名男子大吼有小偷，一位扮装皇后冲着恋人尖叫，年少的男孩从后挡板上跳下来，上了年纪的异装癖者被弃留在上面，所有一切像一片奇特魔幻的战区，一场人与人之间的捉迷藏。而维克托在混战外站了片刻，牙齿咬住胡髭的末梢，扫视人群，各种各样熟悉的脸庞，就在维克托爬上一辆卡车后厢的前一刻——谁知道呢，这个世界很有可能在日出前就终结了！他抬起目光，望着用鹅卵石铺成的街道，看见一名男子正孤身朝卡车走来，穿越一环环灯火，步履坚定优雅，逐渐增大的脚步声引起维克托的注意，他即刻知道是谁，因为他认出了那顶皮帽子，弯折的帽檐，精瘦的躯干。维克托心潮澎湃，感到如风吹过草坪，手臂上的汗毛都在颤抖。鲁迪喊道，你这个委内瑞拉王八蛋！你把我丢在那儿！他哈哈大笑，整张脸写满快乐与幸福，露出美丽雪白的牙齿，一阵悸动流过维克托的脊柱，他凝视鲁迪渐近的身影，心想，沿着街道远远走来的是孤掌独鸣的寂寞与孤单。

## 二
## 列宁格勒，一九七五年至一九七六年

一九七五年冬，我走在列宁格勒街头，苦思冥想那些只翻译了一半的诗歌。与约瑟夫离婚后，我搬到一间集体公寓，就在出了喀山街的地方。房间简陋朴素，地上铺了亚麻油毡，好在离喷泉河很近，足以将我与过去的生活联结起来。我每天起得很早，散步、工作。那些诗人是残余的社会主义者，仍努力地号召呐喊——在优美的西班牙语的字里行间——反抗佛朗哥的恐怖统治。他们用写作把可能被遗忘的种种保存下来，赋予其更长的生命期限，他们的言语耗尽了我的心神。

以前我习惯去乡间思考问题，在河里蹚水，但如今列宁格勒成了我心头的一剂慰藉。驳船徐徐行驶在运河黝黑的水面上。鸟儿在船只上空俯冲低飞。数年前父亲留下的日记本仍让我感到温暖，我把它藏在外套口袋里，当坐在公园的长椅上时拿出来阅读。我看似悠闲的样子令一些人生疑——又有个行人朝我的方向望来，目光停留许久，或有汽车会放慢速度，司机满腹狐疑地盯着我。列宁格勒不是一座能流露出闲散无所事事的城市。

我开始包起头巾，臂弯里抱着一个假想的襁褓，伸手摸摸空荡荡的里面，假装那儿有个婴孩。

五十岁生日那天，我终日都在翻译一行诗，那是本高举反法西斯旗帜的小册子，描写一场雷雨中代表光明与黑暗的小国家在原野与溪谷里仓皇逃窜。它唤起明显的政治共鸣，但我却开始觉得这首诗与我有直接的亲缘关系，想象着把它权当成自己的小孩。我的这种诠释，与其说是满足夙愿，不如说在昭然地嘲弄我早年与约瑟夫共同生活的岁月。即便在经历两次流产后，当时的青春年华让人依旧可能对党、对人民、对科学、对文学怀有不凡的抱负。但那些雄心壮志早已破灭，此刻穿透我身心的那道光提醒了我，我也许可以当一个雕塑家，刻出某些有血有肉的东西。

一个孩子！我哑然失笑。我不仅已人到中年，而且离婚后还没遇到任何对象。我在房间里踱步，从这面墙走到那面墙，从这面镜子走到那面镜子，后来，我到市集上买了一箱小柑橘当作生日的犒赏，然而不管多么荒谬可笑，连剥开柔软的橘子皮这个动作都似乎在唤起我的热望。父亲曾给我讲过一个故事，当时他在劳改营，运来一卡车巨大的待劈的圆木。他与一伙十二个人负责斧头工。那是个酷热难当的夏天，每挥一下斧刃都痛苦万分。他砍到一根圆木，发出一记确凿无疑的金属碰击声。他弯下腰，发现树干里嵌着一块蘑菇状的铅块。是颗子弹。他数了数从边缘到子弹之间的年轮数，发现正好与自己的年龄相符。

我们永远逃不出自己，多年后他对我说。

一个春天的早晨，我坐电车到列宁格勒郊外，我的一位旧识伽利娜在一家政府办的孤儿院工作。我坐在她昏暗的办公室里，她惊讶地皱起眉。我告诉她，我正着手在翻译之外另找一份工作。她似乎不大相信。希望围着孤儿转的想法被认为反常、不可思议。他们大部分是低能儿或长期残障。与他们相处，交流上是一大障碍。伽利娜办公桌上方的墙上贴着一句古老的格言，她说来自芬兰：树枝断落时的咔嚓声，是它在为自己的折枝向树道歉。我说服自己相信，去那儿，即便去一个下午，纯粹是为放下那些诗歌。但我也听说有妇女——像我这般年纪的——开办寄养家庭，附属于孤儿院或幼婴所。这些妇女获准在小范围内从事这项业务，有时最多六个小孩，她们从政府那儿领到断断续续的补助。

"你不在大学干了？"伽利娜问。

"我离婚了。"

"原来如此。"她说。

我能听见背景里号啕大哭的声音。当我们离开办公室时，一群男孩围住我们，他们剃了头发，穿着灰扑扑的外衣，嘴边长有红疮。

伽利娜带我四处参观。那栋建筑原是一座兵工厂，重新粉刷成明亮的颜色，一组烟囱直插云霄。预先造好的教室架在渣煤砖上。屋内，孩子们在咏唱歌颂美好生活的赞歌。每个孩子每天可以在院子里玩半个小时，那儿架着一副秋千。修理工正利用空闲时间致力搭建一座滑梯，尚未完工的支架像一具骨骼，立在秋千旁。不过还是有三个小孩想办法爬了上去。

"你好！"其中一个喊道。他看上去约莫四岁，跑过来，用手抚弄自己毛茸茸的脑袋，头发刚长出来。他的头颅与娇小的身体相比显得格外大。两只眼睛也大得出奇，而且一高一低，他的脸瘦得可怕。我问他叫什么名字。

"科利亚。"他说。

"回去玩秋千，尼科莱。"伽利娜说。

我们继续在周围走动。我回头看见科利亚再度攀上临时的滑梯。阳光照着他头上乌黑的发茬。

"他是从哪儿来的？"我问。

伽利娜拍拍我的肩膀:"你也许不应该让自己那么惹人注意。"

"我只是好奇。"

"你真的必须小心点。"

伽利娜在大学落榜后被分配到孤儿院工作。她的脸饱经风霜,我突然发觉,这些岁月的痕迹如今统统化为一种了无生气、莫可名状的表情,与我自己的无异。

然而到了一片小树林,伽利娜停住脚步,咳嗽了几声,然后似笑非笑。

原来,科利亚的双亲是来自俄罗斯远东地区的知识分子。他们在列宁格勒一所大学任职,因在涅瓦大街上与电车相撞而车毁人亡。从未与其他亲属取得过任何联系,车祸发生时才三个月大的科利亚,在开头几年里一句话也不肯说。

"他是个聪明的小孩,但极度孤僻,"伽利娜说,"他有某些古怪的行为。"

"什么行为?"

"他把自己的食物藏起来,然后一直等到变质或发霉后才把它吃下去。还有大小便的事。他至今还没学会自己上厕所。"

我们转过一个弯,一群男孩与女孩在那儿劈柴,大冷天里他们呵出呼呼的白气,把斧头举过肩膀,斧刃在阳光下一闪一闪。

"不过他有成为国际象棋手的资质。"她说。

我一时愣住,眼前浮现父亲从木芯里拔出子弹的情景,我说:"谁?"

"科利亚!"她说,"他已经用自己的床板刻了一副国际象棋。有一晚他摔到地上,从而被我们发现。那些棋子塞在他的枕套里。"

我站在小径上不动。一辆油罐车驶来,停在主楼前,伽利娜看看手表。她叹了口气说:"我得走了。"

我能听见背景里孩童的笑声。

"我想,我可以帮你在这儿安排一份工作,如果你愿意的话。"她说。

她准备要走了,钥匙发出丁零当啷的响声。

"谢谢。"我回道。

她没有转身。我明白自己想要的是什么,也许那是我从年轻时就一直想要的。离开前,我驻足望着科利亚,他在猴架上荡来荡去。响起一记尖利的哨声,把孩子们召进屋,同时,一名守卫把另外十二个小孩赶到外面的院子里。

我回到自己的住处,回到自己的字典和小柑橘旁。

第二个星期,我去了教育部,被告知所有的收养都取消了,我附和那名官员说,由全人民来照顾,这个做法远好得多,但我还是旁敲侧击地向她打听监护权的事,她狠狠瞪了我一眼,说:"在这儿等着。"她推了一车文件回来,正在里面匆忙地翻寻时,她突然问道:"你喜欢舞蹈吗?"

她会这么问,只有一个可能的原因。鲁迪走了已超过十载。最近几年对他的言论有所松动,另有其他高调的叛逃事件抢去了他的风头。《消息报》上有篇关于德国巡演的评论,引用西方报纸的话,说鲁迪的星光已几近陨落。七十年代初亚历山大·普希金去世时,报上有提到鲁迪一笔,但他们写的是,鲁迪之所以成为一名举世瞩目的舞者,完全是因为老师的杰出才华,而非他本人的。

我攥紧手指,等待那位官员说明她的意图。她正仔细看着我档案里的几条内容。我发觉我一时的头脑发热等于在自掘坟墓。虽然我的身份证件上未留下曾认识过鲁迪的记录,但显然档案挖掘得更深。我尽量含糊地说了些抱歉的话，可那位妇女调整了下眼镜，打量的目光越过镜片上缘。

她表情严肃地说，五十年代后期她在基洛夫剧院看过一场舞蹈。那位表演者舞姿优美，她说，可日后，这位舞者让她深感失望。她语焉不详，但感觉上，我们仿佛共同选择了一条不归路。她进一步浏览我的档案。我让自己喘了口气。她没有提鲁迪的名字，但他存在于我们之间。

事实上，我真的不希望鲁迪再出现在我的生活里，或至少不是那个多年前我所认识的鲁迪。我要的是一个尼科莱，一个科利亚，一个让我可以用自己的层层经验去雕琢的人。

"我也许能帮你一把，同志。"那位官员说。

我不知道我究竟让自己陷入了怎样的处境。她说，家庭法第一百二十三条下有一项关于监护权的规定，此外，另一项律法下还有一条规定，党员享有接收天赋异禀的小孩的权利。我曾经是党员，但自从离开约瑟夫后，我深居简出，生怕他可能会追着我不放。我甚至想到，教育部的这位女士说不定与他有关系，她可能会出卖我。不过她看似有几分诚恳，表现出一种混合了犀利睿智的率直。

"这个男孩有显露出任何特殊的才能吗？"她问。

"他是名国际象棋手。"

"才四岁？"

她在纸上记了一笔。"下周再来。"她说。

活到人生这个阶段，我常常相信，女人间的友谊属变幻无常之事，取决于环境而非真心，可奥尔嘉·万赫斯洛娃，自我认识她以来，完全与众不同。她比我年轻，金丝边的眼镜后透出惶恐不安。

深棕色的头发。深色的眼珠，几近乌黑。她本身曾是一名舞者，不过身上已看不出一丝痕迹——臀部肥大，弯腰驼背，不像我母亲，连生病时走路的姿态也端庄得仿佛能将瓷器稳稳顶在头顶。奥尔嘉获悉我认识过鲁迪，又慌又喜。她当然不喜欢他，因为他背叛了我们的祖国。她不喜欢他，也因为他恰恰暴露了我们一生终极的追求，实现欲望。那份恨意里带着一种需求。它类似某种病态；我们无法将鲁迪从脑中抹去。奥尔嘉与我开始一周见一次面，一同在运河边散步，明知我们的举动可能会招致误会的眼光，但我们依然我行我素。

在奥尔嘉的安排下，我获准到孤儿院探望科利亚。时近夏末，他显得营养不足，短裤下的两条腿又细又长。脸上爆出严重的烂疮。他因为把尿撒在裤子上而受罚，背上有鞭痕。在伽利娜的办公室，我得知他其实六岁，而不是四岁，他发育不良。我开始对自己产生怀疑，自十六岁以来第一次咬起手指甲。我应付不了这样的小孩，我心想。

连领养小孩所需的一系列繁杂手续也将是场必经的噩梦，排队入学，更名，申请住房，接种疫苗，办身份证。

不过，我还是买了油漆和刷子，给一扇窗买了一套二手的花边窗帘，我把房间一角刷成蓝色，从一本书上临摹象棋棋子的图案，将它们画在窗台周围。我在架子上摆了各种小玩意儿。那些架子本身是用装橙子的木条箱做的。最重要的问题是我没有床给科利亚。在国营百货公司订购一张新床要等四个月，虽然我接的翻译活越来越多，但钱依旧捉襟见肘。最后，奥尔嘉设法弄来一张床垫，擦干净、缝补好后，还算像模像样。

我环视屋内，除了必需的家居用品外，仍旧简陋单调。在列宁格勒随时可以找到各式各样的鸟笼，于是，我在天花板上挂了一个，里面放了一只瓷制的金丝雀，虽然俗气，但赏心悦目。我在市集上好不容易买到一个漂亮的音乐盒，手工制造的，上紧发条后，会奏出阿尔坎杰罗·科雷利的协奏曲。这件东西非同一般，花了我许多首诗歌的翻译稿酬，但如同父亲给我的那个瓷碟一样，它仿佛同时呼应着过去与未来。

等奥尔嘉终于把监护权办妥后，已是那年的九月下旬，我一生中没有任何时候，绝对没有任何时候，比那一刻更美妙。

科利亚站在我的屋内，放声大哭，哭得鼻子出血。他抓弄自己，手臂上腿上现出一排排新的抓痕。我准备了药膏，给他包扎伤口，后来那天晚上又给了他一块巧克力。他不知道那是什么，只直直地盯着它，动手剥开。他啃了一点，然后抬头看了看，咬下整一大块，把剩下的一半藏在枕头底下。我彻夜未眠，照顾噩梦连连的他，甚至在自己的手指上也涂了点难闻的药膏，阻止自己再咬手指甲。

早晨醒来时，科利亚在惊吓中又踢又闹，但最后当精疲力竭时，他问起要另外半块巧克力，正是那样一个简单的举动，令人心头一振，说不出明显的缘由。

一个月后，我写信给鲁迪，告诉他人生是多么仓促和变幻莫测。我始终没有寄出那封信。已经不需要了。现在我当了母亲。我欣然接受发根灰白的事实。我与科利亚下楼到喷泉河边。他骑着一辆我们在垃圾箱里找到的自行车，紧挨在我身旁，骑得摇摇晃晃。我们准备去教育部，交一份有关他生活进展的报告。

看了《全家福》①，而后坐出租车去朱迪与山姆·皮博迪的家看纽瑞耶夫（车费两美元五十美分）。纽瑞耶夫到了，他气色很差——真的老态毕现。我猜夜生活终于侵蚀到他。他的按摩师跟着他，也相当于保镖。我在去那儿之前不知道这件事，但纽瑞耶夫已向皮博迪夫妇说明，如果莫妮克·范·盖德林现身，他就走。他说，她利用了他。但无耻的人是他。当他吝啬得不愿住旅馆时，莫妮克把自己的床让给他，现在他说她利用他。这个卑鄙小人，他真是个卑鄙小人。一点三十分，埃伯施塔特夫妇要走，我送了他们一程（车费三美元五十美分）。

——安迪·沃霍尔的日记，<br>一九七九年三月十一日，星期日

---

① *All in the Family*，一出美国情景喜剧。

## 三

## 巴黎，伦敦，加拉加斯，二十世纪八十年代

先生还在睡觉，城市悄然无声，我从年轻时就爱上了这份宁静。我站在窗边，呼吸着塞纳河的气息，它偶尔散发出恶臭，但那天早晨却相当清新宜人。厨房里正烤着面包，两种香味在空气中相遇交织。

上午九点，圣托马斯阿奎那教堂的钟声随风飘向码头。烧水壶的水煮沸了第四次，我在等先生醒来。无论多晚到家，他通常都不会睡过九点。我总能知晓他是否有带人回来，因为椅子上会有扔下的外套夹克与其他衣服。但那天上午，没有一个客人。

我把烧水壶从灶台上移开，听见先生低沉的说话声，同时他卧室的电唱机里传出肖邦的音乐。

早年，当我初次开始担任这份工作时，先生习惯只穿短裤就从屋里走出来，但有一次他生日，我为他买了一件白色的浴袍，他心怀感激，于是每天早晨都会把它穿上。（他有成打的丝质睡衣，许多精美的藏袍，他一件也没穿过，但他将它们送给原本没有预计要过夜的客人用。）

我用少许热水冲洗茶壶，舀了一勺茶叶，把烧水壶重新放回灶台上，调到小火。先生走出来，像惯常一样和我打招呼，咧着嘴满脸笑意。生活中简单的小事依旧令他开心，那天上午他难得没有走到窗旁深吸一口气。

我始终在想，对一个拥有无穷财富的年轻人而言——他当时四十二岁——有的应该仅仅是快乐，但有些日子，他心头的确蒙着阴云，我不去打扰他，让他独自沉思。

那天上午，他打着哈欠伸着懒腰。我把茶与甜面包端到桌上，先生宣布，他会比平常晚一点出门。他说他有位访客，是一名来自伦敦的鞋匠，他要求保密，因为巴黎还有其他舞者，可能会偷占他的时间。

上午有客到访的情况很少见，我担心甜面包和水果可能不够，但先生说，他以前见过这位鞋匠许多次，他是个很简朴的人，不用别的，只要茶和吐司就可以了。

我了解英国人，因为战后我阿姨在蒙马特一位知名的话剧演员家帮佣过十二年。那位英国人给我的印象总是彬彬有礼，但我渐而更喜欢俄罗斯人的处世方式，喝令与道歉，这两样先生表露得十分明显。比如，他会对着一盘煮过头的肉大吼大叫，事后又为自己的怒火表示懊悔。尽管频频发生，但我竟逐渐喜欢上先生的这种坏脾气。

鞋匠来的时候，先生把他的好多双旧舞鞋摆在地板上。我去应门，进来一个矮小秃头的男子，大衣搭在手臂上，另一只手里提着一个行李箱。他约莫比我大一轮，至少五十好几了。

"汤姆·阿什沃斯。"他说。

他鞠了一躬，说他是奉命而来的。我伸手去接他的大衣，可他似乎不愿割舍。他抱歉地笑了笑，亲自把衣服挂到架子上。先生从房间另一头走来，与鞋匠拥抱，他尴尬地往后退。行李箱撞到衣服架，架子立不稳，晃了几下。我强忍住笑意。

这位访客有一张红润的脸蛋，眉毛又浓又密，他的眼镜戴歪了。

我退到厨房,没有把门完全关上,这样我可以窥见客厅里的动静,先生与鞋匠坐在那儿。这位访客笨手笨脚地拨开行李箱的锁,然后打开箱子,露出一排排舞鞋。当他把鞋子一双接一双拿出来时,神情举止显得放松了些。

我推测,既然他是英国人,喝茶时会要加奶或者可能还要糖。我端着托盘走进客厅。我舍弃了自己早餐里的那份甜面包,说不定他也许想尝一个,可他几乎没有抬起过头,全神贯注在他的那些舞鞋上。他们用英语交谈,各自倾身向前,聆听对方的话。先生似乎对几双上了年头的鞋情有独钟,谈话的主题是,他想将那几双旧鞋重新修补好。

"它们长在我脚上,"先生说,"它们是有生命的。"

阿什沃斯先生说,他愿意竭尽所能把它们补缀好。我关上厨房的门,开始为晚上宴会所需的东西列清单。阉鸡、香料、胡萝卜、芦笋、黄油、牛奶、鸡蛋、做布丁用的榛果。先生邀请了十二位客人,我得清点一下香槟和甜酒的存货。通常我煮的是乡村风味的菜式,那是我家祖传的。先生基于这个原因雇了我,因为他自己偏爱味浓量足的菜肴。(我母亲这边有四代人在巴黎郊外雾特乃的一间乡村旅店掌勺,但那间旅店成了一九四四年胜利的牺牲品,德国人在撤退时放火把它烧了。)

我喜欢去巴黎各处的市集搜寻最上乘的食材。大致来讲,在巴克街能买到最新鲜的蔬菜。布西街有家肉店,我总去那儿买最好的肉——老板说一口粗声粗气的巴黎话,每每令我想起先生。至于香料和调味品,我在第十区结识了一位孟加拉国人,他在布莱迪路旁的小巷里开了一家很小的店铺。

一般我都走路或乘公共汽车，但那个特殊的上午——因为先生在陪鞋匠——我问可不可以用车，那辆车常被先生撞来撞去，车身上坑坑洼洼（他开车技术很糟，一位纽约的狐朋狗友，维克托·帕雷西，经常奚落先生爱追尾的嗜好）。

我轻松完成了采购任务。

提着买的东西回到公寓，我惊讶地看见鞋匠一个人坐在那儿。他在地毯上铺了报纸，以免胶水把它弄脏。我用蹩脚的英语与他打了个招呼。他解释说先生已经出门去排练了。

鞋匠从伦敦搭早班飞机来这儿，我想他也许饿了，为他提前准备了一份午餐。他婉拒不肯吃。

我在厨房一边准备晚上的菜式，一边张望他工作的情形。他把舞鞋像手套一样套在手上，用一把锋利的小刀将其割开。他看似像是在给一只野禽开肠剖肚。他缝线时的动作自信利索。到了某个阶段，在等待胶水凝干时，他的目光越过镜片上缘，环视屋内。先生是一位艺术品行家，尤爱十九世纪的裸男作品。它们似乎搅得鞋匠心神不宁。他站起，仔细端详房间中央的一座大理石裸体躯干雕像。他用手指轻轻敲了几下，当他抬起头与我四目相对时，大惊失色。

"先生对艺术很有眼光。"我说。

鞋匠支支吾吾，重拾他的工作。之后他再也没有抬起头，但到下午三点左右，其中一只鞋让他有些棘手。他咬着牙摇摇头。我给他倒了点茶，问他是不是遇到了麻烦。他看了眼藏在马甲口袋里的表。

"我还有很多活要做。"他说。

他露出一个古怪的微笑，当笑容蔓延到全脸时，似乎让他整个人都松弛了下来。他坐着往后一靠,抿了一口茶,又看了眼怀表,然后叹气地说,他恐怕无法赶在他的航班前把工作做完。

"我想你大概不知道哪儿有合适的旅馆吧?"他问。

"先生会坚持让你在这儿过夜。"

"噢,我不能那样。"

"这儿有两间客房。"

想到留宿,似乎让他甚为苦恼。他摸着脖子后面,不断重复道,他宁可找一间小旅馆投宿,他不想侵扰先生的私人空间。他合上箱子,动身去蒙马特,我告诉他那儿有一家小型的膳宿公寓。

下午五点,先生排练完回家。我给他放了洗澡水。他最爱滚烫的热水。

在换下舞蹈服时,先生问起鞋匠。我说明了情况,他没什么反应,只顾忙自己的事。

泡完澡后,我为他煎了一块牛排,几乎是生的,他在每晚跳舞前的几个小时总要吃点东西。

牛排吃到一半,他举起刀指着我。

"打电话到阿什沃斯先生的旅馆,告诉他,我会留一张今晚演出的票给他,并邀他结束后来参加我们的晚宴。"

我脑中闪过一念,那餐桌上就有十三个人了。自我认识先生以来,他日渐变得迷信,从芳登夫人身上学来的。我决定什么都不说,因为我知道结果很有可能是,随着晚宴的临近,先生会再邀请其他人来参加(我有先见之明地买了够十七人份的阉鸡)。

我打了电话。旅馆职员没好气地告诉我,房间里没有电话,他只能代捎口信,因为仅有他一个人在值班。我恳求他去房间叫一下,甚至搬出先生的名字,但职员不为所动。没办法,我只能亲自去一趟旅馆。

我匆匆做好晚宴最后的准备工作,为先生冲了一壶蜂蜜热茶,乘出租车去蒙马特。那是夏天,天光依旧很亮。一座小公园坐落在旅馆对面,我瞥见鞋匠一个人在草坪上安逸地工作。我有点吃惊,因为他戴了顶帽子,看上去比之前年轻许多。我穿过街道。看到我走近,他脸涨得通红,动手将鞋子撂成一堆,把剪刀塞进夹克口袋里。

"阿什沃斯先生。"

"叫我汤姆。"他回道。

"先生要我给你带个信。"

当我向他说明邀请后,他脸上泛起更深一层红晕。

"喔。"他说。

他从口袋里拿出剪刀,脱下夹克,把它摊在草地上,招呼我坐下。当时流行的还是短裙,但幸亏我穿的是一件稍长一些的居家连衣裙,要知道没有什么比穿着短裙坐在草地上、努力保持良好的姿势更尴尬,而且还是坐在一个男人的夹克衫上。

他结巴地说,我这么大老远赶来送邀请让他深感荣幸,他很乐意参加晚宴,如果他的服装合适的话,但出于个人原因,他从来不去看芭蕾舞。

"这与我父亲定下的一条规矩有关。"他说。

我等待下文,可他没有再说什么。他从草地上站起身,又伸手把我拉了起来。

我回到伏尔泰堤道,准备晚宴。

如果烹饪得当,阉鸡是一种极其美味的禽类。我很年轻时就学会了这门手艺。需要的调味品仅限于迷迭香、百里香和柠檬汁。只要将鸡胸上的皮拎起来，抹上佐料，然后把它放进烤箱就行。配菜方面，我做了奶酪焗土豆，并备好芦笋，待会稍稍蒸一下。

晚宴一直要到近午夜时分才开始，但汤姆提早来了。他的裤子熨出一道歪歪扭扭的折痕，脖子上的领带打得很紧。

"真抱歉，我还不知道你的名字。"他说。

"奥黛尔。"

他把一束水仙花拿到我面前，说："喔，奥黛尔。现在已经过了我上床睡觉的时间，所以假如我表现得有点晕晕乎乎，请你一定要见谅。"

如果要我说实话，我必须承认，当时我只是简单地觉得他是个好人，没有架子，虽然从传统的眼光看谈不上迷人，但绝对算可爱。我收下花，向他道谢，请他在别的客人到来前一切自便。

站在厨房里时，我把门稍稍打开，望见他局促地坐在沙发上。他说，他不习惯喝葡萄酒，他拿着杯子，仿佛那东西可能会伤着他。

通常的两名侍者，皮埃尔与艾伦，于十一点三十分抵达。他们是雄心勃勃的演员。他们瞧了汤姆一眼，旋即傲慢无礼地不把他当回事。他们进行最后的准备工作，擦亮枝状大烛台，摆好银制的餐具，清洗酒杯，而我则完成开胃菜与甜点的最后一两道工序。

当客人陆续抵达后，我不安地发现先生不在他们其中。这并不稀奇——先生经常在自己的晚宴上迟到——但我考虑的是汤姆，在众多客人面前，他明显拘谨不自在。参加宴会的有好几位舞蹈演员、一名阿根廷舞评家、一个电影小明星、一名经理人和几位社交名媛，包括高德史道克夫人，她来自纽约，确保自己是先生宴会上的常客。五十几岁的她，穿着打扮却像妙龄女郎一样花枝招展，酥胸总是半露在长礼服外。据我所知,她结了婚,但我从未听她提起过她的丈夫。

她点评一幅她买给先生的油画,说它的布局井然均衡。她提到价格,汤姆不自然地在座位上挪了下身子。阿根廷舞评家表示赞同,说所讨论的那幅画在色彩元素的搭配上堪称完美。

我看见可怜的汤姆像木头一样愣在那儿。

午夜十二点,尽管先生还没到,但我决定开席。宾客们不情愿地入座。可汤姆,在我没注意到的情况下,已经酩酊大醉。我原以为他整个晚上都只捧着同一杯酒在小口慢饮,但看来,那两名不怀好意的侍者一直在不停地给他斟满酒。喝不惯葡萄酒的汤姆仍留在沙发上,开始大声讲起伦敦一支足球队的轶事,试图逗乐全桌人,可大家毫无兴趣。高德史道克夫人嗤之以鼻,男士们则企图盖过他的声音。唯独那些舞者好像隐约有几分兴致。

我建议汤姆到桌旁就座,我领他过去。唯一剩下的空位正挨着高德史道克夫人。我试图拿走他的酒杯,可他坚决不放,洒了一点在裤子上。他好不容易把餐巾塞到衬衫衣领里,惹得其中一位芭蕾舞女演员咯咯直笑。

我折回厨房,端出第一道菜。

晚宴中,汤姆的英国口音越发浓重,声音越来越响,他在空中挥舞着叉子,上面叉着一块阉鸡。

我从厨房的门缝里张望,最后决定我要采取行动。汤姆的故事正讲到一个高潮,他的球队准备罚点球。我等待适当的时机走出厨房,喊着:"阿什沃斯先生!阿什沃斯先生!"

我连珠炮似的说道:"洗碗机坏了,既然汤姆是位巧手的工匠,我可能需要他的帮助,宾客们,能允许他离开一下桌子吗?"

"悉听尊便。"汤姆说。他的膝盖撞到桌沿,差点把桌布拽下来。

他步履踉跄,我抓着他的手臂,扶他坐到厨房桌旁,靠近墙,以免他摔下来。

"奥黛尔。"他说。把我的名字叫得含糊不清。

就在这时,我听见前门传来先生的声音。不出片刻,宴席上就爆发出激烈的争吵。提高的嗓门中,先生的声音最响。有人朝他吼回去。我知道快出事了——每当有人顶撞冒犯先生时都是这样。我让汤姆待在原地别动,我离开厨房。所有的宾客都站着,用手指指指点点,咬着指甲,扣着袖扣,身处风暴中心的先生,正在——将他们赶出去。

"迟到了?"他吼道,"我,迟到了?滚!滚!"

有些人磨磨蹭蹭,企图讨好先生,但他一个也不理。高德史道克夫人在他耳边低语,可他把她推开。她吓坏了,一再念着他的名字。她试图摸摸他的前臂,可他叫起来:"滚!"阿根廷舞评家在门口喃喃低语,他甚至夹杂了一句对阉鸡的抱怨,但我一心牵挂着汤姆,无暇生气。我要在先生也迁怒于他之前赶回厨房。我根本无法想象,如果先生发现汤姆醉醺醺坐在那儿会发生什么事——想必会释放出地狱的怒火。

我匆匆让客人把手伸进外套袖孔,拉直他们的衣领,由始至终都竖起耳朵听着厨房的动静。

我终于把高德史道克夫人,最后一位客人,嘘走了。

当我发现汤姆与先生在厨房,两人无拘无束地啜饮着偌大杯的红酒时,我的吃惊可想而知。汤姆正在告诉先生他为看球赛给自己做了一双特殊的鞋子的事。汤姆解释说,他在鞋里安了坡跟,这样他就能越过周围球迷的脑袋看到比赛。但因为鞋子是他自己做的，所以那个坡跟看不出来，他的女房东从未搞明白，为什么有球赛的日子他的个子比较高。

"我的朋友维克托可以要一双那样的鞋子。"先生说。

接下来的一个小时，他们都在说说笑笑。先生拿出藏在皮夹里的几张照片，一张是他母亲，一张是他的外甥女努丽娅，是他在俄罗斯的姐姐几年前生的。汤姆忍住打嗝，说，这些照片真棒，他一直很喜欢俄罗斯姑娘。

他看着我："奥黛尔，尽管你不是俄罗斯人，但你也很美。"

最后，他终于不胜酒力，在厨房桌旁睡着了，头枕在一大块奶酪上。

先生帮我把他拖进客房。他甚至为汤姆脱去鞋袜，并祝他睡个好觉。我给汤姆翻了个身，让他侧躺，在他旁边放了一个吊桶，以防他呕吐。

不知何故，我一时兴起亲了他，非常轻地在他前额啄了一下。然后我上床睡觉。

翌日破晓时天下起雨。我从被褥下爬出来，经过走廊。我惊讶地看见客房的门微微开着。我朝里面瞅了一眼。汤姆弯着腰，正在奋力系鞋带。他的脸涨得通红，头发歪向一侧。

"早上好，汤姆。"我说。

他抬起头，惊恐万状。他的西装外套晃悠悠地搭在椅子上，衬衣全皱了。

"我很乐意帮你把衣服熨一下。"我说。

"谢谢，不过我真的要走了。"

"一点都不麻烦。"

"非常感谢，但不用了。"

他喉咙哽塞。既然他显出这番为难样，我便不去打扰他。我到厨房准备茶和咖啡，在桌上摆好餐具。当我在收拾前一晚的残局时，我的眼角瞥见汤姆正企图踮着脚离开公寓。

"阿什沃斯先生！"我大喊道，可他不作回应。

"汤姆！"我叫道，他转过头。

我从未在一个成年男子脸上见过如此惶恐的表情。他双眼通红，眼皮耷拉下来，眼睑浮肿，他看上去仿佛正承受着巨大的创伤。他一言不发，只是用手指拨弄外套纽扣。当他侧身对着门时，我能看见他眼中闪着泪光。我朝他跑去，可他已经缓步走下旋转楼梯。

我追上他。在入口处，他垂着头，看着自己的脚。

"我为自己感到羞耻，"他说，"数百年来我们家世世代代的鞋匠，我让他们蒙了羞。"

"没有什么可感到羞耻的。"

"我出尽了洋相。"

"没，没，没。先生度过了一段很美好的时光。"

"我是个小丑。"

"当然不是。"

"我不能再做鞋了。"

"什么？"我问。

"请向纽瑞耶夫先生转达我的歉意。"

说完这话，汤姆微微鞠了一躬，然后离去，步出大门，沿码头走远。我望着他穿梭在雨幕中。他拉起西装外套罩在头上，转过街角。

半个小时后先生起床了，问起阿什沃斯先生。我把事情告诉他。先生盯着他的茶，大口嚼着羊角包。我站在水槽边，清洗最后一批杯子。我不由自主地感到失落空虚。先生必定察觉到了什么，他要我把脸对着他，他要看我的眼睛。我做不到。我听见他从桌旁起身，接着，他走过来碰了一下我的手肘。我克制住不让自己哭出来或倒入他怀里，但他抓着我的下巴，抬起我的脸。先生有一双最温柔的眼睛。

"等一下。"他说。

他朝卧室走去，出来时，浴袍口袋里塞了些什么，另一只手里勾着他的钥匙。

先生说："我们走。"

"可您还穿着浴袍呢，先生。"

"这会变成一种新的时尚哦！"他说。

我还没搞清是怎么回事，我们已逆向驶上一条单行道，先生放声吼着某首疯狂的俄罗斯情歌。

十分钟后我们在汤姆的旅馆外停下。后面的车辆大声地按喇叭。先生跳下车，朝那些司机做了一个粗鲁的手势，然后跑进旅馆，但摇着头走出来。

"我们试试去机场。"先生说。

他将车挂上挡位，就在这时，汤姆出现了。他看见我们，停下，犹豫了一会儿，然后把手埋进外套口袋里，继续朝旅馆入口走去。

先生按了按浴袍口袋里的东西，跳下车，在旅馆的台阶前一把抓住汤姆的手臂。一名行李员走出旅馆，在先生头顶撑起一把伞。

汤姆的眼睛快速避开先生。他清了清嗓子，仿佛准备说点什么，但先生在他还没能开口前，就坚决地摇头。先生从浴袍口袋里拿出一双旧的芭蕾舞鞋。他朝空中用力一挥。

"把这个修好。"他对汤姆说。

汤姆盯着先生的眼睛，两人的目光锁在一起。

"把它们修好。"先生说。

"对不起，什么？"汤姆说。

"我要你把它们修好。你从什么时候开始听不懂英语了？"

汤姆站在那儿手足无措，他的脸上火辣辣的，烧得通红。

"是，先生。"最后他支吾着从先生手里接过鞋子。他拿着它们，停顿了一会儿，然后说："请您一定要原谅我昨晚的蠢举。"

先生迟疑了一下："如果你再敢说不干，我会踢烂你的屁股！明白我的话吗？"

"先生，这？"

"没有人可以向我辞职！只有我解雇他们！"

汤姆又鞠了一躬，没有完全弯下腰，更像是深深地点了一下头。当他挺直身体时，目光凝视着我，眼镜滑到鼻梁中间。

\*

经年累月她都在练习自己的笑容，登台时的笑容，完美的笑容，那份笑容展示，我掌控全局，我是王者，我是芭蕾。现在，她正带着这份笑容，玛格，坐在桌子对面，朝鲁迪微笑。诚然，满场的婚礼宾客都在微笑。不过，玛格能感觉出当天有哪里不对劲，别扭、失调，只是她说不出具体问题出在哪儿。

在她正对面的鲁迪，笑得仰起头，一脸褶子，眼睛周围布满皱纹。身旁是他的朋友维克托,留着一簇傻里傻气的小胡子,系了一条彩色的腰带。玛格想抓住鲁迪的手臂,摇着他,对他说些话,可她要说什么呢?她内心深处有个迫切要表达的想法,但她只意识到它的存在,却不知里面的内容。有许多个日子感觉像这一刻一样。她退休了。提托过世了。在巴拿马城,她带着花去他墓前,好似某本十九世纪小说里走出来的一个人物。她经常站在墓园附近的荒野边,不知不觉地凝望风吹过草地。抑或,她发现自己停在伦敦的交通灯前,一心想知道经过她身旁的车里载着什么人。又或者,她会读着一本书,突然间完全忘记讲的是什么。童年时,没有人告诉过她舞者的生活是怎样的,即便她知道,也绝无法理解,为什么可以同时如此充实而空虚,从外面看是一回事,身在其中体验又是另一回事,因此,必须把两种完全相异的生活方式结合起来,力图追求平衡,坦然接受。

鲁迪有一次对她说,他们是交融的水乳。她好奇,是哪个对应哪个,她是水还是乳,现在,她是不是两者皆不是?鲁迪四十三岁,可能四十四了现在,她记不清。可他仍在登台表演。为什么不?她自己跳到六十岁呢。

她望着新娘新郎开始跳第一支舞。汤姆的身体老朽僵硬。奥黛尔穿的白鞋,是她新婚丈夫专为这个场合特制的。白缎子上镶有蕾丝花边,平跟。她的细腿。她的小手。汤姆提起奥黛尔头纱的拖尾,搭在自己的前臂上。玛格寻思,想必那一定是活得自由、真实、有爱的关键所在。她的爱给了舞蹈。鲁迪也一样。那不等于说他们被剥夺了拥有另外一种爱的权利,不,没有,根本不是那样——但他们的爱有所不同,它激烈、公开。发生在她身上的爱情与发生在其他人身上的永远不太一样。提托，没错。但提托是个让人无法忍受的人，直至最后他变成一具让人无法忍受的躯体。提托视她为漂亮的花瓶。他曾把别人的床当作温柔乡。后来提托遭枪击，变得与之前判若两人，一无是处而心地善良。噢，她爱过他，是的，但不是那种每当见到他时会把她掏空的爱。玛格经常好奇自己是否太幼稚，但她几度瞥见过真爱，现在又正在目睹另一场，对此她确信无疑，汤姆与奥黛尔，他们触碰对方身体时的笨拙尴尬，他们羞怯的示爱方式，他们平凡朴实中透出的纯净美好。

鲁迪把香槟酒杯拿到嘴边。她听说婚礼是他出的钱，但没有告诉任何人。他深藏不露的慷慨。然而，当这对新人在舞池里翩翩起舞时，他显得冷漠疏离。人们把这称为孤独，可玛格知道这不是孤独。孤独，她思忖，会导致某种疯狂。那更多是一种搜寻，寻找舞蹈以外的那样东西，一种对人的渴求。但还能有什么更好的，有什么能超越永无休止的喝彩，人生中有任何东西可以凌驾于此之上吗？后来她明白了。那个想法从未如此清晰地闪现在她脑海。她一直跳到身体跳不动为止，如今，她没有了爱。医生告诉她，她患了癌症。她也许还能撑上好几年，但那是癌症，对，癌症，她的人生正在迈向最后的终点。她没有告诉任何人。她甚至会对鲁迪隐瞒上一段时间。但她还是有些别的话必须对他说，她苦思冥想那些词汇。舞蹈。治疗法。药片。安眠药减肥药止痛药维持生命本身的药，治疗每种疾病的药，从嫉妒到支气管炎，药在冷风飕飕的走廊里，年轻的女孩在那儿为她们永远得不到的角色流汗流泪，对付破产的银行账户的药，对付背后中伤的药，对付背叛的药，对付走路跟跄不稳的药，以药克药的药。玛格自己从来不吃药，但她经常在脑中闪过白色的想象的小药片，以治愈伤痛。现在是卵巢癌。无药可治。她感到整间屋子在收缩。她看见自己两侧都是舞者,他们正大快朵颐地吃着食物。鞋匠们在房间另一头聒噪喧闹。啤酒杯在空中挥来舞去。鲁迪等会儿要唱海参崴情歌,他的拿手曲目。她能感觉到晚宴正渐趋尾声,预见自己不可避免地要向这对新人告别,预见到她可能的妒意。她没有要公之于众的事。就算有,她的露面即是一种公开。她一直如此。她为汤姆感到高兴,庆幸他找到了手艺之外的东西。可她找到了什么,发现了什么?身体里的一个黑瘤。她不怨恨,没有那回事,她只是对被分到这么一手牌感到震惊。诚然她应该得到更多回报。抑或不是。她的人生已经比她所认识的任何人都更完满。死神可能会坐着游艇而来,或在客厅,或在黄色的沙滩上。

她需要告诉鲁迪的是什么?在他咧着嘴、开怀的笑声中,在他靠向维克托,在他把整个世界挥霍殆尽之际,她要抓住的是什么,哪怕只是短暂的片刻?一段多么美妙绝伦的人生。她明白,他们享受过舞者所能拥有的最辉煌的岁月。人们以为他们上过床,但他们没有。他们的亲密程度超过了那个。然而他们动过念头,考虑过一种舞蹈以外的相依关系。和他做爱。那会毁了他们。总之,更亲密的是跳舞。那如同一种有丝分裂,他们合为一体。他们很少吵架。即便有,对他而言,她宛如母亲,多年来这种感觉日益加深。鲁迪谈起法丽达的次数越来越多,现在的她几乎如同神话一般。但玛格想说的与母亲、祖国,以及其他各种各样的神话无关。与爱或随之而来的绝望无关。与舞蹈无关。还是有关?有关吗?她能感觉到自己的手指在颤抖。新娘新郎的第一支舞很快就要结束,她得被迫与周围那些人谈天说笑,展现出她玛格的一面,高高抬起下巴,礼貌地拍手,甚至可能站起来,仿佛那对新人将接受"再来一个"的喝彩。她望见维克托在鲁迪耳边低语了几句。接着,在一阵如释重负下,玛格知道了想说的话。她明白自己必须插嘴,必须在让话溜走前把它说出来,那是她所能告诉他的最重要的一件事,是他收到的最受用的一条建议。她犹豫不决,优雅地把叉子搁在盘子一侧,伸手拿起一杯水解渴。她试图捕捉鲁迪的眼神,但他心在别处。她一定要把这话说出来。她一定要告诉他,放弃吧。就那么简单。他应该挂起舞鞋,专注在别的才能上,编舞、教学,乃至是指挥。在他没有变得太老以前。她极其迫切地想把这些话告诉他。退休。退休。退休。在没有太晚以前。她再度拿起叉子。如何引起他的注意?她探身,用银的叉子尖轻触他伸开的手指。他感觉到有人在拍他,望了她一眼,莞尔一笑。维克托也面露微笑,但接着,维克托又向鲁迪耳语了几句,鲁迪冲玛格抬起手,像是说:等等。她往椅子后面一靠,等着,歌唱完了,她从桌旁起身,与大家一同为汤姆和奥黛尔鼓掌。拍手中间,鲁迪越过桌面,执起她的手说:"嗯?"玛格愣了一下,咧嘴一笑,然后只说道:"汤姆与奥黛尔,他们美极了,不是吗?他们可真是天造地设的一对!"

\*

转录自大卫·福隆的访谈,一九八七年五月二十三日,伦敦霍尔本。采访人:谢恩·F.哈灵顿,就读于爱丁堡大学人种学系。由于录音器材和麦克风技术方面的问题,无法听到采访者的提问:

喔,嗯,他算不上金刚钻或什么,但他很清楚自己想要什么,凡是他能得到的都一网打尽。所以他的钱花得很值得,没错。因为他的身份，你向他收取的费用比较高，七十五英镑在那个年代可是一大笔钱。

你得把嘴巴管紧了，别闹出什么《每日镜报》《太阳报》或该死的《世界新闻报》来。

他每次都会做这种检查，例如，翻看我们的手臂，瞧一眼我们该死的脖子，甚至扒开我们的脚趾，我猜他很怕吸毒的人。

要知道，你必须面容清秀，穿无袖的汗衫和紧身长裤。但他不介意烟味，有的买主不喜欢香烟，但他不那样，至少你可以在干完后抽支烟。

他会到国王路或皮卡迪利附近来接你。有时，如果他心情好的话，你可以跟着他上夜总会。

查令十字路口的天堂夜总会，或是柯尔亨酒吧①。但大多数时候去的是普通场所，你知道吧。洛克西、常青树、流浪者之家、安娜贝尔、法国王宫。

每个人都被可卡因和酒精灌得迷迷糊糊。大家在卡座的皮椅上乱搞。

他妈的很奇怪，他会把你带到他那一桌，让你与他的同伴坐在一块儿，全是娘娘腔和他的倾慕者。但事后，他不会送你回家，不想被人看见和你一起走在夜总会外。

该死的，摸不透他。但他是俄国人，我想，假如他妈的千万年来你搞的都是你的兄弟姐妹，大概就是这种结果，不是吗？

有时他让他的经纪人，或他的朋友，开车载你回去，或者他会通过夜总会的老板为你叫辆出租车，他们愿意为他做任何事。因

---

① 天堂夜总会和柯尔亨酒吧是伦敦两处著名的"同志"娱乐场所。

此，你会等在他的住处外，对吧？就在大门口干等。所有邻居想看的话都能看见。但他不在乎那些。剩下的，你自己琢磨吧。

我只去过那儿四次，他从不记得我，连我的名字也没问过。

我想，我告诉过他我叫达米安或什么的，你永远不会透露你的真名。而且，我有个女朋友，她对此可一无所知。不过她喜欢钱。

有一晚我在电视上听见他的声音。他在滔滔不绝地讲跳舞，类似这方面的废话，我搞不清，像什么为了陌生人的快乐而毁掉自己的身体，诸如此类的废话。他妈的，他以为我是干什么的？我的上帝。为了陌生人的快乐。

他确实享受到快乐，然后他再爽一遍，接着就转过身去睡觉，你会想，操他妈的，我应该好好勘察一下这该死的地方，我应该把他所有稀奇古怪的破画统统刮烂，管他画的是什么国王猎犬号角大便，只要他妈的能逃出那儿就行。

但走到路上五分钟，你就会被逮到。

有一次，我爬下床，女管家已经起了，她做了早餐，有烤松饼和水果，她一直回头看我。

让人发毛的法国小妞，监视着我，确保我不会顺手牵羊偷走银制的餐具。她宁可把头钻进烤箱，也不愿和我说话。

我尽可能安静地坐在那儿，后来她叫了辆出租车。

第二天晚上，我又去了洛克西，他在夜总会里与我擦肩而过，瞧都没瞧我一眼。我已经用那七十五英镑里的五十英镑买了一件新衬衣。它引得每个人都转过头，就他没有。他的卡座里有了别人，一副严肃亲密的样子。他起身，从我身旁走过，连一句话都没说。狗杂种。

他仍在倾尽全力地演出。他的天赋在于，单凭看他，就能激发出我们所有人心中那份孩童的情怀。他勇敢无惧，他用舞蹈与时间赛跑。这是一个生命不息跳舞不止的人，跳到最后一刻，跳到最后一滴血。

——杰奎琳·肯尼迪·欧纳西斯，一九八〇年

什么？那小子还拖着他那把老骨头到处跑呢？

——杜鲁门·卡波特，一九八二年

他是个恋家的人，没有什么比这更重要。人们不了解他的那一面，但他的确如此。当他到我们的法国庄园来时，第一件事总是要一杯葡萄酒，希望获得一点清静，让他可以坐在火炉旁沉思。在我们位于六十三街与麦迪逊大道相交处的褐石公寓，他坐着，连续好几个小时看着那些艺术品，是实实在在的好几个小时！他真正酷爱的是中世纪的东西。没有多少人察觉到那一点。

——蕾妮·高德史道克，一九八三年

*

鲁迪：

雨季开始了，我被困在屋里出不去，刚吞了几颗效力惊人的止痛片，我要把这封信寄给我五千个最亲密的朋友，哈哈，所以请原

谅上面的笔迹。我在练瑜伽，以莲花姿势坐在地上，我的屁股从未体验过这等不适。从新德里传来的这玩意儿可真出乎想象！如你所知，我更换了陋居，如今在加拉加斯中心拥有一栋有鲜花藤蔓的红砖房，比下西城的稍好一些，尤其是星期天吃完早中饭后，所有的业余选手在第九大道上一字排开，朝水沟里大吐特吐。不过更糟的是爵士乐。我本以为自己会想念委内瑞拉的音乐，可步行街上有支乐队，每晚都表演，他们听起来像八只快溺水的老鼠，而事实上他们只有三个人。与我一块儿到这儿来的是个参加交换项目的朋友，几个月来他同情我的处境，恰好他又有东方医学的学位，不过我身上偷藏了一笔钱以防万一，空白药方都用完了，沃霍尔的操蛋画也卖了，瞧吧，现在我就准备花光钱等死了。说不定他们会把我抬上山，用硬纸板盖起来。自从艾伦，我的情人，带着他的东方药材一同离去后，现在只剩我一个人，我想那就是人生吧，来得容易去得快。

这座城市已不是我所认识的地方，可谁在乎嘈杂的车流下你是否能清晰听见我的心跳。在加拉加斯，从高速公路、匝道到摩天大楼，至少有一万两千亿人。他们穿着喇叭牛仔裤和长及大腿的皮靴。（我看其中有些人肯定扫荡过你的衣橱！）一大帮有钱的外国佬正在卷走我们的油水。噢，是啊，这地方变了。确切地说，我甚至找不到自己从小生活的那座山丘了。

从西蒙·玻利瓦尔县乘出租车，司机绕道卡蒂亚镇，让我们卸下沉重的行李。我不知怎的想起当地的那句粗话：如果你不把这辆出租车调头，我就吃了你的那活儿当早餐，你这无耻的狗杂种。多么淋漓酣畅。他差点撞上一根路灯柱子。他免费送了我们这一程，而我则给了他一笔巨额小费，自此，尽管我不够年轻力壮，却声名鹊起。别去搞维克托，他更喜欢主动（来）搞你！第一天晚上艾伦做了件可恨的事。他把我的好彩牌香烟全都扔出阳台窗户，楼下步行街上的少年（都住在牧场的铁皮棚屋里）乐疯了。他们把烟塞在T恤的袖子底下，学白兰度。噢，他们棕色的手臂，把我带回到过去。幸福快乐，好运常在。那些俊俏标致的小东西中（我以前是多么俊俏标致啊），有一个是专业扒手，第二天他来捡烟蒂时，我结识了他。我们达成一项协议。他去解放大道商人集中的加拉加斯希尔顿酒店，或是游客出没的新艺术博物馆，偷香烟给我。如果牌子对，他可以多得一块钱。他连小刀也不用，就能划开别人的口袋，他的指甲又长又尖，可以割破任何布料，机灵的小东西。有时我寻思，待在这儿，除了死，我还能做什么。请原谅我拖着我行尸走肉般的躯壳去桌旁又吞了一粒药。我们只能活一次。

我在做瑜伽。我在做瑜伽，鲁迪。我听见你在笑。

艾伦离开前教我怎么冥想，因此，这可能是我人生头一遭学会盘腿。当我第一次尝试做这个动作时，我发誓我的骨头都快断了，像一个捏坏的委内瑞拉卷饼。我总在想，如果上帝（真讨厌）要我碰到我的脚趾，他应该让脚趾生在我的裤裆里，但看来他并没那么仁慈。不过瑜伽对我有益。我一遍又一遍告诉自己，这是有益的，这是有益的，维克托，你不是个十足的混账，练你的瑜伽，练你的瑜伽，你不是个十足的混账，喔，也许只是一丁点而已。艾伦离开前（喔，在我把他赶出去前），我们常常早起，走到屋外我们自己搭建的阳台上。那不是个朝东的阳台，这令艾伦感到遗憾。我们大概冥想一个小时，然后吃早餐。橙汁、羊角包和西柚，不准有伏特加！艾伦是个痴迷健康饮食的疯子。他一直努力让我增加体重。冰箱里囤满了含多重不饱和物的人造黄油、泡菜、酸奶、酸辣酱、小黄瓜、花生酱、椰子、高热量的巧克力奶昔等等一切。他个头很高，浅棕色的头发，健硕无比。鲁迪，我的朋友，他的那活儿也许算不上一首诗，但两片屁股绝对够押韵。他有一次在康涅狄格看过你跳舞，用他的话来说，你优雅出众、刺激撩人——为什么所有的盎格鲁男孩都喜欢说这种可笑的话？

我的那位公园大道的医生对我说，加拉加斯将成为我的葬身之地，什么肠道疾病、廉价的药品、落后的医院、肮脏的空气，以及其他，等等等等。但我回来已五个月，状况持续好转。我所做的不过是乘半个小时的出租车去海边。我坐在沙滩的帆布躺椅上，沉思冥想，我在脑中幻想一串串细胞，接着开始神游——叭啦叭啦，你们这些小混蛋；叭啦叭啦，企图假装他们是神经紧绷的保安，最终不让我免费进入"天堂车库"；叭啦叭啦，你们走了；叭啦叭啦，我的老天你们应该当圣徒；叭啦叭啦，瞧你们穿的鞋有多丑；叭啦叭啦，你的嘴唇上有屎。然后，我睁开眼，碧波（蓝色的）在拍打金沙（黄色的）。多么有趣。接着，我用言语咒骂我身上的病痛，让它们到地狱去发霉腐烂。我，一个四十二岁的男人，玩着头脑里的把戏。为何不呢，人生也拿我当儿戏。今早，下雨前，我去给自己买毛毯，遇见一名混血女子，她比世上任何人都更像母亲。也许，诚如你所说的，我们每个人都有一个替身，在某个角落。我回家，蜷缩在椅子上，睡着，做起梦。

我想念纽约，那儿的每个地方每个人每样东西，尤其是下东城，那儿如此恶心，如此美妙。唯一让我遗憾的是憾事不够多。例如，没有向捡垃圾的人道别。我很想见一见他们看到我的家具扔在街上时的表情。他们一定唱起了咏叹调。噢，这张传说中的黄沙发！天哪，多漂亮的一个阳具环！噢，我的天，多么秀色可餐的一个人造阳具，太不可思议了！

　　我突然觉得，我的人生是一个接一个的房间（大多数是隔出来的小单间），现在，我多少相当于困在这一间里。因为假如我出门走到加拉加斯的街上，我很有可能受到驱逐，而且不是以自愿的方式。

　　噢，鲁迪，我厌倦了这种药。等这场雨停了后，我要出去走一走。我甚至可能提前出门，只为感受一下雨点落在脸上的滋味。我想，我并没那么惧怕死亡，鲁迪，我更想知道的是，倘若用慢动作去经历我的一生会是什么样。啊——哈！一片右旋苯异丙胺，两片右旋苯异丙胺，三片右旋苯异丙胺，见底了。

　　　　　　　　　　　　　　　　　爱你的，维克托
　　　　　　　　　　　　　　　拉斯梅赛德斯，加拉加斯
　　　　　　　　　　　　　　　　　一九八四年五月


　　附：我听到谣言，有匹名叫纽瑞耶夫的种马在马市上引起轰动。这是真的吗？哈。我打赌，它的阴茎像俄国人的一样大。

　　吻你！

*

　　我们降落的时间比预定的晚，因此先生很恼火。他疾步冲出行李提取区。我们经过一排身穿盔甲的警卫，上了出租车。先生用磕磕巴巴的西班牙语与司机讲价钱。午后的燠热与我想象中的一模一样。远处隆起翠绿的山峦，但整座城市烟尘弥漫。

　　我不住地想着可怜的汤姆，独自一人在伦敦家中。

出租车绕过一个个坑洞，当我们来到旧殖民区时，遇到了堵车。周围是白色的砖砌房屋，窗户间晾着洗完的衣服。街上的老人穿着无领汗衫。孩子们在汽车前玩耍嬉闹，当车辆启动时赶紧跑开。卖花摊上的一名女子引起先生的注意，他跳下出租车去买花。女子穿了一条红黄相间的连衣裙。先生给了她十美元，并亲了亲她的双颊，当我们驱车离开时，我注意到她的表情，仿佛在乞求过我这样的生活，像我一样，与先生同坐在出租车后座。事实上，她也许真的可以。先生很清楚我并不高兴陪他来。我非常不愿撇下汤姆，可先生苦苦哀求我，只要一两个星期就行。

"我们要买点香槟。"先生在出租车如蜗牛般向前蠕动时说。

司机转了个弯，咧嘴一笑。经过一番复杂的比手画脚，他说他很乐意去买香槟，他认识一家很好的店。司机开车拐入一条狭窄的巷子，停在一间仓储商店前。先生给了他钱，过了些许时候，他提着两大瓶酒从里面走出来。天色渐暗，但闷热依旧，这让我昏昏欲睡，更别提加上长途飞行的劳顿。我听说先生在头等舱大吵大闹，不过现在，他摸着我的手，再度感谢我答应这趟出行，为自己没有能够给我在飞机上安排一个他身旁的座位而道歉。

"没有你我该怎么办，奥黛尔？"他说。

到了屋前，先生慷慨地付了司机小费，然后走上车道，拉了拉门铃的绳索。铃声划破寂静，但无人应答。先生砰砰敲击那扇高大的木门。他汗流浃背，腋下现出两片椭圆形的汗渍。他爆出一连串脏话，说："我应该事先通知他我要来的。"

我们两人只有一支水笔，但没有纸。先生把指甲嵌入香槟酒瓶的标签底下。老办法，他说。他把它揭开，撕下一半。他靠在房子的外墙上，一边叹气，一边写道：维克托，我去找间旅馆，然后再回来。鲁迪。我折好标签纸,弯腰将它塞进门底下的缝隙里,并用手指往里戳了戳。我站起,整了整热浪中已经开始发黏的裙子。

屋子里突然传出一阵音乐声。准确地说,整个地方陡然活了过来。我来到围栏入口处,叫住已走出一段路的先生。我身后的屋门打开了。

一个矮小的人影站在那儿,身穿一件丝绸睡袍。他脸庞消瘦,耳朵上戴着一副耳机,一团黑色的接线挂在膝盖旁。他一定是在我把字条塞入门下之际,把线从音响上拔了下来。

"帕雷西先生?"我问道。

他眯起眼,读着那张撕下的香槟标签。我以前见过他许多次,但他的样貌变了很多。

"帕雷西先生?"我又问了一遍。

他穿着一双硕大的黄拖鞋,曳步跨过门槛。他扶着门的边框支住身体,咳嗽了一下,朝街道望去。

"噢,我的上帝,是鲁迪。"他说。

他跌跌撞撞返回屋里,同时,我招手让先生回来。他起先似乎有点气急败坏,但接着挤过我身旁,走进屋子。

"维克托!"他喊道,"维克托!"

屋里乱七八糟。衣服扔得满地都是。东西吃了一半的盘子被丢在沙发上。隔着褪色的蓝窗帘透进微弱的光线。天花板上开着吊扇。几面镜子虽华丽美观,却都已碎裂。地上摆着黑胶唱片,先生走过去调低唱机的音量。

"维克托!"他又喊了一声。

录像机的红灯在闪。定格在电视屏幕上的是一部色情片。我上前把它关了。

"瞧瞧你！"先生喊道。

维克托正在楼梯顶端忙着穿裤子。他已换下睡袍，穿上一件鲜红色的衬衫，扣子没有扣。他的胸瘦削干瘪，皮肤苍白。他咳得很厉害，当他把脚伸进裤管时，差点摔倒，但赶紧把手靠在扶栏上稳住身体。我为维克托感到难过，但鉴于他骨子里的个性，还不足以改变我的心意——我太常见他扮小丑的样子了。

先生跃上楼梯，在维克托的双颊各亲了一下。维克托迸出一串下流话，他说："你哪儿偷来的花，鲁迪？你去哪儿了？统统告诉我！"

他的声音听起来既开心又疲惫，仿佛那份喜悦正在拼命弥补体力的枯竭。他们手挽手，一起走下楼梯。

"你记得奥黛尔吗？"先生说。

"噢，记得，"维克托说，"我不是参加了你的婚礼吗？"

"对。"

"噢，对不起，对不起。"

在我的婚礼上，他在一间洗手间里与汤姆的一位鞋匠同事发生了争吵。

"我原谅你了，帕雷西先生。"

"我只是让他系好鞋带而已，"维克托说，"我就是按捺不住。"

他把头歪向肩膀，像个淘气的孩子，等待我的回应。

"帕雷西先生……"

"噢，请别这么叫我，我觉得自己像个老怪物。"

"维克托，"我说，"我原谅你了。"

他吻了一下我的手。我告诉他，我来的目的是为了让他有舒适的生活，能够早日康复，同时，先生会在当地物色一名女管家，接替我的工作。我解释,我可不想永远留在加拉加斯。这时他涨红了脸,面露羞愧,我暗骂自己说话太直接。他扣上红衬衫的扣子,里面还能套进两个他。他重新穿上那双黄拖鞋,挪到客厅的一张椅子旁,跌坐下来,呼吸急促。他点燃一支细长的香烟,朝天花板吞云吐雾,而我则走进厨房。

"鲁迪,"他喊道,"过来抱抱我。"

接着,为了不冷落我,他补充说:"你知道吗,奥黛尔,我是世界上唯一能把鲁迪使唤得团团转的人。"

我动手打扫卫生,先洗涤喝香槟的酒杯。没有洗洁精。维克托住的地方既没有刷子抹布,也没有任何家用的清洁工具。我开始在脑中默记下所有需要的东西。我洗了杯子,把香槟放在托盘上,端到两位男士面前。

"噢,我真是爱死你了!"维克托嚷道。

先生噗的一声打开酒瓶,我倒出酒。

"于此刻嫁给我吧,奥黛尔!"

先生翻弄起地上的唱片,寻找古典音乐。他抬头说:"你真俗,维克托。"

"我这些天都在听萨尔萨①。"

"萨尔萨?"

维克托开始跳起舞,但很快就喘不上气,他重新坐下。

"也许你不该喝那么多香槟。"先生说。

"噢,闭嘴!"维克托说,"我只是感冒而已。"

"感冒?"

---

① salsa,源出拉丁美洲的一种吸收爵士乐和摇滚乐某些特点的流行音乐。

"是啊，感冒。告诉我，鲁迪。你愿意下半辈子留在这儿陪我吗？"

"我周五在圣保罗有演出。奥黛尔会陪你，直到我帮你在本地找到能照料你的人。"

"圣保罗？"

"对。"

"噢，带我一起去。"

"你也许应该休息，维克托，别着急。"

"休息？"

"嗯。"

"我快死了！"他喊道，"谁要休息？我们来喝香槟吧！看在上帝的分上，让我瞧瞧标签。他每次买的都像尿一样难喝，奥黛尔！他是全世界最富有的小气鬼。"

先生用手盖住那半张标签。维克托颤巍巍地站起身，去寻找写了字的另外半张。最后他在睡袍口袋里找到，发出一声夸张的叹息。他舔了舔标签背后，把它贴在自己心上。

"噢，你总是这么吝啬！"维克托说。

我打开水龙头，盖过他们的谈话声，把剩下的杯子洗干净，举起对着最后一抹阳光照了一遍。汤姆的身影掠过我脑中。他应该在家，看电视，修鞋。我已经开始想他。后院的长叶植物在微风中摇摆。

"噢，我们别说这种废话了，"我听见维克托喊道，"你来这儿不是说废话的，不是吗？告诉我，鲁迪。你是不是恋爱了？"

"我一直都在恋爱。"

"爱神爱我。"维克托说，他的声音听起来竟然和先生的很像。

他们开怀大笑。酒瓶很快就空了。维克托把它举到空中,再次识读起那半张标签。

"这是猫尿,"他模仿法国人的口音说道,"他们喂给圣米歇大街上流浪汉的就是这种。"

维克托把唱机里放的南美音乐调得更大声,他们在屋里跳了一会儿舞,而我则继续打扫卫生。暮色降临,夜晚的习习凉风带来些许舒爽。我听得出维克托从萎靡不振中恢复了精神,最后,我一干完活,就告歉上床睡觉了。

翌晨醒来后,我惊讶万分地看见先生睡在客厅的沙发上,维克托坐在一旁的椅子上,用一块白毛巾擦拭先生的额头。我相信应该反过来才是。看样子先生在发烧。不过等他起来后,他服了几片药,烧就退了。他做了早晨的拉伸练习,然后说他要打几通电话。

"用接电话一方付费的那种。"维克托说。

先生的朋友遍布世界各地,包括加拉加斯,我深信他会在几天内找到女管家。想到这,整间屋子都明亮了起来,我在厨房勉强找出足够的食材,做了早餐,有水果和吐司。

然而,吃完早餐后,先生宣布,他要与维克托去海边一日游,傍晚,他们会一同去圣保罗赶赴那场芭蕾演出。

"请把我们的行李准备好。"先生说。

令我吃惊的是,注意到我黯然神伤的人是维克托。他伸手搂住我的肩,热心地画了一张小地图,标出城里的各种市集,还有一家药店的位置,我可以在那儿买到治疗偏头痛的药,因为我忘了带。他强调我身上不要揣太多钱。接着,他喋喋不休地说了一堆有关一个指甲很长的犯罪少年的事。

他们走后,我洗了床单,把它们晾在院中石榴树的枝杈上。

他们三天后回来。先生看上去非常疲倦，不像平日的他。他通知我，我们还要在加拉加斯待一个星期，直到把维克托的事全部安排妥当。想到还有整整一个星期，我烦乱极了，但先生说他真心需要我的帮助。我继续负责打扫卫生和煮饭。下午，维克托睡觉时，先生叫车去歌剧院，因为他要与当地的舞者合作。每晚他都带学生回来，男男女女，他们在屋里围坐成一圈，谈天说笑。这热闹的场面令维克托欢喜不已。特别是他搭上了一位名叫戴维达的舞者，一个皮肤黝黑的英俊小伙。晚上，他们一块儿散步。之后，等先生睡着后，维克托与戴维达蜷缩在沙发上看影碟（影碟的内容令人咋舌。每次我从电视机旁走过时都板着脸，但我必须承认，我偶尔偷瞄过几眼）。

时间过得很快，我对汤姆的挂念没有像我预期的那么厉害。

到了第二个星期末，就在我们计划返程前，屋里只剩我们三个人——先生、维克托与我。先生还未找到新的女管家，我紧张起来，怕他忘了应允过的话。我开始担心事情会变得不可想象，我甚至可能不得不辞职。我头痛欲裂地上床睡觉。

翌日晚上，我在做一种当地的特色菜——肉馅酥皮饺——维克托在向我传授其中的诀窍，怎么煎玉米皮，怎么给豆子调味。他坐在客厅中央，一边远程指导，一边服下他的一大堆药丸。尽管病魔正在明显地侵蚀他的身体，但维克托在睡了近一个下午后仍精神抖擞。

吃完饭后，他们开始喝酒讲故事，但先生似乎比平时略显低落。我注意到他的药快吃完了，除此以外，找不出别的让他心头似是蒙上愁云的原因。他站在窗边拉伸身体，将头贴向膝盖。他把脚从窗台上放下来，双手塞在手肘与肋骨之间。接着，他追忆起一段前尘往事,当时,他收到一封信,是俄罗斯的一位女性友人寄来的。故事很长,巨细无遗,先生一边说一边眺望窗外,直到被打断。

"你现在不会爱上女人了吧,鲁迪?"

"当然不可能。"

"你要让我失望了!"

维克托又给自己倒了一杯酒。他咳嗽了几声,说:"噢,这讨厌的感冒。我猜我至少要到八月才好得了。"

"还要不要我继续讲下去?"先生问。

"噢,要,请继续,继续,继续。"

"他死了。"

"谁死了?"

"她的父亲。"

"噢,不!别再来一个和死亡有关的故事!"维克托说。

"等等,"先生说,他的声音哽咽,"他死时戴着一顶帽子。"

"谁戴着帽子?"

"塞尔吉!他总是戴着一顶帽子,但从来不在室内戴。在俄罗斯,那是不礼貌的举动。"

"噢!俄国人不都粗野不讲礼貌吗?"

"你没在听我的话。"

"我当然在听。"

"那么,听我把故事讲完。"

"舞台是你的。"维克托说。他朝先生抛了个飞吻。

"唔,"先生说,"他戴帽子的原因是他相信自己将与妻子重逢。"

"可你说她死了。"

"在来世。"先生说。

"噢，天哪，"维克托说，"来世啊！"

"他在家中被人发现时，头上戴着一顶帽子。他正在给女儿写信。信中，他要她向我问好。但我想说的不是这个。这不是我故事的重点。是另外一件事。那是，你知道，他在最后的话里写道……"

"什么？"维克托问，"他写了什么？"

先生结巴了一下，说："唯当我们不再孤独时，我们在这个世上所历经的一切孤独才有意义。"

"那是什么狗屁不通的话？"维克托说。

"不是狗屁话。"先生说。

"哦，就是狗屁话。"维克托说。

他们沉默不语，后来，维克托垂下头。他像个泄了气的皮球，伸手拿起新的一包烟，手指颤抖着剥去包装纸。他打开盒子，抽出其中一支，又从衬衣口袋里掏出打火机，啪地把它点燃。

"你为什么告诉我这个故事？"维克托说。

先生没有回答。

"你为什么告诉我这个故事，鲁迪？"

维克托骂了句脏话，可接着先生在维克托的椅脚旁跪了下来。我以前从未见过先生向任何人下跪。他抱住维克托的双膝，把头靠在臂弯里。维克托一声不吭。他把手放在先生颈后。从身体抑制不住的起伏与强压的喘息声中，我确信先生在失声痛哭。

维克托低头注视先生的脑袋，提起哪儿秃了一块，但话音逐渐消失，接着，他抓着先生颈后的手抓得更紧了。

维克托肯定记得我在厨房，因为他抬头张望，正好被我注意到。我关上门，不去打扰他们。我从未见过先生哭成这样。我的手因此而发抖。我走到院子里，晒衣绳上晾着先生的舞蹈服。我依旧能看见屋内他们的侧影。他们抱在一起，从影子看，仿佛成了一个人。

翌日早晨，天气晴朗澄澈，没有一点烟尘。我把屋子里里外外打扫了一遍，然后为迎接年轻的舞者戴维达的到来做好准备。他来时穿了一双木屐，用亲吻的方式与我打招呼。他的头发整齐地梳到脑后。他看上去像个诚实的青年，于是我将他拉到一边。

"你能照顾他吗？"我问。

"我有个表亲是医生。"戴维达说。

"不，我的意思是，你来照顾他。"

"谁付我报酬呢？"

"先生会付你的。"我说。

接下来的两天里，我为维克托和戴维达准备了足够维持一个星期的食物，塞满小小的冷冻柜。一切都安顿妥当——先生答应付薪给戴维达，并允诺以后带他去巴黎歌剧院，让他能在那儿上课，发展他的才华。

这一切都瞒着维克托，可我有种感觉，他知道是怎么回事。他戴着尽管没插线的耳机在屋里走来走去。

最后一天早晨，我收拾完先生的行李，订好送我们去机场的出租车。我们坐了良久，等车子来。维克托说了很多有关天气的话，真是个去海边的好日子。他说他等不及想穿上他在圣保罗新买的一条紧身游泳裤。

"我看起来会像是正在偷运葡萄的人。"他咯咯地笑着说。

出租车来了，先生与维克托在门口握手拥抱。当先生走上车道时，维克托把手伸进睡袍口袋。我听见打火机的啪哒声。先生转过身。

"你应该把那戒了。"先生说。

"戒什么？"

"香烟，你个浑球。"

"这个吗？"维克托说。他抽了一口烟，朝空中吐出一个大大的烟圈。

"对。"

"噢，见鬼吧，"维克托说，"我还没治好我的咳嗽呢。"

# 四
## 伦敦，布莱顿，一九九一年

深蹲时右脚中度内旋，左脚严重内旋。右侧胫距和距骨以下轻微受伤，左侧严重受伤。膝盖剧烈撞击。髋部往左侧倾斜。腰背部拱起，头向前低垂。下蹲到最低时，线条完全走样。扶把上现出白色的指关节。到第十二个下蹲时他已克服了疼痛。检查发现，左侧四头肌重度紧张萎缩，右侧中度。半月板磨损严重。用山金车酊缓解炎症。跨纤维摩擦式按摩和至少二十分钟的安抚法按摩。拉长四头肌，让其可以弯折。翻滚和扩展动作，拉伸髋部，扭动躯干，舒展肩胛骨等等。在排练与演出之间打上绷带。用8字形包扎法，侧面交叉成十字，迫使左膝盖绷直。

\*

我不知道向谁倾诉，想不出任何一个可能会理解的人。自从搬入先生伦敦的住处后，我没有结交很多朋友。以前总有汤姆在，可现在他走了。

这件事来得太突然，像那种冬天的急雨，浇得你冰寒彻骨。前一天你还心满意足，后一天一切都被从你脚下卷走。我环顾四周，却连最简单的物品都认不出来，烤箱、闹钟、汤姆买给我的小瓷花瓶。有张纸条解释他这么做的原因，可我读了前两行就读不下去。

他的人似乎还在，仿佛我一转身，就可能发现他正坐在椅子里看报纸，他的袜子上又有一个明显的洞。可他带走了他的制鞋工具和一个行李箱。我连续哭了好几个钟头。他像是要罚我一辈子都难过不好受。

我在雾特乃上学时，人们叫我小小鸟。我又矮又瘦，大人们总是议论我的鹰钩鼻。我以前常坐着看母亲在厨房做菜，我们俩都在食谱与食物的单纯世界里寻求慰藉。可没有人需要照顾。先生在外地，连园丁也不在家。

在汤姆与我所住的房间，他在他那侧的床边藏着一个盒子。汤姆一直在考虑退休的事，正在为先生制作最后一双鞋。那个展示盒是他用桃心木做的，前面钉了一块铜牌，不过上面还没有刻字。我打开盒子，拿出鞋，用剪刀仔细地把它们剪碎。缎子一割就破，接着，我把碎片放回盒子里。我知道自己失去了理智，但我管不了那么多。

先生总是把钱放在他卧室柜子最下面的抽屉里，是他用来给手头没钱坐出租车回家的访客的。我留了一张纸条，说我要预支一笔薪水。我的手在发抖。我拨了平时叫出租车的电话号码，检查了一遍屋子，确认所有的灯都熄了、窗户紧闭，电器也都关了。不一会儿，屋外传来一记响亮的汽车喇叭声。我把汤姆的盒子夹在腋下，设置好防盗报警器，然后走出大门。

我认出那位司机，一个戴着一枚耳环、留着山羊胡的年轻人。他摇下车窗，说："今天的倒霉鬼是谁，呢？"

当我打开车门，独自坐进后座，把桃心木的盒子放在脚下时，他微微吃了一惊。我经常送先生的客人到出租车旁，但鲜少自己搭车。司机把后视镜斜过来，看着我，然后在座位上转过身，拉开玻璃隔板。

"科芬园。"我说。

"您还好吧？"

我从手提包里拿出一条印有先生姓名首字母图案的手绢。我轻轻拭了拭眼睛，对司机说我没事，我只是要尽快去一趟科芬园。

"遵您的吩咐，"他说，"你确信你没事吗？"

我换了个位置，这样他就不能再从后视镜里望见我，不是因为觉得受到冒犯，而是一想到那位年轻的司机正注视着我泪眼婆娑的样子，让我无法忍受。

他开得很快，但这趟车程仿佛没有尽头。时值盛夏，街上的女孩穿着超短裙，年轻男子身上文着刺青。出租车钻来钻去。我们后面的司机猛按喇叭，对被切入超车表示愤怒。一位骑摩托车的人甚至踢了一脚侧面的车门。

等我们到达科芬园时，车费已是两位数。

我恢复应有的镇定，让司机在鞋厂外等我。他耸了耸肩。我跨出车，准备往里走，想着要见到汤姆，我的腿在打战。自从巴黎的毕业舞会以来，我不曾有过这样的感觉。我怎么了？六十岁的我，刚刚扯烂了丈夫给先生的礼物。我觉得自己一定只是在做一场噩梦。

我听见警笛的鸣声，回头看见一辆警车在命令出租车往前开。司机正朝我招手。一切发生得太仓促。我沿着外墙快步走到汤姆的窗口，没往里面看一眼，就把盒子搁在窗台上，然后趔身钻回出租车里。

"布莱顿。"我对司机说。

我能看出他脸上的讶异。"布莱顿？"他说。

警车在我们身后鸣了第二次警笛。

"海边的布莱顿。"我说。

"您是在开玩笑吧。"

他开始缓缓驶上街道。

"我送你到维多利亚车站,你可以从那儿坐火车去。"

我打开手提包,递上一百五十英镑。司机发出呦的一声,摸摸他的山羊胡。我又加了五十英镑,他把车停到路边。我从未这样挥霍过那么多钱。

"您是不是有点太激动了?"司机问。

"劳驾。"我斩钉截铁地说。

他坐直身体,打开无线电对讲机,与他的调度员通话,不到十五分钟,我们已驶上主干道。我摇下车窗,内心莫名地平静下来。徐徐微风盖过司机广播里板球比赛的聒噪声。我像是不小心闯入了一个不属于我的日子,而这个日子很快将结束。

布莱顿海滨道的路灯灯柱上全都贴着先生的海报。

照片上的先生看起来青春洋溢。他披着长发,咧开嘴,一脸坏笑的样子。我想走到海报前去拥抱他。海滨道上一位年轻的女士拿着钉枪,在重新调整几张从灯柱上滑下来的海报。这是先生在英国的最后一场演出,有传闻说也可能是他个人的最后一场。

我请司机找一家舒适、面海的家庭旅馆。他在一栋古老的维多利亚式房子外停下车,热心主动地进去询问是否有空房。我很高兴见到并非所有年轻的英国人都丢弃了他们的风度与礼貌。他笑着走出来,搀起我的手,扶我下车,然后提出要退一些钱给我。

"您付得太多了。"

当我又把一张二十英镑的钞票塞进他的手里时,连我自己都吃了一惊。

"我能做的是请太太吃一顿丰盛的晚餐。"他说。

他开走时按了按喇叭。

显然不是他的错，可我的眼泪夺眶而出。

房间布置得很典雅，有一面落地窗可以眺望大海。孩子们在浪花中欢笑嬉闹，我能听见远处其中一座凉亭里有军乐队在演奏。然而，即便这些最普通的物品：单人床，装饰用的花瓶，码头主题的风景画，仍令我想起汤姆。对于所发生的事，我找不出合理的解释。这些年来，汤姆对必须寄居在先生屋檐下有过微词，但我们依照汤姆的喜好装修我们的房间，他似乎适应了下来。偶尔我跟随先生去别的国家，或甚至有时被召到巴黎去照顾先生的起居，他并不为此懊恼心烦。事实上，汤姆说他喜欢独处的时光，他可以好好完成工作。诚然，我们也许不像别的夫妇那么亲密无间，但我绝对从未怀疑过我们对彼此的忠诚。

我站在房间里。也许只有一个词可以形容我的心情，痛：我感到心痛。我拉上窗帘，躺倒在床上，虽然我并非天性如此，但就是不停地号啕大哭，即便听见走廊里有别的客人亦然。

我醒来，脑中想的不是汤姆，而是海边在风中飘动的先生的海报。

先生的《摩尔人的帕凡舞》定于明晚才上演。我考虑去他旅馆找他，可我不想让自己的问题增加他的烦恼。近来报上对他的评论让我很生气，他有一个脚指甲倒长，而且膝盖有伤，但报纸却只字不提。在一场演出中，当他腿部肌肉抽筋时，有部分观众要求退票。在温布利，音乐中途停止，他们说先生僵在原地，等待乐队奏乐，可没有，因为放的是录音带。在格拉斯哥，无人在后台门口等着见他，一位摄影师拍了一张先生孤单落寞的照片，而这当然与他的斗志完全不符。现在，有些坚定的崇拜者拒绝看他的表演，但他的演出仍场场爆满，喝彩声不断，即便报纸说这些喝彩声是送给他的过去。人们喜欢在先生背后中伤他，但事实是，他一如既往地气宇轩昂。

翌日早晨，我决定，不管怎样，我要尽情享受这一天。我在一家临海的餐厅点了早餐。侍应生是个来自勃艮第的年轻人，他特别为我做了一杯浓郁的牛奶咖啡。他小声说，两次世界大战的胜利也许有英国人的功劳，可他们对咖啡豆却一窍不通。我笑起来，不自觉地付了双倍小费。想到哗哗流出去的钱，我有一种奇怪的晕眩感。尽管如此，我还是买了一顶遮阳帽，租了一张帆布躺椅，提着它来到海边，戴上帽子，以遮住眼睛。

近中午时，我注意到一位年轻女子站在水边。她提着裙子，把一个脚趾伸到浪花里。她的腿颀长美丽。她继续朝海里走去，到水没至大腿时停住。然后，她俯下身，把一头闪亮的长发拨过肩膀，让它稍稍沾了点海水。

接着，令我大感意外的是，我瞥见先生正站在那名年轻女子身旁。海水卷着浪花朝他打去。我想知道她可能会是谁。埃米利奥坐在不远的沙滩上，盘着腿，观察周围的动静。

我迅速起身想走，但埃米利奥发现了我，并叫出我的名字。他站起身，长长的马尾辫晃来晃去。他用亲吻双颊的方式与我打招呼，并表示很高兴在布莱顿见到我。

"噢，我只是想来看先生的演出。"我说。

"我很高兴有人愿意来。"埃米利奥回道。

就在这时，先生认出了我，招手要我过去。埃米利奥说了一句意为国王在召唤他的侍者的话。我只得莞尔一笑。埃米利奥曾屡屡向先生提出辞职,次数多到他甚至安排了另一位按摩师随时待命,在那些辞职与重新受雇之间的日子里接替他工作。

我咬住嘴唇,朝水里走去,先生与那位年轻的女士站在一起。

"让我介绍你认识一下玛格丽特。"他说。

我这才知道她是先生的舞伴之一。她把太阳眼镜推到头上,面带微笑。她的眼睛有一种很美的蓝色。我心想,她这么年轻,与处于职业生涯暮期的先生合作,对她来说一定妙不可言,可接着我心里骤然升起一股怒意,先生竟然连问都没问我为何会出现在布莱顿。

"奥黛尔会帮你解决你的难题。"我听见先生说。

"噢,不用,"那位年轻的舞者说,"我会想办法。"

有小孩在海边玩耍,他们用鞋子舀水建造沙堡和护城河。

"奥黛尔不会介意的,是吧?"

先生目不转睛地看着我。我解释说耀眼的阳光让我恍了神。他吁了口气,说:"问题很简单。玛格丽特邀请了部分家人来观看当晚的演出。他们从伦敦开车过来。她的姐姐有个十八个月大的孩子,无人照看。"

我点头说:"我明白。"

"瞧,"先生说。"问题解决了。"

我红着脸,吞吞吐吐地说:"能效劳是我的荣幸。"

"六点钟。"先生说。

许多年前一位叔叔对我讲,假如我是只小鸟,一定总是折翅的那一只。那天晚上,我准备了一桌十二个人的宴席,食物精致考究,连我自己也这么认为。唯一不同的是我叔叔那份——我在里面加了辣椒粉,他整晚都涕泪横流,咳嗽不止。

那一刻我希望能在先生的盘里加入辣椒粉,说出一些让他惊退气急的话。可他看上去比往常更虚弱。脚伤加上其他病痛,他连走路都有困难。想到他要拖着不适的身体登台演出,让人心头难安,悲从中来。

"我很乐意效劳。"我说。

先生点点头,一瘸一拐地朝沙滩走去。年轻的舞者转头回望,笑着用口形默示了一声谢谢。先生朝埃米利奥吹吹口哨,他起身,跟在他们身后。

海水拍打我的脚趾,我感到一阵偏头痛正在袭来。我穿过海滨道,走入一间咖啡馆,点了一杯水服下药片。过了些许时候我才意识到自己还点了一块巴滕堡蛋糕,汤姆的最爱。

我留下一动未动的蛋糕,返回自己的房间。

海鸥的叫声把我吵醒,我看见床边的闹钟显示已近六点。我赶往旅馆,挤过大厅里三五成群在等待先生的仰慕者。我走到前台旁,经过几通电话后,他们指示我去顶楼的房间。

那显然搞错了,因为当我轻轻敲门的时候,听见的是先生的声音,他高声不耐烦地说:"什么事?"

埃米利奥打开门,我瞥见先生在按摩台上。埃米利奥戴着薄薄的橡胶手套。尽管有一定距离,但我还是注意到先生身上有伤痕,纸台布上有一点血迹,就在先生脚旁边。我结巴地连声道歉,转身离开,门在我身后迅速关上。

我听见先生在骂人。"把门锁上!"他吼道。

到了楼下,他们重新告诉我年轻舞者的房间。小孩在睡觉,一瓶瓶牛奶已经备好,一套换洗的衣服整齐地摆在外面,房间里还有一辆婴儿车,如果他醒来,我可以摇摇他哄他。他是个长得很漂亮的小男孩,头上有几缕稀疏的黑发。

我向那家人道了再见,然后坐进一张安乐椅里。

我一直很讨厌旅馆的房间。我不想看电视,也不想听广播。我不知不觉想起汤姆,想到我怎么把鞋子剪碎,想到他打开盒子时可能的反应。眼泪止不住地淌下来。我感到闷得慌,于是用一块薄毯包住婴儿,把他放在婴儿车里,坐电梯带他下楼。

外面的天还亮着。海滨道上有许多年轻的恋人,数个看相算命的摊子架在海滩旁。有几个人停下来逗弄车里的婴儿,但当有人问我孩子的名字时,我才发现我不知道。我加快脚步,满脑子想的都是汤姆。

虽然他以前的女房东仍会寄圣诞贺卡给他,但我相信没有别的女人。也不牵涉到酒精的问题。也许还有另外一种解释。如果我把他的信带在身边就好了,我想,我的行为可能太鲁莽了。

我在海滨道上听到几声响亮的粗口。我一看,发现就在离自己几米之外有一群惹是生非的小青年,靠在面海的墙上。他们剃着光头,系着英国国旗图案的裤子背带,穿着红色的及踝皮靴。

我考虑调转婴儿车,赶紧回旅馆,但我怕他们会看出我内心的恐慌,想企图偷我的手提包。我推着婴儿车从他们中间走过,但奇怪的是,他们似乎并未多加注意。此时升起了几颗星星,海面逐渐转暗。婴儿醒了,开始啼哭。我努力哄他,等他再度睡着时,夜幕已经降临。

我回头看见其中一名年轻的光头党抱着一根灯柱使劲摇晃。他把手伸进身后的口袋里,我见刀光一闪,他动手把先生的海报割了下来。他破口大骂同性恋什么的,他的伙伴们则一边笑一边互相推揉。我心跳加速，四下寻觅有没有先前白天我见过的人——戴船帽的男士和穿凉拖的中年妇女——但一个人也看不到。我没办法推着婴儿车经过碎石遍布的沙滩去镇上，我得在那儿爬许多级台阶。

没有别的选择，只能折返。我两腿发抖，嘴巴干涩，但我竖起婴儿车的靠背，给孩子唱起一首童谣。

光头党朝两边退了几步，让我通过。但撕海报的那个人正上蹿下跳地假装用先生的照片擦屁股。我差点忍无可忍。我感到我的膝盖在往下沉。我继续推着婴儿车前行，直到车轮陷在水泥地的一道豁口里卡住不动。我使劲推耸，终于把车子从缝里撬了出来，但我崴了脚，跌倒在地上，擦破了膝盖。那些光头党哄然大笑，把撕破的海报丢在婴儿车的车轮旁。我看见先生的半张脸，从容、愉快。我忙不迭地爬起来，一名好事之徒用一个特别龌龊的称呼喊我。我不由自主地浑身颤抖，可我仍抓起那张撕破的海报，把它塞在婴儿车里的孩子身旁。

光头党在我身后大喊大叫，我在海滨道上跑啊跑，躲开他们，直至听不见他们的满嘴脏话才停下来。随后我靠在栏杆上，拼命哄着婴儿，此时的他已哭得声嘶力竭。

那一刻，我意识到我对丈夫汤姆的恨意超过对其他任何一个我生命中遇到过的人。

两天后，当我回到伦敦时，我发现汤姆在我们房间的椅子里打盹儿，双手摆在腿上。他看上去怪可怜的。松垮垮的衬衫上沾着点点污渍，我能闻到他呼吸里的啤酒味。

我不理他，开始换上睡衣，坐在床沿脱下连裤袜。汤姆迷迷糊糊地醒来，环视四周，仿佛搞不清自己身在何处。可接着，他坐起身，看见了我膝盖上擦破的伤口。他一声不吭，只是走到浴室，拿了一块湿的纱布出来。他坐到床上，挨着我，拉起我睡衣的裙边，为我清洗起伤口。在已开始结痂的地方，掉落下一丝丝被扯断的纱布。

"您这是怎么回事？"他问。

我一言不发，只是爬上床，把被子拉得高高的，转过脸背对他。我的膝盖，从他悉心清洁过的地方传来阵阵刺痛。

后来，我听见汤姆在浴室翻箱倒柜，接着又去厨房。他回到卧室时拿着某种闻起来像膏药的东西。我假装睡着，他掀开被子，把那刺鼻的调配物敷在我膝盖上。我想起先生刚过完五十岁生日时对我说过的一席话——他见到一张自己独自在舞台上的照片，神情疲惫，正收到观众要求谢幕的掌声，他喃喃自语说："将来有一天，这个令人憎恶的时刻会成为最甜美的回忆。"

敷完后，汤姆小心地拉上被子，轻轻拍拍我的床沿。他小声道了句晚安，但我没有动。我能听见他脱下衬衫和鞋子，然后躺到他自己床上的响声。他袜子的气味开始与药膏的味道混合在一起。这时我露出微笑，心想，不管怎样，他的袜子得洗了。

\*

让脚在地上画圆，以视关节的活动范围。严重受限。转动不规则。单脚跳跃次数大大超出负荷，骨头挤伤。左脚几乎无法划过地面。跖骨一碰就剧痛，即使托住脚的中轴亦然。治疗关键是像风扇一样扳动跖骨，从一侧拧到另一侧，用按抚法在趾列间进行轻柔的按摩。挤干血疱，及时消除左脚第二和第三脚趾间的肿块。

# 第四部

## 苏联，一九八七年

一九八七年十一月五日

　　想到飞机下星期触地，降落在冰面上，最后滑行至安全的地方。他可能会在列宁格勒中转时遭逮捕。伊利亚说不会有阴谋，但我不确定。他们会把他带走，关上七年，谁阻拦得了他们？我大汗淋漓地醒来。吃完早餐后，我穿上外套，去科拉斯纳街上的百货公司。大家都在和煦的天气下四处闲逛。据说到了一批电烤箱，但什么都没有。下午，努丽娅给我看了她画给鲁迪克的画——别拉亚河上成群的乌鸦与一只孤身在悬崖上飞翔的白海鸥。她用牛皮纸把画包好，说要找一根丝带绑在上面。她难以遏制心中的兴奋，但在她这个年纪，几乎不足为奇。与我的紧张忐忑一样，我心想。努丽娅早早上了床，我们能听见她辗转反侧的声音。在母亲的房间，我试着告诉她鲁迪克过几天将回来的消息。有一刻，母亲双眼濡湿，泛出泪光，仿佛在说：这怎么可能？接着，她的眼睛颤动着又合上了。她沉睡的样子如此安详，但醒来时却痛苦万分。医生让她得以再多活几个月。可如果她没了生活的奔头，失去了活下去的真实感觉，这几个月有什么用？她的意识在进一步衰退。伊利亚说，母亲也许在等着见鲁迪克一面。然后他问我，是不是年纪还不够老，所以无法原谅。原谅？这要紧吗？眼前的现实是没有肥皂，抽水马桶的扳手坏了。

十一月六日

　　有许多要做的事：缝补桌布，清洗窗台，修理桌腿，把努丽娅的裙子放长，把母亲的睡衣煮一煮消毒。伊利亚被叫去歌剧院打零工。这是好消息。可以多点钱。

十一月七日

　　革命纪念日。暴风雪遍袭乌法。我们冷得只能待在屋内。墓园的积雪有一米高，伊利亚无法出门打理父亲的墓地。一张四十八小时的签证似乎还不如索性不给鲁迪克任何停留时间得好。单是搭飞机就要花去整整一天。

十一月八日

　　我盯着母亲的嘴唇，想努力读出她心里的想法。也许伊利亚说得对，最近这几年母亲一直撑着，只为能再看他一眼。但三十载的伤不可能在一刻间治愈。这种想法愚蠢至极。我们听闻他们正在罗西亚旅馆安排一个特别的房间。据说他们有可以做冰块的冰箱。谁会要那东西？下午雪小了。去了趟百货公司，没买到新睡衣，不过把母亲的睡衣又煮了一遍，第二遍比较成功。我在柜子深处找到一件旧的长外衣，上面有褪了色的西红柿印渍，是发带状疱疹时留下的。她什么都留着，甚至包括鲁迪克的鞋。鞋头还是磨坏的老样子，后跟处被他的脚撑破了。

十一月九日

　　连今天学校的童谣也像是别有含义：如果你不能找到归途，当初为何要离去？我们在市集上搜寻糖。努丽娅提出愿用珍贵的银项链做交换，那是我们给她的十五岁生日礼物。可仍找不到糖。她哭了。怎么办？伊利亚的工资拖欠了两个星期未发。我们能用什么把蛋糕变甜？也许市集上会有奇迹发生——一卡车一卡车的糖将正好及时运到，还有青鱼、鲟鱼，我们将在一个白色的大帐篷下庆祝，伴着管弦乐队的音乐畅饮香槟。哈！至少，伊利亚已设法找到了安装浴室管道所需的零件。

十一月十日

清真寺后面有穿着皮夹克的少年。他们的头发乱蓬蓬的，衣袖上别着徽章。努丽娅说她不认识他们。这种事在莫斯科或列宁格勒可以想象，但在这儿？人们谈论着又一轮解冻，可他们难道不明白，解冻总是会带来一股肮脏的恶臭？

十一月十一日

伊利亚说费了很大劲才忍住不向歌剧院的任何人透露一点风声。多年来，老一辈的工人都不敢提起鲁迪克。有些舞者只听人恶毒地讲到过这个名字。伊利亚说，年轻一点的人反叛得很。如果被他们发现，他们可能会想办法去机场欢迎他。努丽娅在为他的归来倒数计时。她觉得日子过得太慢。她不停地换衣服、照镜子。她有一张鲁迪克年少时的照片。我希望她见到他本人时不会震惊。好消息：伊利亚今晚弄到了一斤糖，从乡间运来一车甜菜根。一切还有戏。

十一月十二日

他这时想必已经到了！今晚在列宁格勒，直到明天清早才有飞乌法的航班，因此他必须过一夜。我们等着电话，但音讯全无。伊利亚不时拎起话筒，确认有接线员在线的声音。我深信在伊利亚提起和放下话筒间肯定会有电话进来。一夜无眠。母亲似乎狂躁不安，她也许知道在发生什么。想必不告诉她情况会更糟。要是她能够开口讲话就好了。命运是多么残酷。我们满腹疑问。他是一个人出行吗？他们会不会威胁恫吓他？他在列宁格勒还有朋友吗？他们会准许他在城里行走吗？报纸会报道他此行吗？我手臂上发出一片皮疹，与母亲的带状疱疹类似。此刻，我无比害怕，连我准备的筵席成功与否也几乎不放在心上。伊利亚完成了最后的修修补补，他弄到了马乳酒给我们喝。

十一月十二日至十三日早晨

黑夜慢慢转成白天。天空泛白，屋外狂风大作。来接我们去机场的汽车的挡风玻璃上积着厚厚的雪。司机不肯进屋，于是伊利亚给了他一杯热气腾腾的茶。他开动挡风玻璃上的雨刷器，以示谢意。司机板着面孔，脸上红扑扑的，胡子刮得很干净（他看上去疑似以前那个驾驶驾校学员车的人）。努丽娅苦恼于自己被啃过的手指甲。我同意她抹一点口红，否则她威胁要闹脾气。我们穿上外套。在我们准备出门期间，母亲一直处于沉睡中，后来负责照看她的米罗莎到了。我望着母亲，好奇她是否知晓自己的儿子即将归来，他的岁数比离开时大了一倍多。只要他行错一步，他们肯定会把他投进监狱，他将得服刑七年。

十一月十三日

我买的玫瑰花很漂亮，可等我们到达机场时，曝露在空气中的花儿已经蔫了。这就像抱着一把钱，眼睁睁看它贬值。我们被带到等候室，一个光线灰暗的小隔间，有三张椅子、一扇窗、一张桌子和一个银色的烟灰缸。三名官员和我们一起在等。他们写满敌意的表情让玫瑰花枯萎得更加厉害。我心中涌起一个念头，我无需为鲁迪克过去做的事道歉——那与我无关。几个官员在我直视的目光下态度似乎有所缓和。他们甚至递了支烟给伊利亚。天空放晴，我们误把一群鸟当成了飞机。我的胃紧张得纠成一团。那群鸟四散东西，不多久，飞机冲破云层。它向一侧倾斜，接着跑道上一片迷雾，模糊了我们的视线。我们从等候室被带到到达区。二十名荷枪实弹的警卫倚墙而列。努丽娅低语道：鲁迪克舅舅。

八点三十分

在他穿过移动门走出来的整整十五分钟里，我完全屏息。我的心要跳出来了！鲁迪克身上穿着一件我认不出料子的外套，一条彩色围巾，一顶深色的贝雷帽。他咧嘴而笑的样子让我想起年轻时的他。他手里有一个行李箱。他把箱子小心地放到地上，张开双臂。究竟怎么可能去恨他呢？努丽娅首先跑去迎接他。他抱起她转圈。他一路搂着她，朝我走来，亲了我两次。一名摄影师走到我们后面，闪光灯闪个不停。鲁迪克轻声说，那名摄影师是塔斯社的，这一天都会跟着我们。他说：*不用理他，他是头蠢驴*。我笑起来。以前的鲁迪克回来了，真正的鲁迪克，我最挚爱的弟弟，不是那个他们用无数谎言编造的他。他捧起我的脸，盯着我的眼睛，从我手里接过玫瑰，说它们美极了。接着，他掀去我的头巾，满头灰白的头发让我深感丢脸。他吻了我，说我看起来很美。通过近距离的端详，看得出他也老了，脸上布满深深的皱纹，还有眼睛周围的鱼尾纹。他比我预想中的更消瘦一点。他再度把努丽娅抱到空中，抓紧她转起圈，一切似乎都很顺利。我回家了，他说。他身旁陪着一位魁梧的西班牙男子，埃米利奥，他说那是他的保镖兼医护人员之类的。他人高马大，但双手很柔软，目光和蔼。他的头发在脑后扎成一个马尾辫，塞在衣领底下。鲁迪克是第一次见到伊利亚。欢迎到乌法来，伊利亚说。鲁迪克瞪了他一眼，但随后露出微笑。还有两名法国官员徘徊在近旁，不肯离开鲁迪克半步。听鲁迪克像母语般流利地讲起法语可真奇怪，但他一转向我，就换成鞑靼话。他想立刻去见母亲，但我说，她还在睡觉，医生建议会面时间要短，以免让她受累。睡觉？他说。他看了看一块漂亮的手表：可我只有不到十二个小时。

## 九点三十分

官员发话，他必须先到罗西亚办理入住手续，这才平息了争论。努丽娅、伊利亚与我陪他坐进黑色的吉尔轿车，同行的还有他的保镖。我们被挤扁了。一时间，我想为这不是西方的豪华加长轿车向他们致歉，但我发现不对赶紧住嘴，心头骤然涌上一股怒火。鲁迪克坐在靠窗的位置，握着努丽娅的手。她给他讲自己正在读的一本书。他似乎饶有兴致，甚至还问起她故事情节。他低头看表，然后忽地把它摘下来，塞进努丽娅手里。这是一块有双显示的手表——除了指针表面外，还有一个数字显示屏。他说，努丽娅应该把它送给男友。她羞红了脸，看看父亲。我能把它留给自己吗，鲁迪克舅舅？他说当然，她把头靠在他肩上。他一路望着窗外。瞧，那些街道都铺过了。很多地方鲁迪克已认不出来，但当有他认出的地方时，他会喊着"我七岁时爬过那道围栏啊"诸如这类的话。我们驶过他以前溜冰的湖,他指点着那些旗帜:记得吗?他说。他脖子上挂着一副迷你耳机,当我问起时,他伸进口袋掏出一个我这辈子见过的最小的录音机。他把耳机戴在我头上,按下一个按钮,斯克里亚宾的音乐充斥耳中。鲁迪克答应在他走之前把这个录音机给我。他小声说,接下来的这天里,他需要用它抵挡不断向他提出荒谬问题的塔斯社摄影师的噪音。他轻拍我的手掌。我紧张极了,他说。你能相信我很紧张吗?他的声音听起来判若两人。我好奇他紧张什么?怕被逮捕、要见母亲,或只是因为回到这儿?他说:一切都似乎变小了。接着,他转向伊利亚,聊了一会儿从列宁格勒来的飞机上座椅搭扣坏掉的事。那个小桌板,他说,不停地掉到他腿上。

十点十五分

吉尔车在旅馆外停下。法国官员从他们那辆车跑过来迎接我们,保镖贴身跟着鲁迪克。但伊利亚似乎有点意兴阑珊。他说家里还有事要做,他也许最好先行一步,去把事情准备好。他说他可以乘电车回去,与我们稍后再见。鲁迪克第二次与他握手。我们上楼去他的房间。里面很宽敞,但没有冰箱。他把玫瑰花扔在床上,花朵一股脑儿坠下。他踱来踱去,检查百叶窗乃至画框背后。他拆开电话机的一些部件。接着,他耸耸肩,说他一辈子都遭人窃听,不管是克格勃还是中情局。然后,他把他的行李箱放到床上,用一枚小钥匙打开。里面装的并非如我预料的是他自己的衣物,而是一大堆最让人难以置信的香水、围巾、首饰盒、胸针,全是最美轮美奂的东西。努丽娅抓着他的手臂,把脸凑向他肩膀。我只被获准带一个箱子,他说,他们在机场拿了回扣。努丽娅躺在床上,抚弄着每样东西。鲁迪克对那些香水如数家珍,它们是哪里生产的,谁用的,谁设计的,里面的成分和产地。这是杰奎琳·欧用的,他说。连母亲也有一瓶,是纽约一位女士送的特别礼物,外面绑了漂亮的丝带。一瓶香奈儿是给我的。努丽娅与我互相在手腕上喷了一点。接着,他拍拍手,要求安静,他从箱子里拿出一个小盒,递给我。里面是一条我有生以来见过的最璀璨华贵的项链,钻石加蓝宝石。第一个反应是:我要把它藏在哪儿?他示意我戴上,骄傲地挂着不要摘下来。它碰到我的脖子,感觉凉凉的、沉沉的。这一定花了他很多钱。他亲吻我的双颊,说,见到我真好。

十点四十五分

我提议他在去见母亲前先歇一歇,但他说:为什么?接着他笑道,地狱里有的是睡觉的时间。如果还不能去家里,那么他想开车在城里转一转,多看几处风景。在旅馆大堂,为时间和路线的安排又发生了一番冗长的争执,但最后总算谈妥——让我们在车队的护卫下开车出去转几个小时。我们缓慢地行驶在雪中。歌剧院关了;我们位于任索夫街上的旧屋早就拆了;卡尔·马克思街上的礼堂锁着;去鞑靼墓园的路无法通行。我们把车停在山下离入口一百米的地方。鲁迪克恳请司机帮他找双雪鞋。司机说他只有自己脚上穿的那双。鲁迪克的目光越过座椅。把那给我。他硬塞给司机几张美钞。司机的靴子对鲁迪克来说太大了,但努丽娅把自己的袜子给他,让他塞在里面。保镖想跟着他,但鲁迪克发火道:我自己一个人去,埃米利奥。我们从车里望着鲁迪克穿过积雪,攀越铁栅栏,消失在小山丘的另一边。墓园里的树只有树梢露在雪外。我们等着。大家一语不发。车窗上逐渐积起雪。当鲁迪克终于回来时——

步履艰难地踏过厚重的积雪——我看得出他外套的袖子湿透了，还有裤子的膝盖处。他说，他用一根树枝稍稍清理了下父亲墓碑上的积雪。我肯定他准是不知怎的摔了一跤。他说，他竖起耳朵想听听火车穿过别拉亚湖的轰隆声，但什么都没听见。我们驱车离开。阳光绚烂夺目，在雪的折射下，发散到四面八方。工厂附近的野狗停下来吠叫，有一刻，一切都静止无声。

十二点十五分

保镖从口袋里掏出一小瓶药，鲁迪克干吞下三粒。他说他得了流感，那个药让他保持头脑清醒。努丽娅说她也有点感冒的迹象，但鲁迪克不肯给她药，说那个对她而言药性太烈了。他在火车站买了瓜子。我许多年没尝过了。他吃了两颗，吐出壳，把剩下的都扔了。我们经过塞尔吉与安娜昔日的住所，放慢速度。我想我也许会在列宁格勒机场见到尤丽娅，他说。她可能已经死了。我告诉他我没有她的消息。他说她曾经给他寄过信，但很多年前通信就断了。

十二点三十分

另有两名官员等在我们的住所。伊利亚坐在摆满丰盛菜肴的桌旁，但他站起与鲁迪克握手，这是他们的第三次握手。人太多了！他用戴着手套握成拳头的手捶打胸脯，用鞑靼语吼出一句狠毒的骂人的话。接着，他开始与那些法国官员大吵大闹。他要求一个人待着。我鼓起勇气，叫他安静下来，然后把那些官员领到屋外。鲁迪克感谢我，为他的咆哮道歉，但他说，他们纯粹是帮蠢驴，他这一生旁边总是围着嗷嗷直叫的驴子。他急切地想见母亲，但我先得向他解释种种障碍，如她无法开口讲话，她的视力严重衰退，她可能一时清醒一时昏迷。他似乎没在听。我们能听见屋外法国官员与俄国官员争吵的声音。鲁迪克担心他们会坚持要回屋里来，因此他用一把椅子抵住门把手。他叫保镖守在门旁。我们全都紧张万分。他脱下外套，摘下彩色的围巾，把它挂在衣帽架上，然后走进母亲的房间。她在睡觉。他拉了一张椅子到她旁边，俯身亲吻她。她没有醒。鲁迪克抬头望着我，带着哀求的目光，想知道该怎么办。我喂了母亲一点水，她用舌头舔舐嘴唇。他把一条漂亮的项链拿到她颈旁。母亲动了一下，但没有睁眼。鲁迪克把两手合在一起，刹那间仿佛回到了七岁时的他。他着急地在她耳旁低语。母亲。是我。鲁迪克。我对他说，给她点时间，她终究会醒的，他一定要有耐心。

十二点四十五分

我决定不去打扰他。我走开时，看见他扯下脖子上的耳机，仿佛那会盖过母亲可能说的一字半语。我站在门外。他继续轻声呢喃，但我听不出他说的是什么。有一阵，鲁迪克好像是在说外国话。

一点三十分

他走出母亲的房间，眼眶泛红。埃米利奥，他叫自己的保镖。鲁迪克说，埃米利奥是位按摩师，对医术略通一二，他也许有办法能让母亲好受一点。他愚蠢的西方人的点子，我想，他的药怎么可能好过我们已给母亲服过的那些？当他朝母亲房间走去时，我对这个庞然大物般的男子生出恨意。他有什么权利插手？我向鲁迪克嘘了谎，但他不理我，砰地关上门。

两点整

　　保镖走出来。他朝我笑了笑，说着支离破碎、根本不可能听懂的英语。最后他在空中比手画脚。他似乎在告诉我，母亲以前一定是个美女。撇开他的马尾辫，我改变了对他的看法。他从餐桌上拿了好几份食物，发出表示很好吃的声音。之后，在接下来的这天里他一直安静地坐着。

两点三十分

　　我走进去。母亲醒了。她的眼睛完全睁开，如受惊状。鲁迪克俯在她身旁，眼中盈满泪水。他的话在俄语与鞑靼语之间相互切换。母亲嘴唇翕动，但根本辨识不出她说的是什么。鲁迪克来拉我的手。告诉她是我，塔玛拉，他说。她认得你的声音。她仍旧不知道是我。我探身对母亲说：是鲁迪克回来看你了。她眼中闪过一丝光，但我不知道她是否听懂了。我要坐在这儿，等她认出我为止，鲁迪克说。我哪也不去。我求他出去，享用那桌盛宴，但他说他不饿。我又求了一遍。不！他吼道。接着，我做了件我终生都不会忘记的事。我左右各扇了鲁迪克一巴掌。他的头顺着掌掴的方向，眼睛瞪着墙壁。我不敢相信自己的举动。那巴掌掴得很重，连我的手都感到灼痛。鲁迪克徐徐回过头，看了我一眼。接着，他再度朝母亲弯下身。等我准备好了，塔玛拉，我会去吃你做的饭。我关上门。当我走进客厅时，心里一阵难受。努丽娅只顾盯着她的新手表，它正发出响亮的哔哔声。她没法把声音关掉。

两点四十五分

　　伊利亚再次给保镖的盘里添满食物。他们一块喝着马乳酒。保镖在演示某种游戏给伊利亚看。他从头上拔下一根头发，然后闭上眼，让伊利亚把头发夹在书的书页之间。他闭着眼，用手指感知起那本书，轻轻触摸书页。这是按摩师的一个老把戏，帮助他保持敏锐的触觉。那位保镖玩得炉火纯青，他隔着八页纸就能摸出头发。雪打在窗户上。

三点整

我为鲁迪克拿了一盘食物，有盐卤肉、白菜沙拉和水煮蛋。我嘎吱一声推开门。他朝我微笑，让我吃了一惊。他仿佛已忘记我捆他的事。我们之间又恢复了和气，弥合了裂缝。鲁迪克没有动那些食物，而是端着盘子，做出一副可能会吃的样子。接着，他在椅子上腾出地方，我与他并排坐在一起。我们注视着母亲微微翕动的嘴唇。她的头发披散在枕头上。她在叫你的名字，我说。什么？他回道。我说：她在叫你的名字，朝她看。他愣了好一会儿，然后开始拼命点头。对，她在叫我的名字。紧接着，他说起湖边的旗帜，说起收音机和他小时候听音乐的时光。我无法理解他的话，他说得颠三倒四。我抓着他的手。这张椅子对我们两人来说实在太小了。

三点三十分

我离开房间。保镖正把玩着一本书，触摸里面的书页。他又要了一块蛋糕。

四点整

鲁迪克从母亲房里出来。他看起来怔怔的，但脸上没有流露任何表情。他朝努丽娅与伊利亚点点头，朝窗户走去。他拉开窗帘，屋外，那些官员正坐在车里。鲁迪克回过头。他向保镖打了个暗号。我敢肯定，他在强装快乐。保镖打开他的行李箱，鲁迪克拿出他的最后一批礼物，更多首饰、化妆品和巧克力。接着，他挥动手臂以暖和身子，可其实屋里热得像烤箱。喔，他说。他把手伸进口袋，掏出一捆卢布，扔在桌上。那是一大笔钱。大家一动不动。屋外，有一辆车按了按喇叭。飞往列宁格勒的航班不久就将飞。雪还在下。他在门口拉低贝雷帽，与努丽娅拥抱，又再与伊利亚握了握手。我朝他走去，来到门槛旁。她不认得我了，他说。我在他耳旁低语：她当然认得。他看着我，似笑非笑。我的脸还在痛，他说，有一霎，我以为他会回掴我，可他没有。他快速地围上围巾，然后背过身朝外面的车子走去。我们立在那儿，周围是我们所有的新宝贝。

*

"尤丽娅，我亲爱的，让我猜猜，你还是没有钢琴吧？"

他从第五段楼梯那儿气喘吁吁地喊道。我倒抽一口冷气，没料到在我这把年纪还可能有如此大的惊喜。他被自己的小玩笑逗乐，介绍了一下他的同伴埃米利奥，并为深夜到访表示歉意。他说，他没有带任何礼物来，觉得很过意不去，可他已经把所有东西都送人了。我上前拥抱他，他从门口一览无遗地打量黑暗的屋内。

"还是以前的尤丽娅，一点没变，"鲁迪说，"这么多书，让人都看不到墙纸。"

"你怎么找到我的？"

"我自有办法。"

楼里又停电了。我点了两支蜡烛，烛火一闪一闪。埃米利奥待在门口，抖去肩上的雪。我请他进来，他微微惊讶于我的西班牙语，夸我说得无可挑剔。我解释，我大半辈子都在从事翻译工作，他走到书架旁，看我的藏书。

我拉紧身上的睡袍，然后走到房间的隔帘后。科利亚在睡觉。我叫醒他时，他先是咕哝着，一副不情愿的样子，但接着他坐直了身体。"谁？"他说。他跳下床，头发凌乱不堪。

"把我们所有吃的东西都拿到桌上去。"我小声说。

我在浴室用指关节把脸搓红，看着镜中的自己笑了起来。我生命的幽灵已经走出来向六十二岁的我打招呼。

"快点，"鲁迪叫道，"我只有一个小时左右的时间。"

科利亚在外面的桌上摆了一条面包和一些剩下的黄瓜沙拉。伏特加的瓶子已经开了，但旁边的酒杯还是空的。烛火在黑暗中摇曳不定。

"我们深感荣幸。"我说。

鲁迪挥了挥手。"他们要我去参加法国使馆的晚宴，"他说，"可他们那帮人让我觉得无聊透顶。"

"所以，他们让你回来了？"

"他们给了我四十八小时，让我去见母亲。我的航班延误了。几个小时后从普尔科夫机场起飞。"

"几个小时？"

"我甚至没机会去看看基洛夫剧院。行程是他们安排的，所以没有商量的余地。"

"你的母亲呢？"我问，"她怎么样？"

鲁迪笑了笑，但没有回答。他的牙齿依旧白得晃眼，像是要把他脸上其余的部分都比下去。当他环顾屋内时,出现一阵短暂的静默。他仿佛在搜寻从暗处冒出来的其他人影。接着,他突然抓紧我的手说:"尤丽娅,你的美貌一丝一毫都未减少。"

"什么?"

"一点没变老。"

"你啊,"我回道,"还是个撒谎精。"

"不,不,不,"他坚持道,"你依旧美丽如初。"

"我是个老太婆了,鲁迪,我已经包起头巾。"

他伸手拿起伏特加,倒在三个小玻璃杯里,然后看着科利亚,满腹狐疑地问,他有没有到能喝酒的年纪。科利亚以十几岁少年的步态,走到柜子旁拿了第四个杯子。

"你的儿子?"鲁迪轻声问。

"算是吧。"我说。

"你再婚了?"

我迟疑了一下,摇摇头。多年来科利亚与我挣扎在贫困线上。我徒有出色的翻译技能却无用武之地:对外国文学的需求已不复当初,许多出版社关门倒闭。我觉得自己仿佛正站在新生活的边缘,已经快心力交瘁。为了糊口,我开始干起一些卑微的清洁工作。但让我欣慰的是,科利亚已长成一个优秀的青年,高大,内向,一头黑发。十七岁的他放弃了国际象棋,而致力成为一名画家——他最开始画的是风景画,逼真,一板一眼,但现在他正一步步拓展范围,将各种流派融汇在一起。他相信,变革需要理由,否则就是不尊重过去:他想从传统的绘画风格中推陈出新。他用牛奶绘制了一系列列宁的肖像。这些作品是对历史的讽喻——只有拿到蜡烛或火柴面前才会有图案浮现出来。这些画科利亚一幅也没卖,而是把它们藏在床底下，他最喜欢的，是被他不小心放在暖气管旁的一幅，只显出了鼻子。他在床头上写了一句从我一本旧书里抄来的丰特奈尔的话：诚然，魔法石是找不到的，但寻找它的过程不无裨益。

令我惶恐的是，科利亚不久将要去服兵役。这是件一想到就让人害怕的事——战争有可能把他的部分心灵封闭起来，就像我父母的遭遇一样——我经常在夜里汗水淋漓地惊醒，梦见我的儿子在阿富汗一座村庄里转过拐角，胸前挂着一把步枪。不过科利亚认为他找到了一个躲避规定的办法：在交尿液样本时，他说，他会用大头针刺破手指，在样本里滴上一滴血。如果他的尿液验出蛋白质超标，他就可以免服兵役。我经常觉得，科利亚在某种程度上继承了我父亲的精神，尽管他长得一点不像他，这是显然的。他有韧性，有头脑，有禀赋。他对我的家族史产生兴趣，从中找到共鸣，充实了自己——不可避免的，通过他的提问，他知道了鲁迪。

我扫了眼科利亚脸上的表情，看他对鲁迪来访的反应，可出乎意料的是，他一副坦然镇定的样子。

我发现埃米利奥拿了我书架上一本塞万提斯的译作。但他没有在读，而是闭着眼睛，用手抚摸书页，仿佛在凭直觉感悟那些单词。鲁迪解释，先前屋里只有他们两人时，他在书里放了一根头发，现在，埃米利奥在寻找这根头发，这是他钟爱的一项消遣。

"我身边围着的尽是疯子。"鲁迪说。

鲁迪伸手拿起伏特加的瓶子，又倒了两杯酒。在我们短暂而尴尬的沉默中，他朝我莞尔一笑。过去了四分之一个世纪，当年龄的差距也许变得不再那么明显时，我们之间竖起了一道薄薄的让人无所适从的屏障。我们开始拼命地顾左右而言他。他坐着，身体前倾，把手肘支在膝盖上，手掌托着下巴，眼中闪烁着昔日同样的光彩。

"把这些年来的事统统告诉我。"他说。

他把杯子举到嘴边,等我开口,于是,我试着去解开被我认为已牢牢缠成一团的往事——我的公寓、我的离婚、我的街道。

"你还在做翻译吗?"

"偶尔,"我回答,"可我不想谈这个,我想听你的事。"

"唉,每个人都听过我的事,他们总是误会曲解。"

"连你自己在内吗?"

"对,连我自己在内。但我是故意弄错的。"他说。

"故意?"

"是啊,没有人了解我。"

我们两人之间仿佛在进行一场古怪的棋局,我们每个人都想努力牺牲所有的棋子,直捣最后的王,把它推翻在地,然后说:瞧,现在,整盘棋都是你的了,把我失去的一一讲解给我听。

就在这时,嘭的一声,重新有了电,房间里一片光亮。

"请把灯关了,"鲁迪说,"我更喜欢蜡烛。"

埃米利奥的手夹在书本中央。

鲁迪大声说:"药。"

埃米利奥合上书,从口袋里拿出一瓶药,扔到鲁迪腿上。鲁迪快速地一连倒出四颗。他的前额上有一层密密的汗珠,但他用手一抹把它们擦去。我好奇,过去,埃米利奥在鲁迪皮肤底下找到的东西是什么。

"你还在跳舞吗?"我问。

"我会跳到死。"他说。

我无法不相信他的话——有朝一日,他们挖掘出鲁迪,发现他的骨头摆出起跳的姿势,或甚至可能是在鞠躬,准备起身说:谢谢,谢谢,请允许我再跳一次。他不知道如果退休的话他可以做什么,也许去编舞。他在西方拍过几部电影,但他说那全是垃圾,此外,他不是为摄影机而生的,他属于舞台,他需要观众。

实实在在的一群观众,我想。

"啊——哈!"鲁迪突然说。

他把手伸进口袋,拿出一个皮夹,塞给桌子对面的科利亚。里面没有钱,但皮夹很漂亮,镶有金边。

"美国蛇皮的。"他说。

科利亚盯着它:"给我的?"

鲁迪把手臂举到脑后,点点头。有一小会儿,我年轻时的妒意重涌上心头。我想把鲁迪拉到一旁,告诉他没必要炫耀,他的行为像个被宠坏的男孩,毕生都在开生日派对。但也许他送我儿子钱包的举动有某种更深的含义。我忽然明白,鲁迪是想两手空空地离开,正如他当年离去时一样。科利亚翻弄着那个空钱包,鲁迪开玩笑地拍了一下他的肩膀。

看着他们在一起的模样,像一把刀插进我的肋骨,正好刺中我的心脏。

埃米利奥继续在书里摸索,但过了一会儿,他开始打瞌睡。我走到窗边。屋外,整座城市一片漆黑,雪花在风中狂舞。楼下,有三辆车停在街上。我进一步拉开窗帘,看见一个黑影,接着是照相机的一道闪光。一名摄影师。我本能地避开,拉拢窗帘。

"他们怎么让你回来的?"

"是赖莎·戈尔巴乔娃。"他说。

"你见过她?"

他摇摇头："没。"

"但她替你弄到了签证？"

他没有回答，而是奇怪地说了一句："我们总是负载着我们自身的崩解。"

我不太知道该接什么话，搞不清那是自怜自艾还是纯粹的胡言乱语。我差点笑出来。但无论如何都不可能因为他变成这副样子而对他生气。他身上的某些特质将人们从俗世中解放出来，引诱他们出走。连科利亚都开始把椅子拉得更近了。我们又倒了一点伏特加，简单聊起以前我父亲的留声机、我母亲的舞蹈课、鲁迪抵达列宁格勒的那个夜晚、他在基洛夫剧院的舞蹈事业。他曾见过罗莎玛丽亚一次，他说，但已和她失去联络。我们的对话几乎是在炒冷饭，仿佛一切都是我们以前说过的，不过那无关紧要：我们缺失的，都因他到访所带来的温情而补足了。

我们默默地彼此敬酒，然后他瞧了眼手表，像是期待会在那儿看到一只表，可他手臂上光光的，什么都没有。

"埃米利奥，"他大声叫道，"几点了？"

那个西班牙人猛地惊醒："我们得走了。"他一边说，一边把书合拢。

"就再多几分钟。"鲁迪说。

"不行，我们真的必须走了。"

"再多几分钟！"鲁迪厉声说。

埃米利奥把两只手朝空中一甩，想必是他向鲁迪学来的一个手势。"好吧，"他说，"不过我们要错过飞机了。"

他把塞万提斯的书放回书架上原来的位置。我想象将来有一天，又冷又下着雨，科利亚与我从书架上拿下那本书，摸着书页，凭触觉寻找一丝微微凸起的地方。

鲁迪坐在椅子上往后一靠,神情极其平静,他用了一分钟,再度把房间里的目光都集中到他身上。

接着,他毫不犹豫地迅速起身:"我的司机在楼下,他们会以为我又叛逃了。"

他穿上外套,用脚后跟转了个圈:"你能相信吗?"

"相信什么?"

"过了这么多年。"他说。

他仔细把伏特加的瓶盖拧回去,目不转睛地盯着桌子,像是在积聚力量,想说些什么。他走过来,抓着我的肩膀,咬了咬嘴唇,低声说:"你知道吗,我的亲生母亲不认得我了。"

"什么?"

"她不知道我是谁。"

我想起父亲劳改营里子弹的故事,他说,我们永远逃不出自己。我考虑把这个故事告诉鲁迪,可他已经围好围巾,准备要走了。

"她当然认得你。"我说。

"为什么要认得我?"他问。

我想给出一个完美的回答,想让他重新回到现实中,想看他再度露出令人悸动的笑容,想再有个惊喜,可他正在转动门把。我走过去拥抱他。他用手捧起我的脸,在我的两颊上各亲了一下。

"等等。"我说。

我走到柜子旁,拿出属于我母亲的那个瓷碟。我打开盒盖。碟子摸上去凉凉的,仿佛一碰就碎。我把它递给他。

"很多年前你母亲给我看过这个。"他说。

"它是你的。"

"我不能拿。"

"收下吧,"我说,"别客气。"

"你应该留着给科利亚。"

"科利亚已经有了。"

鲁迪出其不意地冲我笑了笑,把碟子拿在手中。

"幕起幕落,死死生生。"他说。

埃米利奥感谢我们的款待,下楼去通知司机,鲁迪缓慢地跟在后面,他的膝盖不大灵便。我与科利亚站在铁栏杆旁,我们一同望着他步下楼梯。

"所以这就是他?"科利亚说。

"是他。"

"不怎么样嘛,他?"

"哦,我可不敢这么肯定。"我说。

像是收到舞台提示,鲁迪停在三楼楼梯井的灯光下,把围巾甩到肩后,在水泥地上做了一个完美的皮鲁埃特旋转,把瓷碟攥于胸口。他从垃圾与碎瓶子中间,慢步走到下一层楼梯的平台处,再次在那道弧光下立定,当他第二次转圈时,鞋子擦着水泥地发出声响。无怨无悔。科利亚搂住我的肩膀,我心中暗想:让这份快乐延续到早晨吧。

在大厅,鲁迪做了最后一个皮鲁埃特旋转,然后消失不见。

## 拍卖：鲁道夫·纽瑞耶夫的藏品
一九九五年一月，纽约；一九九五年十一月，伦敦

拍卖品 1088 号：六双芭蕾舞靴

估价：$2300 — 3000

成交价：$44,648

买家：阿尔伯特·科恩夫妇

拍卖品 48 号：《天鹅湖》第一——一幕的演出服，齐格弗里德王子，一九六三年

估价：$3000 — 5000

成交价：$29,900

买家：匿名

拍卖品 147 号：乔舒亚·雷诺兹爵士：《菲勒斯勋爵乔治·唐舍德的画像》

估价：$350,000 — 450,000

成交价：$772,500（创该画家作品拍卖最高纪录）

买家：私人

拍卖品 1134 号：一张法式的胡桃木长餐桌

估价：$22,500 — 30,000

成交价：$47,327

买家：电话竞拍者

拍卖品146号：约翰·亨利希·菲斯利，英国皇家艺术院院士；《在伊斯芮尔长矛碰触下现身的撒旦》

估价：$500,000 — 700,000

成交价：$761,500

买家：匿名

拍卖品1356号：被认为是泰奥多尔·席里柯的作品：《裸上半身的男子》

估价：$60,000 — 80,000

成交价：$53,578

买家：电话竞拍者

拍卖品728号：一块克什米尔提花长披肩，十九世纪后期

估价：$800 — 1500

成交价：$5319

买家：R. 拉特纳克

拍卖品1274号：装在橡木盒里的俄国革命前的瓷碟（盒子已破）

估价：$2000

成交价：$2750

买家：尼科莱·马瑞诺夫

拍卖品 118 号：菲力克斯·波瑟里耶：《在为蚊虫所立的墓碑前哭泣的牧羊人》

估价：$40,000 — 60,000

成交价：$189,500

买家：私人

所有拍卖品均售罄。

# 致　谢

在这本小说中，有许多名字和地点做了改变，既是为保护在世人的隐私，也是为塑造多个虚构的人物命运。我时而将两个或两个以上的历史人物浓缩成一个角色，或将一个人物的性格特征分散在两个或两个以上的角色里。有部分与知名人物相关的事件是真实的；其他则是虚构的。为了行文的清楚明晰，我没有像俄语里常见的那样总是用爱称和昵称来代替名字。

在为这本书所做的调查研究中，我有幸阅读了大量文献，虚构的、非虚构的、新闻报道、诗歌以及网络资源，而以下这本书给了我莫大帮助：黛安·索尔维（Diane Solway）的《纽瑞耶夫》，在写作期间这是最权威的纽瑞耶夫传记。此外，我也向那些对传记感兴趣的读者强烈推荐茱莉·卡瓦娜弗（Julie Kavanagh）的文章和她即将问世的有关纽瑞耶夫的著作①。还有其他书籍和原始材料，包括电影，多得不胜枚举，但要特别感谢纽约公共图书馆的工作人员，他们提供了一套如此珍贵有用的资料系统。同时也深深感谢美国爱尔兰历史协会，特别要向凯文·卡西尔博士、克里斯托弗·卡西尔和比尔·科伯致以最深的谢意。

有许许多多人，我必须感谢他们在这整个过程中给我的热心帮

---

① 作者提到的这本即将问世的著作应是2007年出版的《纽瑞耶夫的一生》（*Nureyev: The Life*）。

助和见解：我在俄罗斯的翻译罗曼·格拉斯莫夫，凯思琳·凯勒、提姆·基普、约翰及贝弗莉·伯格，约翰·高曼、热尔·多诺万、伊莉娜·肯德尔、乔希·肯德尔、琼·阿克希拉、丽萨·冈萨雷斯、埃罗尔·托兰、D.C.、尼克·泰利齐、查理·奥尔、达蒙·戴斯塔尼、玛丽·派文、玛丽娜·斯塔威斯卡娅、杰森·布扎斯、杰科及伊丽莎白·格鲁特、弗朗科斯·特里弗克斯、布里吉特·塞姆勒、托马斯·乌波霍夫、科尔姆·托宾、克里斯·凯利、埃米莉·泰伯瑞、阿隆那·基姆奇、汤姆·凯利、吉米·斯默霍伊、尼科雷·柯逊、伊莉娅·库兹涅索夫和他在基洛夫剧院的友人，加莉娜·贝尔斯卡娅、雅尼·科特森尼斯和默娜·布伦贝格。

特别向 Phoenix House、Metropolitan Books 和 the Wylie Agency 的全体人员表示感谢，尤其是马吉·麦克南、里瓦·霍斯曼和萨拉·查尔方特。

最后要感谢我的家人：艾莉森、伊莎贝拉与约翰·麦克尔，以及大洋两岸我们所有的亲人。